Ich verlade Pakete, Hartmut macht Lebensberatung. Ich habe Sehnsucht, Hartmut hat eine Idee: Überqualifizierte fit machen für den Arbeitsmarkt. Und zwar durch gezielte Dequalifikation. Er gibt Jobgarantie, und die Sache schlägt ein wie Pommes Spezial: Altphilologen, Adorno-Experten, Atomphysiker, alle wollen sich dequalifizieren lassen. Bald sind wir so voll beschäftigt, dass man nicht mal mehr in Ruhe baden kann …
Der unglaubliche Roman einer unglaublichen Männer-WG.

»Wunderbar skurril.« RBB

Foto: © Holger Kuntze

Oliver Uschmann, geboren 1977 in Wesel, hat als Kulturveranstalter, Werbetexter und Packer gearbeitet, Kurzgeschichten veröffentlicht und verschiedene Literaturpreise gewonnen. Seine Romane ›Hartmut und ich‹ (Fischer Taschenbuch Verlag Bd. 16615) und ›Wandelgermanen‹ sind Bestseller. Oliver Uschmann lebt im Münsterland, betätigt sich als Dozent und ist Journalist bei ›Visions‹, ›Galore‹ und ›public‹.

Die interaktive WG: www.hartmut-und-ich.de
Auf ein Wort: www.wortguru.de
Auf ein Bild: www.haus-der-kuenste.de
Das Hörbuch von VOLL BESCHÄFTIGT ist als Autorenlesung bei *Mundraub* erschienen und im Buch- und CD-Handel erhältlich.

Unsere Adresse im Internet: www.fischerverlage.de

Oliver Uschmann

Voll beschäftigt

Roman

Fischer Taschenbuch Verlag

4. Auflage: Mai 2008

Originalausgabe
Veröffentlicht im Fischer Taschenbuch Verlag,
einem Unternehmen der S. Fischer Verlag GmbH
Frankfurt am Main, Oktober 2006

Satz: Leslie Driesener, Berlin
Druck und Bindung: Nørhaven Paperback A/S, Viborg
Printed in Denmark
ISBN: 978-3-596-17125-5

Nur fair, wenn ich es erwähne
das ist kein Lächeln
das sind gefletschte Zähne

(Such a Surge)

Eine Enthüllung …

Wirtschaftswaisen

»Die Wirtschaftsweisen heißen Wirtschaftsweisen nicht,
weil sie weise wären,
sondern weil sie Waisen waren und Wirtschaftswissen wollten.
Man hatte sich verhört.«

(Sylvia Witt)

Und jetzt geht's los …

BEWERBUNGEN

Ich stehe bei den Veteranen vor der Theke und warte auf meine Pommes Spezial. Das Fett brutzelt, die Luft ist schwül. Es ist nicht gesund, wenn man in einem schiefen, schlecht sitzenden Haus gegenüber der besten Pommesbude Bochums wohnt. Aber es macht glücklich. Neben Tür und Zigarettenautomat steht ein kleiner Pulk von Menschen. Der Mann direkt neben mir, der mit seiner Bestellung dran wäre, blättert in einem Buch über Hegel. »Was wollen???«, bellt ihn der kleine Jugoslawe mit dem Stiernacken an, und der Mann zuckt zusammen und steckt das Bändchen in die Tasche seines Jacketts. »Ich suche Arbeit«, sagt er und wird ein wenig rot. »Arbeit?«, fragt der kleine Jugoslawe, und sein Kollege an der Wurst dreht sich um. Er hat noch weniger Haare im Nacken. »Ja, Arbeit«, sagt der Mann wie ein Kadett vor dem Brigadegeneral. »Kellnern, Kochen, was Sie wollen.«

»Nix Arbeit, nur Pommes! Nächster!«, sagt der Jugoslawe und fletscht seinen fehlenden Zahn. Männer, die den Krieg gesehen haben, sind erfrischend direkt. »Noch jemand lieber Arbeit als Pommes?«, lacht der Veteran und macht große Augen, als auch die restlichen Kunden die Bude verlassen. Sein Kollege reicht ihm die Pommesschalen, die ich bestellt habe. Er wickelt sie in das graue Papier ein und macht ein nachdenkliches Gesicht.

Ich lasse mir Zeit, während ich die Straße überquere und betrachte unser Haus, wie es in seiner ganzen Pracht in der Frühlingsluft steht.

Die Fassade ist immer noch schmutzig, und von außen bleibt es tapfer der Schandfleck des Viertels, aber von innen hat sich viel getan. Ich kaufe jetzt Pommes für drei.

Susanne sitzt auf der Couch und hat den Fernseher eingeschaltet. Sie hat Motoröl an den Armen. Yannick hockt auf der Fensterbank, lässt ein Pfötchen herunterhängen und schaut in den Abend, das Köpfchen und die Ohren unmerklich bewegend, als verfolge er mit dem Blick eine Ameise zwischen den Pflasterritzen. Ich stelle die Tüte ab, und wir entfalten die stinkende Wonne. Susanne hat bis eben Motorräder repariert, ich habe noch blaue Flecken von den Paketen, die mir mein Kollege Martin heute vor die Brust geworfen hat. Er hat einfach zu viel Kraft. Einmal schleuderte mich eine Sendung quer durch den Anhänger. »Wo ist Hartmut?«, frage ich.

»Onlineberatung«, sagt sie und nickt essend mit dem Kopf Richtung Westflügel, wo sie sich den Lagerraum neben Hartmuts Zimmer zu einem vollwertigen Appartement ausgebaut hat. Man erkennt ihn nicht wieder. Es ist, als betrete man ein anderes Haus. Auch die Scheune hat sie umgebaut. Eine riesige Werkbank unter den hohen, hellen Scheiben, einen alten amerikanischen Kühlschrank und Poster von männlichen Pinups. Rechts hat sie alte Couchen positioniert. Die Tischtennisplatte steht im hinteren Teil des Komplexes. Sie hat ihn neu ausgeleuchtet und in einen kleinen Partyraum mit Bar und Theke verwandelt. Selbst die Videosammlung ist größer geworden, seit sie eingezogen ist. Sie hat bei einem Importversand sämtliche Staffeln von Mac Gyver im Original bekommen. Wir essen unsere Pommes und zappen hin und her. Wir sehen von Laien gespielte Privatdetektive, von Laien gespielte Richter, von Laien gespielte Polizisten und von Laien gespielte Ärzte. Bei zwei Berufspolitikern bleiben wir hängen, weil sie besser spielen können. Die Moderatorin hat eine schwarze Kurzhaarfrisur, die vorne weiß gefärbt ist. Der eine Politiker sagt: »Es muss doch in der Freiheit der Unternehmer liegen, wen sie auf welche Weise einstellen wollen!«

Der andere rollt mit den Augen. Dann geht das Licht aus.

»Mann, Mann, Mann!!!«, brüllt Hartmut, während seine Schritte sich durch großes Bad, Flur und Küche in unsere Richtung bewegen. Seine Silhouette steht einen Moment schwarz im Perlenschnurvorhang zum Wohnzimmer, bis er sich mit einer Taschenlampe wie damals im Zeltlager von unten das Gesicht beleuchtet.

»Die Leute wollen keine Seelsorge mehr«, sagt er. Susanne und ich sehen ihn aus dem Dunkel heraus an. Eine Pommes mit Zwiebel- und Majomatsch fällt in den Flokati. Seit vielen Monaten nimmt Hartmuts Online-Lebensberatung den ersten Platz in seinem Leben ein. Sein Studium der Philosophie hat er in Rekordzeit vorangetrieben und Scheine gesammelt wie andere Postkarten. Allein Nietzsche, Gadamer und Derrida wurden vollständig auf dem Klo gelesen. Jetzt fehlt ihm nur noch die Magisterarbeit. Aber die muss warten. Auf eine gute Idee. Und auf eine Pause seines »eigentlichen« Jobs.

Hartmut atmet. »Wo sind sie hin, die inneren Konflikte? Die

Sinnfragen? Die Selbstsabotagen? Die seelischen Qualen? Nix mehr. Wisst ihr, was die Leute nur noch von mir wollen?«

»Arbeit!«, sage ich schmatzend, eher so aus Spaß, weil ich an den Jugoslawen denken muss.

Hartmut wackelt mit dem Lichtkegel. »Ja, genau!«, sagt er. »Sie wollen wissen, wie sie endlich an einen Job kommen. Ich mach hier nur noch Bewerbungsberatung.«

»Hartmut, Schatz. Warum haben wir keinen Strom mehr?«, fragt Susanne.

»Wegen Bernd«, sagt Hartmut.

»Wegen Bernd ...«

»Bernd wohnt fast schon bei Vorstellungsgesprächen, aber er kriegt keinen Job«, sagt Hartmut.

»Aha.«

»Wahrscheinlich liegt es an seiner Gestik. Er fummelt ständig an seinem linken Finger herum. Und wenn er nicht fummelt, nuschelt er.«

»Und darum haben wir keinen Strom?«

Mir fällt wieder eine Pommes herunter, ich will sie fangen, dann spüre ich eine Ecke der Schale an meinem Finger und höre ein leises Platschen. Die ganze Pommes Spezial liegt nun im Flokati, mit dem Matsch nach unten.

»Bernd schickt mir Videos von sich per Mail. Dann schicke ich ihm ein Video, wie man richtig sitzen soll. Dann schickt er mir wieder ein Video, wo er besser sitzt, aber fummelt. Ich schreibe dann ›du fummelst‹, und er schickt mir ein neues. Bei 14 Gigabyte ist der Strom ausgefallen.«

Susanne und ich betrachten, wie der Lichtkegel Hartmuts Gesicht rund ins Dunkel klebt. Das Licht verfängt sich in seinen Koteletten. Wir wissen nicht so recht, wer es ihm zuerst sagen soll. Dann sagt es Susanne: »Hartmut, mein Engel. Man kann Menschen auch treffen. So live.«

Der Lichtkegel verschwindet und wo Hartmuts Kopf war, bleibt noch kurz ein gelber, runder Fleck vor den Augen. Der Fleck sagt: »Aber ich mache doch Onlineberatung.«

»Die Zeiten ändern sich«, sagt Susanne.

»Man muss flexibel sein!«, sage ich. Dann merke ich, dass ich mit meiner Socke den Pommesmatsch tiefer in den Flokati drücke.

Zwei Tage später sitzt Bernd in unserer Küche und übt mit Hartmut Vorstellungsgespräche. Hartmut hat den Esstisch seitlich zur Wand gezogen und Telefon, Büroablagen und ein paar Playstationmagazine daraufgelegt, die Firmenkataloge darstellen sollen. Hartmut spielt den Chef. Vor ihm liegen Bernds Bewerbungsunterlagen, zwei prall gefüllte Clipmappen, dick wie Telefonbücher. Er zieht an dem Clip, und die Mappe spuckt die Blätter wie einen Erdrutsch auf seinen Tisch. Bernd kräuselt seine Augenbrauen und fummelt an seinem linken Zeigefinger. »Das muss ich erst mal ordnen«, sagt Hartmut und beginnt, die Zettel auf Tisch und Fensterbank auszubreiten. Dann auf der Arbeitsplatte neben der Spüle. Dem Board mit der Sandwichmaschine. Schließlich holt er Tesafilm und klebt sie an Wand und Möbel. Nach 30 Minuten sieht unsere Küche aus wie die Zimmer von besessenen Stalkern oder Schizos in amerikanischen Psychothrillern, die ihre Wände mit flatternden Zeitungsausschnitten bepinnt haben. Hartmut läuft die Galerie ab. Zeugnisse, Empfehlungsschreiben, Bescheinigungen. Der Lebenslauf hängt an den gestapelten Mineralwasserkisten wie ein Vorhang. Wir trinken viel Mineralwasser.

»Du hast über Adorno promoviert?«, fragt Hartmut. Bernd nickt und dreht an seinem Finger. Hartmut hebt kurz die Brauen. »Mal sehen. Schülervertretung, Fachschaftsrat, Vorsitzender der germanistischen Tutoriengruppe, Fakultätsrat.« Hartmut kneift die Augen zusammen: »Was ist ein Vertrauensjunge?«

»Das war im Kindergarten«, sagt Bernd. »Das Amt hat nach mir keiner mehr bekleidet.« Er senkt den Kopf. »Vor mir auch nicht.«

Hartmut geht weiter.

»Du hast schon in *Wirkendes Wort* veröffentlicht?«

Bernd nickt. »Und in *Sinn und Form,* im *Merkur,* in den *Weimarer Beiträgen.*« Hartmut unterbricht ihn und tippt auf die Blätter. »Noch *bevor* du deinen Magister hattest?«

»Ja.«

Hartmut bläst Luft durch die Nase und geht zu den Zeugnissen, die sich von den Schränken über der Spüle bis zum Regal mit dem Radio ziehen. Yannick sitzt auf dem Brett und schaut kopfüber auf die Blätter. Hartmut liest vor: »Fortbildung in Projektmanagement. Fortbildung in Eventmanagement. Fortbildung in Change Management. Fortbildung in Key Account Management.«

»Adorno reicht nicht«, sagt Bernd.

Hartmut liest weiter, lupft Zettel, tippt mit einem Kuli auf dem Blätterwald herum.

»Du sprichst sieben Sprachen?«

Bernd nickt.

»Du hast ein Theater geleitet?«

Bernd nickt.

Hartmut bleibt an einem bunten Blatt stehen und vergewissert sich, dass er sieht, was er sieht: »*Du* hast die Werbekampagne für Mercedes gemacht?«

Bernd nickt. »Ja. Als Praktikant.«

Hartmut steht im Blätterwald, Yannick holt aus und zerfetzt mit seiner Tatze zwei Fortbildungszeugnisse. Leise rieseln die Einser auf den Küchenboden.

»Und dich will niemand einstellen?«, fragt Hartmut noch mal. Bernd tippt auf eine Liste, die links und rechts über dem Küchentisch hängt. Bewerbungen und Absagen. 729 Stück. Zu den meisten Firmen wird er nicht mal eingeladen. Hartmut zwirbelt an seinen Koteletten herum. »Das kann doch nicht nur an der Fingerfummelei liegen.« Bernd nimmt hastig die Hand von seinem Finger.

Susanne kommt durch die Wohnungstür, wirft zwei Arbeitshandschuhe neben den Toaster und sieht sich flüchtig um. »Was ist das denn? Spielt ihr *Fletchers Visionen*? Wer ist Mel Gibson?« Hartmut sieht sie an und preist mit den Händen die aufgehängte Pracht. »Der Mann da ist unglaublich gut. Und er kriegt keinen Job!«

»Habt ihr schon in den Ratgebern nachgesehen?«, fragt Susanne und meint es ironisch. Sie legt zwei Toasts in die Sandwichmaschine und holt Tomaten und Käse aus dem Kühlschrank. Die Zeugnisse flattern. Hartmut hebt den Finger, küsst sie, läuft in sein Zimmer und kehrt mit einem Einkaufskörbchen voller Ratgeber zurück. Er blättert. Bernd friemelt wieder an seinem Finger.

»Recherchierst du vor den Gesprächen immer über die Firmen, bei denen du dich beworben hast?«, fragt Hartmut aus seiner Lektüre im Einkaufskorb heraus.

»Ja«, sagt Bernd.

»Tust du so, als wenn du dort und nur dort deine Erfüllung finden könntest?«

»Ja.«

»Tust du so, als wenn Gehalt das Letzte ist, was dich interessiert, bist dann im zweiten Gespräch aber entschlossen in den Verhandlungen?«

»Ja.«

Hartmut blättert weiter. Die Seiten sausen. Yannick springt vom Regal und lässt sich an den Blättern hinab wie an einem Vorhang, den er wie ein Schredder in Streifen zerteilt.

»Ha! Jetzt hab ich's! ›Seien sie trotz allem anspruchsvoll. Lassen Sie sich nicht einreden, Sie müssten jeden Job annehmen, weil die Zeiten hart sind. Bleiben Sie wählerisch.‹ Bist du wählerisch, Bernd?«

»Nein«, sagt er, zieht einen Zettel aus seiner Hosentasche und wirft ihn auf den Tisch. »Aber ich könnte jetzt mal damit anfangen.«

»Was ist das?«

»Eine Einladung zu einem Vorstellungsgespräch. Seit acht Wochen mal wieder die erste. Dabei hatte ich als Bewerbung nur drei Zeilen hingemailt. Aus einem Internetcafé. Mit Kopfschmerzen. Um überhaupt an dem Tag auf irgendeine Stelle geschrieben zu haben. Ist ein Scheißjob. Will ich gar nicht haben. Ich wollte eigentlich morgen hin. Aber ich glaub, ich lass es.«

»Zeig mal her«, sagt Hartmut und überfliegt den Zettel. »Und du hast denen damals nur ein paar Zeilen Mail geschickt?«

Bernd nickt.

»Dann kennen die dein Gesicht nicht?«

Bernd schüttelt den Kopf.

Hartmut nickt, gibt Bernd mit einem Ruck den Zettel zurück und sagt: »Okay, ich gehe hin.«

»Was?«, fragen Susanne und Bernd gleichzeitig.

»Ja«, sagt Hartmut und sieht Susanne an, »er will doch den Job ohnehin nicht, und mich fragen meine Kunden nur noch, wie sie bloß Arbeit finden sollen. Da kann so ein Vorstellungsgespräch doch mal nicht schaden, oder?«

Bernd schaut ihn ängstlich an.

»Keine Sorge«, sagt Hartmut, »ich werde schon dafür sorgen, dass du den Job nicht kriegst.«

Wir kichern.

Yannick frisst ein Zeugnis.

Am Mittwochnachmittag stehen Hartmut und ich vor der Empfangstheke der Firma, die Bernd kennenlernen will, und tragen unser Anliegen vor. Eine junge Frau, die wie Sarah Connor aussieht, weist uns einen Platz zu, damit wir auf Herrn Sandforth warten können. Herr Sandforth ist der Personaler. Ich habe extra die Frühschicht genommen, weil Hartmut wollte, dass ich mitkomme. Gestern hat er schon wieder bis drei Uhr nachts Mails von Klienten beantwortet, die kein Geld mehr haben. Einer davon hat ihm eine Liste der Zeitarbeitsfirmen geschickt, bei denen er sich eingetragen hat und die sich ganz sicher bei ihm melden wollen. Hartmut hat sie sich aufgehängt, um eine Übersicht über den Markt zu haben. Es sind im Grunde alle, die existieren. Wir strecken die Beine aus und vergleichen die Größe unserer Füße. Eine Fliege landet auf der Spitze meiner Chucks und saust wieder davon.

Sarah Connor nimmt ein Telefonat an.

»Ich geh mal aufs Klo«, sagt Hartmut. Sarah Connor zeigt

ihm, während sie telefoniert, die Richtung und lächelt, als hätte sie ihm den Weg zur Quelle gezeigt. Ich stehe auf, verschränke die Arme hinter dem Rücken und gehe den Flur entlang. An der Wand hängen gerahmte Urkunden und Dokumente, die belegen, welch große Leistungen die Firma schon in der Medienanalyse vollbracht hat. Es sieht aus wie eine Pokalsammlung im Partykeller. Bernd hat sich als Medienbeobachter beworben, was bedeutet, dass er von morgens um fünf bis mittags um zwei Nachrichten und Pressetexte auswerten müsste. Am Ende des Flurs stehen zwei Sessel neben einer Gummipalme. Aus einem Büro kommen Stimmen. Ich setze mich in den Sessel und lausche.

»Sagen Sie uns doch nochmal, was Sie als Ihre Stärken bezeichnen würden.«

»Nun ja, ich liebe es, Zusammenhänge herauszuarbeiten. Ich war schon immer gut in der Recherche und darin, große Informationsmengen in den Griff zu kriegen.«

»Mhm. Mhm.«

»Ja, im Geschichtsstudium ist so etwas besonders wichtig. Textgenauigkeit. Zusammenfassen können. Wichtiges von Unwichtigem unterscheiden.«

»Ich sehe, Sie haben mit ›sehr gut‹ abgeschlossen.«

»Ja.«

»Mhm. Mhm.«

»Ja, jedenfalls, Stärken. Ich denke, ich habe eine breite Allgemeinbildung. Ich war bei der Universitätszeitung. Zwei Praktika bei Zeitungen. Waz und Taz. Ich denke also schon, dass ich Medienauswertung beherrschen kann.«

»Mhm. Können Sie gut früh aufstehen?«

»Wie bitte?«

»Ja, die Frage scheint Ihnen banal, aber Sie wissen, es geht hier um fünf Uhr morgens los.«

»Ja. Ja, sicher.«

»Hier steht bei Hobbys auch noch eine Menge.«

»Ja, ich spiele Schach in der Verbandsliga. Und ich bin Bassist in einer Chansonband. Wir touren so durch die Kleinkunsthäuser, wissen Sie?«

»Sie haben schon eine CD aufgenommen?«

»Ja, was Kleines. Wir vertreiben sie selber.«

»Wo sehen Sie sich eigentlich in fünf Jahren?«

»Nun, ich kann mir schon vorstellen, in der Medienauswertung etwas zu werden. Aufzusteigen. Die Prozesse vielleicht mit zu optimieren.«

»Aha.«

»Ja, es macht mir einfach Freude, konzentriert zu arbeiten und etwas zu schaffen, wissen Sie?«

»Mhm.«

»Und später vielleicht, ja. Mal schauen.«

»Und Sie könnten schon Anfang nächsten Monats einsteigen?«

»Ja!«

»Also übernächste Woche?«

»Ja.«

»Und unsere Konditionen sind für Sie auch okay?«

»Auf jeden Fall.«

»Na ja, ich meine, Sie sind Akademiker.«

»Das macht nichts.«

»Gut, dann erlösen wir Sie an dieser Stelle und melden uns nächste Woche bei Ihnen.«

»Sehr schön. Danke.«

Ich höre, wie sich von innen Schritte der Tür nähern, und springe vom Sessel auf. Als der Befragte auf den Flur tritt, studiere ich aufmerksam die Urkunden, als wäre ich gerade erst gekommen. »Guten Tag«, sagt der Mann, der gerade das Vorstellungsgespräch geführt hat. Ich nicke ihm zu. »Sind Sie Herr Waldeck?«, fragt er. Ich schüttele den Kopf. »Der ist auf der Toilette. Soll ich ihn holen?«

»Nein, schon gut, wir haben eh noch ein paar Minuten.« Der Mann sieht auf die Uhr. Er trägt ein weißes Hemd, unter dem man ein paar Brusthaare erkennen kann. »Sagen Sie ihm, er soll hier warten.« Ich nicke. Die Tür schließt sich wieder.

»Was für ein Typ«, höre ich den Brusthaarmann dahinter sagen. Ein anderer lacht. Es klingt nach Kaffee und Zigaretten.

»Geht's schon los?«, fragt Hartmut und kommt um die Ecke gestürmt, als hätte er gerade erst seinen Hosenstall geschlossen.

»Er holt dich gleich«, sage ich. Hartmut stopft an seinem T-Shirt herum. Er hat sich nicht sonderlich schick gemacht. »Sag lieber nicht, dass du Kleinkunst machst«, sage ich. Er schiebt seine Augenbrauen vor. »Oder doch, sag es wohl, du willst den Job ja nicht, Bernd.« Wir kichern. Die Tür geht auf.

»So. Herr Waldeck?«

»Ja!«, sagt Hartmut und steht stramm.

»Na rein, na rein, wir haben nicht den ganzen Tag Zeit«, sagt der Mann und tänzelt in den Raum zurück. Hartmut folgt ihm und flüstert mir zu: »So, jetzt zeige ich dir mal, wie man einen Job nicht kriegt.«

Die Tür schließt sich, und ich setze mich wieder in den Sessel. Von drinnen drücken sich Stimmen durch das Holz der Tür.

»Sie haben uns eine kleine Mail geschrieben.«

»Ja, ich hatte nicht mehr Zeit«, sagt Hartmut.

»Aber jetzt haben Sie Zeit?«, lacht der Brusthaarmann.

»Na ja, geht so«, sagt Hartmut und schnieft ein wenig mit der Nase. Der Brusthaarmann stoppt sein Lachen. Papiere werden geschoben.

»Okay, dann erzählen Sie doch mal was über sich. Sie haben Germanistik studiert, richtig?«

»Ja, aber nicht so wirklich«, sagt Hartmut. »Um ehrlich zu sein, habe ich mehr gejobbt als studiert. Vor allem in Kneipen. Ich kann ihnen bis heute nicht sagen, was Hermeneutik ist.« Er lacht dreckig, als hätte er eine Raucherlunge.

»Würden Sie sich nicht als Akademiker betrachten?«

»Gott bewahre, nein! Bloß, weil ich ein paar Seminarräume gefunden habe?«

Der Personaler schweigt einen Moment.

»Haben Sie denn schon Erfahrung mit Medienauswertung? Lesen Sie viel? Interessieren Sie sich für das Tagesgeschehen?«

»Wissen Sie«, setzt Hartmut an, »es muss vor allem schnell gehen. Ich kann nicht verstehen, wie jemand eine Zeitung von vorn bis hinten durchlesen kann. Oft ziehe ich die Nachrichten nur aus dem Fernsehen.«

»Und selber haben Sie auch noch keine Medien gemacht? Schülerzeitung. Unipresse? Irgendwas?«

»Nö. Nix.«

»Was sind denn so Ihre Interessen?«

»Das Übliche«, sagt Hartmut gelangweilt, »Kino, Fernsehen, ein wenig Sport.« Ich nehme ein Blatt der Gummipalme in die Hand und versenke darin meine Stirn.

»Was würden Sie denn als Ihre Stärken bezeichnen?«

»Konzentrationsfähigkeit, Zuverlässigkeit, Flexibilität, Belastbarkeit.« Hartmut nölt die Begriffe herunter wie ein Kellner in einem Landcafé, der zum achthundertsten Mal die Kuchensorten aufzählt. Es ist grauenhaft. Ich warte, wann der Mann das Gespräch abbrechen wird.

»Und was prädestiniert Sie ausgerechnet für diese Stelle?«

Hartmut sagt nichts. Ich höre, wie er mit den Füßen scharrt. Er sagt in einem Tonfall, als würde er sich für diese lächerliche Bemerkung entschuldigen: »Ich schaffe Ihnen was weg. Und ich kann gut früh aufstehen.« Dann lacht er verlegen und kratzt sich an seiner Kotelette.

»Und die Konditionen sind für Sie auch okay?«

»Um ehrlich zu sein: Ich brauche die Kohle. Ich würde auch für weniger arbeiten. Ich weiß, das gibt man nicht so zu, aber …«

»Das ist schon okay, Herr Waldeck.«

»Gut«, sagt Hartmut kleinlaut.

»Ja, dann erlösen wir Sie jetzt mal. Aber warten Sie noch einen Moment draußen, ja?«

»Ja.«

Die Tür geht auf und ich lache leise, als Hartmut mich ansieht. Ich sitze breitbeinig in dem Ledersessel, und meine Bauchdecke wippt auf und ab. Hartmut fällt in das Gelächter ein und prustet leise. Wir schlagen ein. »Vor dem Job hast du Bernd sicher verschont«, sage ich.

»Auf jeden Fall«, sagt Hartmut und fläzt sich in den zweiten Sessel.

»Ich lese kaum Zeitung, ich sehe lieber fern«, äffe ich ihn nach.

»Und studiert habe ich auch nicht richtig«, sagt er.

»Aber vor allem: Ich brauche die Kohle und schaff Ihnen was weg!«, lache ich.

»Ja, wie der Kohlenschaufler«, gackert Hartmut. Wir schlagen wieder ein zwischen den Blättern der Palme.

Die Tür öffnet sich, und der Mann mit den Brusthaaren steht im Rahmen. Er kratzt sich an der Seite, als wäre dort etwas hängen geblieben, widmet uns dann wieder seine Aufmerksamkeit und sagt: »Glückwunsch, Herr Waldeck. Sie haben den Job!«

»Soll das heißen, ich bin zu gut?«, fragt Bernd, der noch am selben Abend an unserem Küchentisch sitzt und ein Schreiben an Herrn Sandforth verfasst, dass er für die Stelle aus privaten Gründen doch nicht zusagen kann, da er eine Erbschaft im Hunsrück antreten muss.

Hartmut tippt auf Bernds Zeugnis- und Empfehlungsstapel, der wieder in die Clipmappen zurückgedrängt wurde und sagt: »Diese These ließe sich aufstellen.«

Susanne und ich spielen gegeneinander *Gran Turismo* mit Split-Bildschirm. Sie fährt einen Honda Prelude, ich einen getunten Civic. Sie ist verdammt gut. Die Playstation röhrt Motorengeräusche, Yannick sitzt daneben und wackelt mit dem Köpfchen. »Probiert es doch einfach aus!«, ruft Susanne in die Küche hinüber, während sie mich beiläufig überrundet.

»Wie?«, ruft Hartmut zurück.

»Schreib eine Stelle aus und schau mal, wie viele Bernds sich noch so bewerben. Die Arbeit darf natürlich nicht attraktiv sein. Schreib einfach ›Minijob in Beratungsinstitut. Sekretariatsaufgaben und Kaffee kochen.‹« Sie meint es wieder nur zum Spaß. Sie vergisst, dass man Hartmut so was nicht sagen darf.

Mein Honda Civic landet im Graben, Hartmut sitzt schon am PC und bucht einen Platz in der Zeitung.

Hartmut schrieb tatsächlich »Kaffee kochen« ins Aufgabenprofil. 950 Bewerbungen gingen ein. 948 davon waren Akademiker. Jetzt sitzt er mit Bernd in seinem Zimmer, und sie werten akribisch die Mappen aus. Hartmut wittert wieder etwas. Ein Geschäft, die Revolution, was weiß ich. Man kann es nicht stoppen. Man muss es nehmen, wie es kommt. Wie eine Naturkatastrophe oder einen kaputten Fernseher kurz vor einem wichtigen Spiel. Hartmut bezahlt Bernd für die Arbeit, so gesehen ist der junge Mann jetzt doch Medienauswerter, und die Kaffeemaschine läuft auf vollen Touren. Susanne und ich spielen einfach weiter und sehen uns manchmal nachdenklich an, wenn die Playstation die heißen Wiederholungssequenzen des Rennens abspielt und im Ostflügel bei Hartmut wieder ein Zehnerstapel Bewerbungen bearbeitet in einen Karton fällt. Yannick kratzt mit den Pfoten am Fernseher, damit wir weiterspielen.

Nach drei Tagen intensiver Arbeit betreten Hartmut und Bernd das Wohnzimmer und stellen sich vor den Bildschirm, damit wir zuhören. Bernd lässt das Rollo herunter, und Hartmut klappt seinen Laptop auf. Bernd schließt einen Beamer an. Und da frage ich mich manchmal, wo das Geld aus unserer Haushaltskasse bleibt. Hartmut sagt: »Wir werden reich!«, und erklärt uns warum.

Als er seine Ausführungen beendet hat, bekomme ich heiße Ohren. »Nein, nein, nein!«, sage ich, »Kommt gar nicht in Frage!«

»Aber wir brauchen jemanden, der auch die harten Fälle übernimmt«, sagt Hartmut, der uns bis eben erklärt hat, dass er ein »Institut für Dequalifikation« eröffnen will, da wir in Zeiten leben, in denen die meisten Menschen überqualifiziert sind. Einen Kundenstamm hätte man ja nun schon mit den 948 Akademikern, die sogar Kaffee kochen würden, und mit all seinen Klienten aus der Online-Lebensberatung, die keine Zeit mehr für seelische Probleme haben, weil sie einen Job finden müssen. Hartmut möchte die Kunden in drei Klassen einteilen. Auf der höchsten Stufe lernen die Akademiker bei Hartmut, wie man die ganze Kulturkritik wieder vergisst und für den Stadtboten Artikel über den Schützenverein schreibt. Auf der mittleren Stufe soll Susanne arbeitslosen Ingenieuren und Technikern das Leben als Mechaniker in der Werkstatt beibringen. Und ganz unten, da bin ich. Zuständig für Menschen, die überhaupt keine Arbeit mehr kriegen und nur noch Malocher werden können, bei UPS, beim Müll, am Fließband. Hethitologen, Frühgeschichtler, Germanisten mit einem Schnitt schlechter als 3,0 und ohne Praktika.

»Ich habe bereits einen Job«, sage ich und mache mir Sorgen, weil Susanne ihren Hartmut ein wenig stolz ansieht, so, als wäre mal wieder eine grandiose Idee aus dessen Koteletten geplumpst, die wirklich etwas taugt. Auf dem Rollo erscheinen jetzt Entwürfe für Anzeigen und Faltblätter. Man wird ihn nicht mehr zurückhalten können.

»Ich habe gehört, die Japaner sollen unglaubliche Badeöle herstellen«, sagt Hartmut jetzt und ändert das Bild in dem Beamer. Eine Flasche erscheint, golden glänzend, ein paar Tropfen darauf. »Und die Thermen in Rom sollen auch der Wahnsinn sein. Da haben sie ein echtes Badeparadies erhalten, so wie zu den dekadenten Zeiten des Imperiums. Man sagt, ein Trainer des Institutes für Dequalifikation bekomme dort freien Eintritt, wann immer er will. Das sind so Prämien, die sich der Boss ausgedacht hat.« Hartmut grinst. Ich schmeiße eine Zeitung nach ihm. »Du Verführer!«, lache ich und schaue auf die Therme. Dann sage ich nichts. Ich merke, wie sich in mir der Widerstand auflöst wie das beste Badeöl in einer einlaufenden Wanne.

»Es wird nicht sooo viele Klienten für dich geben«, sagt Hartmut. »Das sind wirklich nur die ganz harten Fälle.«

Ich schweige und schaue zumindest nicht so aus der Wäsche, als hätte ich gerade mein Vermögen verloren. Hartmut wertet das als ein »Ja«. Ich denke an die Therme.

Zwei Tage später stehe ich vor unserer Haustür und atme die Luft des Frühlings, der sich so langsam anbahnt wie manche Songs auf Hartmuts CDs, die erst richtig anfangen, wo bei anderen schon das ganze Album wieder aufhört. Auf unserer Klingel steht »Institut für Dequalifikation – Ihr Weg zur neuen Arbeit. Mit Jobgarantie!« Bernd lernt gerade bei Hartmut, seine Germanistik zu vergessen und für die Lokalzeitung zu schreiben. Kurze Sätze, noch kürzere Gedanken. Es ist die Hölle für ihn. Er hat über Adorno promoviert. Aber es muss sein. Er ist unser erster Kunde. Ein warmer Wind weht durch den Baum vor unserer Haustür, als plötzlich ein junger Mann vor mir steht. Er ist stilvoll gekleidet, trägt eine Brille mit dünnem Rand und hat feingliedrige Finger. Er fragt mich, ob er hier richtig sei beim Institut für Dequalifikation, und sieht ein wenig ängstlich an der dreckigen Fassade unseres Hauses empor, das jeden Moment absacken könnte. Ich folge seinem

Blick und lächele, er legt den Kopf schief, lacht einmal kurz und nickt, als sage das alles.

»Was haben Sie studiert?«, frage ich ihn.

»Musikwissenschaften und Altphilologie«, sagt er.

Ich denke an Hartmuts Worte, dass es für mich nicht viele Klienten geben wird, seufze, klopfe dem jungen Mann auf die Schulter und denke intensiv an die frischen Thermen, als ich ihn in unser Institut führe.

ANPASSUNGSLEISTUNGEN

Nach wenigen Tagen hat das Institut für Dequalifikation bereits einige aktive Klienten. Es ist interessant zu sehen, wie sie mit dem Vertrag umgehen, den sie vor der Behandlung zur Dequalifizierung unterzeichnen müssen. Manche setzen schnell und lustlos ihr Autogramm darunter, so, wie man bei Lizenzvereinbarungen von Computerprogrammen immer sofort auf »OK« drückt, weil man keine Lust hat, zwanzig Kilo Text zu lesen. Manche lesen die erste Seite lächelnd, runzeln bei der zweiten die Stirn, sehen uns an, als wären wir Teppichhändler, und signieren dann doch. Lediglich Sebastian legte bei der Lektüre der zweiten Seite den Stift ab und fragte mich, wie der Satz »Der Klient verpflichtet sich, jede ihm angetragene Trainingsmaßnahme durchzuführen« zu verstehen sei und was es in aller Welt zu bedeuten habe, wenn da steht: »Es ist eine ganzheitliche Kompatibilität des Klienten zu seinem neuen Arbeits- und Lebensumfeld zu erzeugen.«

Ich erklärte es ihm.

Er wurde bleich.

Dann zog er erst mal zu mir ins Zimmer.

Um 6.30 Uhr finde ich ihn wieder im Bad, die Wangen voller Rasierschaum und wach wie ein Goldhamster zur blauen Stunde. Um 5.30 Uhr habe ich ihn schon mal hier erwischt, auf der wuschigen Badematte, im Kopfstand. Er meditiere, hat er gesagt. Ich scheuchte ihn wieder ins Bett. Malocher stehen nicht früher auf, als sie müssen. Jetzt darf er zwar auf sein, aber nicht so. Er riecht unerträglich gut und summt bei der Rasur Bach vor sich hin, der in einem kleinen Kassettenrekorder seine Fugen ausbreitet. Ich gehe zu dem Gerät und schalte es aus. Sebastian dreht sich um und sieht mich an. Er wirkt so stilvoll, dass selbst der billige, erleuchtete Plastikschrank über dem Waschbecken durch seine Anwesenheit für einen Moment wie die getäfelte Badekoje einer Yacht aussieht.

»Da, schon wieder«, sage ich. »Das ist der Grund, warum besonders harte Fälle wie du nicht nur tägliche Meldepflicht haben, sondern direkt hier wohnen müssen.«

Er lässt die Ohren hängen, ein weißer Klumpen Rasierschaum fällt auf den Boden. Er versteht mich nicht richtig.

»Das ist dein erster Morgen als Malocher, und du machst hier einen auf Meditation und Bach, als wärst du Leistungsträger im Bundessymphonieorchester«, sage ich. »Denk an den Vertrag. Kompatibilität zum neuen Leben. Ganzheitliche Anpassung.«

Er hat nicht ein einziges Nasenhaar. Er schweigt.

»Bei UPS machst du nur ein Arbeitstraining. Da bringe ich dich mit, da ist es ihnen egal, wie komisch du wirkst. Aber wenn du später eine richtige Stelle willst, darf man dir nichts anmerken.«

Er soll nicht so vorwurfsvoll gucken. Er hat den Vertrag unterschrieben. Jetzt muss er machen, was wir ihm sagen. Dafür geben wir ja auch Jobgarantie. In ein paar Wochen ist Sebastian ein neuer Mensch. Wenn er nur mitzieht. Er seufzt, legt den Rasierer ab und wischt sich den Schaum aus dem Gesicht. Seine Bewegungen sind so sanft wie das Lächeln des Dalai Lama.

»Also, husch, husch, nochmal das Ganze«, sage ich, und wir gehen wieder in mein Zimmer. Er hat unter meinem Hochbett eine Matratze bekommen. Wir lassen die Rollos runter, stellen den Wecker so, dass er in neun Minuten wieder klingelt, und legen uns in die Betten.

Der Wecker klingelt.

Sebastian erscheint unter mir, steht auf, stellt sich ins Zimmer und beginnt, sich drei Mal wie ein Kreisel zu drehen. Ich liege, die Decke unter den Nasenlöchern, im Bett und schaue es mir an. Sebastian kreiselt aus, legt sich lang auf den Rücken, atmet konzentriert und regelmäßig und hebt bei jedem Einatmen die Beine kerzengerade nach oben und lässt sie langsam wieder ausatmend hinab. Am Höhepunkt sieht es aus, als liege ein 1,85 m großer Regalwinkel auf meinem Teppich.

»Was machst du da?«, frage ich.

»Die fünf Tibeter«, sagt er. »Das sind Leibesübungen zur Erhaltung der Körperenergie.«

»Ich glaub, mein Schwein pfeift«, sage ich. Sebastian hört mit den Tibetern auf.

»Wie stehen Malocher auf?«, frage ich wie ein Lehrer, dessen Schüler bei der Lokalisierung Südamerikas immer noch auf Kapstadt zeigen. Sebastian stöhnt, kriecht ins Bett, dreht sich auf den Bauch und lässt langsam das linke Bein aus der Decke schleichen. Dabei macht er missmutige Geräusche.

»Ja, nicht schlecht«, sage ich. »Weiter.«

Er steht unförmig auf, bleibt krumm im Raum stehen, kratzt sich erst hinter den Ohren, zögert einen Moment und wartet, bis ich ihn ermutige. Dann kratzt er sich auch im Schritt. »Scheiße«, murmelt er. Ich weiß nicht, ob es ein »Scheiße, dass ich das hier machen muss« oder ein echtes Malochergewohnheits-Scheiße am Morgen war, aber ich lobe ihn erst mal, und wir gehen in die Küche. Ich mache die Kaffeemaschine an, er holt eine Birne aus dem Kühlschrank und ein kleines Messer aus der Schublade.

»Was machst du jetzt?«, frage ich.

»Einen Vollwertteller«, sagt er und deutet mit dem Messer auf eine kleine Schale auf der Fensterbank, wo er eine Getreidemühle montiert hat. »Gestern Nacht habe ich den Weizen geschrotet und in Wasser eingeweicht. Morgens kommen Zitrone, Apfel, Banane, Kleie und Birnen dazu. Dann Rosinen und eine Nussart, ich wähle meistens Mandeln, weil …«

»Sebastian!«

»Ja?«

»Wie viele Absagen hast du bekommen?«

Er grummelt. »Achummeumi.«

»Wie bitte?«

»Achtundneunzig!« Er legt das Messer ab.

Ich lächele bitter und gieße Kaffee ein. Mir gefällt es ja auch nicht. Aber für Sebastians Profession gibt es nun mal weniger Stellen als Grünanlagen in der Arktis. Und mittlere Dienstleistungen geben ihm zu viel Anlass, sich als überqualifiziert zu verraten. Er muss Malocher werden. Vollständig.

»Hier«, sage ich, öffne eine Schranktür und hole eine angerissene Packung Müsli heraus. Es knackt kurz, weil sie am Schrankboden festklebt, auf dem Müslikrümel in Honigresten stecken, die nie ganz trocken werden. Im Dunkel des Schrankes steht eine Drückspenderflasche, die seit Monaten einen Riss haben muss. »Flotte Biene« steht darauf, aber es ist nichts mehr flott daran. Ich drücke ihm das Müsli in die Hand. »Lustlos irgendwo reinkippen, dabei das Radio anmachen, Milch drüber, Kaffee trinken, am Tisch fast wieder einschlafen.« Sebastian verzieht das Gesicht. Das ist nicht seine Vorstellung eines guten Morgens. Er tut, was ich sage, und auf WDR 2 kommt der einzige Hit der Cutting Crew. Wir essen das Müsli, besser: Sebastian isst das Müsli, und ich schiebe es bloß in meinen Körper und spüle es mit Kaffee herunter. »Nicht so konzentriert kauen«, sage ich. Er brummt. Er soll froh sein, dass wir überhaupt Müsli essen. Wir sind Malocher, wir brauchen eine gewisse Grundlage. Ich könnte ihn auch zum Schalterbeamten dequalifizieren, da wäre nichts mit Müsli, da hieße es drei Fluppen, zwei Kaffee und ein Plätzchen aus der Keksmischung.

Nachdem ich ihm beigebracht habe, dass man die Müslischale auf dem Tisch stehen lassen muss, damit man sich mittags darüber ärgern kann, dass sie eingekrustet sind, zeige ich ihm, wie er in Zukunft die Morgentoilette zu bestreiten hat. Als ich damit fertig bin, fragt er mich, wann denn das eigentliche Waschen anfange. Ich seufze. Er auch.

»Wo war noch gleich die einzige freie Stelle, die wirklich deinen Qualifikationen entspricht?«, frage ich.

»Auf den Färöer«, sagt er. »Da wachsen keine Bäume. Nicht ein einziger. Das muss man sich mal vorstellen.« Dann schüttelt er den Kopf, wirft sich flüchtig Duschgel und ein paar Tropfen Wasser ins Gesicht, und wir verlassen das Haus. Auf dem Weg zur Scheune steht Susanne mit zwei Ingenieuren und erklärt ihnen, worauf es ankommt, wenn man in einer Zweiradwerkstatt arbeitet. Sie stellt sich blöd und spielt eine Kundin, die nicht erklären kann, was an ihrer Vespa kaputt ist, dabei raucht und mit kratziger Stimme ihren missratenen Sohn Kevin zurechtpfeift. Ich denke mir, dass sie es auch nicht leichter als ich hat. Dann laufe ich mit Sebastian zum Bus, und wir fahren zu seinem ersten Trainingstag als Packer bei UPS.

Es ist kaum mit anzuschauen, wie Sebastian sich abquält. Ich darf ihm natürlich nicht helfen, weil seine zwei Stunden Testarbeit während der ganz normalen Schicht stattfinden und ich selbst arbeiten muss. Zudem belade ich heute den Hannover-LKW, den anstrengendsten Lastzug mit den meisten Paketen. Ich stehe oben und stapele die Wände. Martin wirft mir die Pakete auf das Rollband im Laster. Wann immer mal eine Sekunde Luft ist, schaue ich rüber zur Kurve des Fließbandes, wo die kleinen braunen Transporter stehen, aus denen die anderen das Zeug ausladen müssen, das gleich bei uns ankommt und in die großen Anhänger gepackt wird. Die zwei Transporter neben dem, in dem Sebastian schuftet, spucken in einem fort Pakete aus. Bei Sebastian kommt manchmal fünf Sekunden lang gar nichts. Fünf Sekunden sind in unserem Geschäft zu lang.

»Ja, leck mich am Arsch!«, brüllt Stolle, der Vorarbeiter, »das muss schneller gehen, Junge! Mindestens 35 Pakete in der Minute! Komm, komm, komm!!!« Sebastian taucht in der Öffnung des Transporters auf und schwitzt fürchterlich. Sein Kopf ist knallrot und sein T-Shirt klebt ihm am Körper. Ich weiß genau, wie er sich fühlt. Bei mir war es am Anfang genauso. Man denkt, 35 Pakete kann man nicht schaffen. Man rechnet, dass für ein Paket nicht mal zwei Sekunden bleiben. Man kriegt keine Luft mehr und überlegt die ganze Zeit, ob man verarscht wird, besonders während der Testphase. Aber man wird nicht verarscht, und man wird herausfinden, dass es geht, weil es gehen muss. »Los, los, los!!!«, bellt Stolle und haut dabei dreimal gegen die Außenwand des Transporters. Sebastian wuchtet ein großes Paket auf die Rollschiene, die zum Fließband hinunterführt und schubst es an. Es fällt auf halbem Wege seitlich herunter. Auch das lernt man erst mit der Zeit. Stolle hebt es auf, als Sebastian aus dem Wagen steigen will: »Drinbleiben und weitermachen!!!«, brüllt er, jetzt noch lauter. »Alles draußen liegen lassen!« Er sollte vielleicht dazu sagen, dass es sich erst lohnt herauszuspringen, wenn sich einiges gesammelt hat, und dass es normal ist, dass hin und wieder was fällt. Aber bei der Testarbeit muss jeder so durchkommen. Sebastian wirkt, als würde er gleich zu weinen anfangen. Er tut mir Leid.

Als wir nach der Schicht oben in dem kleinen Aufenthaltsraum sitzen, schweigt er. Das Licht auf der mit gemaserter Folie abgeklebten Spanplattenküche und der alten Couch mit Cordbezug erinnert mich immer an die Ausleuchtung von Gruselräumen in Spielen wie *Silent Hill* oder *Parasite Eve.* Manchmal höre ich die leise, bedrohliche Musik hier oben. Aber ich finde nie eine Leiche wie auf der Playstation. Ich ziehe ein weiteres Snickers aus dem alten Süßigkeitenautomaten und werfe es Sebastian zu, der traurig auf der Couch sitzt und in den Fernseher starrt. Es läuft Stargate.

»Warum sind sie so?«, fragt er mich und ich setze mich neben ihn. Er fragt es so zart, dass es mir leidtut, was wir mit ihm vorhaben. Aber Hartmut meint auch, dass es richtig ist.

Sebastian hat seit fünf Jahren keinen Job. Gar keinen. Seine Hände sind noch zu sensibel für diese Arbeit. Neben Bach hört er am liebsten Debussy, Saint-Saëns und Schostakowitsch. Ich werde viel mit ihm zu tun haben.

»Nimm das Gebrüll von unserem Vorturner nicht so ernst«, sage ich, »sondern das, was er damit bezwecken will.«

»Was? Mich fertig zu machen? Das hat er geschafft.« Ich würde am liebsten den Arm um ihn legen. Er macht mich weich. Dabei soll ich ihn hart machen. »Nein«, sage ich, »die Grenzen zu erreichen. Zu lernen, dass es geht.«

Sebastian öffnet sein Snickers, wie man ein Geschenk aufmacht. Das muss ich ihm alles abgewöhnen. Das fällt auf.

»Sieh mal, es ist wie beim Sport. Bist du schon mal 10000 Meter gelaufen?«

»Marathon«, sagt er.

Ich wundere mich nicht. Es laufen viele Akademiker Marathon. Ich weiß nicht, warum.

»Na, siehst du. Dann kennst du das doch. Den Punkt, an dem man denkt, es geht überhaupt nicht mehr. Und wenn man dann weiterläuft, der Knoten, der dann platzt.«

Er nickt. »Ja, aber ...«

»Na, ihr Kackbratzen!!!???«, grölt Martin, wirft seine Handschuhe auf die Spüle, verschränkt seine Finger und lässt die Knochen knacken. »Hab Stolle noch eben geholfen, den ganzen Überschuss hinten am Nürnberg-Hänger aufzusammeln. Leck mich am Arsch.« Er öffnet den Kühlschrank, nimmt eine Flasche Oettinger heraus und beißt den Kronkorken ab. »Watt denn da, Stargate? Champions League!«, sagt er und schaltet den Fernseher auf Fußball um. Michael Ballack wird von einem Italiener gefoult. Martin wirft sich zu uns auf die Couch. Er rülpst so laut, dass Sebastian zusammenzuckt. Auf seinem T-Shirt steht »Ten Ton Hammer«.

»Na, Neuer? Schon Geschmack gefunden?« Sebastian sucht nach Worten, wie es die Rekruten beim Bund tun, die vermuten, dass jede Antwort die falsche sein könnte. Martin haut ihm auf die Schulter, ohne eine Antwort abzuwarten. »Kommt schon noch. Kommt schon noch.« Bastian Schweinsteiger passt geschickt in den Strafraum, der Ball wird zu Roy Makaay abgelenkt, und der verwandelt sicher zum 1 : 0.

»Na bitte!«, sagt Martin und kleckert mit Bier. Sebastian sieht ihn an wie ein Hase. »Ja, watt?« sagt Martin. »Ja, es sind die Bayern, aber in der Champions League kann man ja auch mal für die halten, oder?« Martin trägt immer noch seinen 80er-Iro, einen flachen Streifen Haar in der Mitte des Kopfes, wie ihn manche Söldner in Trashfilmen aufbieten. Stolle betritt den Raum. »Und, wie steht's?«, fragt er.

»1 : 0 für die Bayern«, sage ich.

»Mhm«, sagt er und holt sich ein Bier aus dem Kühlschrank. Er macht es mit einem Öffner auf und wirft ihn in die klapprige Schublade zurück. »Auch eins auf den Schreck des ersten Tages?«, fragt er, und Sebastian merkt erst, als ich ihn anstupse, dass er gemeint ist. Er kann sich nicht so richtig vorstellen, dass Stolle nicht sein Feind ist, bloß, weil er ihn vorhin zusammengebrüllt hat. »Was? Äh, nein, danke, ich trinke nicht.«

Martin und Stolle sehen ihn an, als wäre ihm ein Auge auf der Stirn gewachsen. Es wirkt, als würde der Ton im Fernseher leiser. Ich trete ihm vor der Couch ein wenig gegen den Knöchel. »War ein Witz«, sagt er daraufhin und grinst Stolle mühsam an. »Klar nehm ich eins!«

Stolle wartet noch einen Moment wie ein Feldherr, der sich überwindet, die Frechheit seines Ritters zu überhören und zieht dann eine Flasche aus dem Kühlschrank. »Wollte schon sagen.«

»Mir auch eins«, sage ich.

Stolle gibt uns die zwei Flaschen, und wir stoßen alle vier auf unsere Firma und den deutschen Fußball an. Oliver Kahn stößt fast mit einem gegnerischen Stürmer zusammen, beide fallen hin, und Kahn steht auf und brüllt ihm so ins Ohr, als wollte er seinen Kiefer zusammenklappen und es abbeißen. Martin rülpst erneut und stupst Sebastian an: »Auf welchen Verein stehst du?«

Man sieht, wie hinter Sebastians Augen die Denkmaschine anrollt, und er versucht, sich an einen Namen zu erinnern und zugleich keinen falschen zu finden.

»Bochum?«, sagt er.

»Neururer ist ein guter Mann, aber er kann die Mannschaft nicht auf ewig in Topform halten«, sagt Martin. »Manchmal ist selbst bei so Trainern Schluss. Das siehst du ja jetzt auch in Freiburg.«

»Das liegt aber auch an der Spielweise. Immer nur Schönwetterfußball geht auch nicht«, sagt Stolle.

»Manchmal musst du auch kick and rush spielen können«, sagt Martin.

»Solche Mannschaften brauchen einen Spielmacher, einen, der die Fäden auch mal zusammenhält«, sagt Stolle.

»Der Mehmet Scholl in Freiburg, das wäre ein Hammer«, sagt Martin und haut auf die Couchlehne ob dieser Idee, die zugegebenermaßen wirklich gut ist.

Sebastian sitzt zwischen uns wie ein Grundschüler, der die

chinesische Sprache lernen soll. Ich notiere mir im Kopf, dass ich ihm Fußballwissen beibringen muss. Ich muss ihm noch so viel beibringen. Sebastian weiß alles über Mahler und Sophokles. Sebastian kann Griechisch und Latein. Schriftlich *und* mündlich. Aber Hartmut hat ihn nun mal als Härtefall eingestuft. Und Hartmut macht es sich damit nicht leicht. Sebastian muss rülpsen und hält sich instinktiv die Hand vor den Mund, als säße er in einer Konferenz. Ich fasse ihn am Handgelenk und ziehe langsam, aber bestimmt seine Hand vom Mund weg. Michael Ballack macht das 2 : 0. Eine Digitalanzeige misst die Schussgeschwindigkeit mit 137 km/h. »Siehst du«, sagt Stolle zu Sebastian, »so muss das gehen. Immer volle Kanne auf die Zwölf.« Dann steht er auf und holt neues Bier.

Die U-Bahn, die uns nach Bochum zurückfährt, hält gegen Ende ihrer Streckenführung auch an der Uni. Sebastian sitzt neben mir und lehnt den Kopf gegen die Scheibe. Seine Haut an den Händen ist etwas aufgeplatzt und er hat die Beine breit geöffnet wie ein Fußballspieler in der Halbzeitpause auf der Kabinenbank. Auf dem Hinweg saß er noch kerzengerade, wachsam wie eine Katze, als wäre die Welt hinter den Fenstern staunenswert. Was eine einzige Schicht bewirken kann. Die U-Bahn rappelt. Die Sitze sind mit Edding beschmiert. Auf der Scheibe klebt ein Sticker von King's Tonic. Die automatische Stimme sagt eine Station an. Sebastian sieht mich an, zeigt auf den Stationsverlauf, der am Kopf des Wagens aufgedruckt ist und sagt: »Ich fahre jetzt bis zur Ruhr-Uni durch, setze mich dort in den Flur der Musikwissenschaftler und warte, bis eine Stelle frei wird.«

»Die Ruhr-Uni hat keine Musikwissenschaft mehr«, sage

ich. Ich weiß es von Hartmut. Er macht immer diese Demonstrationen, wenn Fächer gestrichen werden.

»Dann setze ich mich eben zu den Altphilologen«, sagt Sebastian.

Der Mann gegenüber hebt seine Waz hoch, um die Zeitungsseiten umzublättern. Der Regionalteil erscheint vor unserer Nase. »Mit dem Latein am Ende«, steht da, »die Ruhr-Uni schließt die Altphilologie.«

Sebastian zieht ein Bier aus meinem Rucksack.

Er versucht, es mit den Zähnen zu öffnen.

SMALL TALK

Ich besuche mit Sebastian den Trödelmarkt an der Kemnade, damit er die Sprache der einfachen Leute lernt. Sebastian hat sein Leben zwischen Uni, Bibliotheken und Konzertsälen verbracht. Wenn ich ihn nicht bremse, schafft er nur zwei Sätze Small Talk, bevor wieder Bildung aus seinem Mund fällt. Das muss sich ändern.

Der Sommer ist im Ruhrgebiet angekommen, und die Sonne erhitzt das schwarze Plastik alter Fernseher und die strohblonden Haare kleiner Kinder hinter Teppichen, auf denen sie ihre alten He-Man-Figuren und ein paar Hörspielkassetten ausgebreitet haben. Auf der Kemnade schwimmen Tretboote und Enten, in der Ferne sehe ich Surfer. Das Glitzern des Wassers betäubt mich, bis ich merke, dass Sebastian nicht mehr neben mir steht. Ich finde ihn an einem Stand, wo er eine alte Ausgabe von Homers »Ilias« in den Händen wiegt wie ein Baby, das man nicht fallen lassen darf. »50 Cent«, sagt der Mann hinter dem Stand. Er hat gelbe Zähne. Sebastian sieht ihn an, als würde er eine Kirche schänden. Er zieht seine Geldbörse, aber ich nehme ihm das Buch ab, lege es wieder in die Kiste und ziehe ihn weg. Der Gelbzahn guckt böse. Sebastian hat eine Woche UPS hinter sich. Er kapiert langsam, wie man die

Pakete anstoßen muss, damit sie nicht links und rechts von den Rollen fallen, und er beißt die Zähne zusammen. Einmal hat er sogar schon »Scheiße, ja doch!« gerufen, als Stolle herumgebrüllt hat. Aber das reicht noch lange nicht. Von Fußball hat er immer noch keine Ahnung, und die Tote-Hosen-CD, die er sich aneignen sollte, hat er nach zwei Minuten ausgemacht. Er meinte, das könne ich ihm nicht antun, da müsse es andere Möglichkeiten geben. Vor allem aber kann er noch nicht angemessen sprechen. Manchmal erwische ich ihn beim Tee mit anderen Klienten in der Küche. Selbst dort werden seine Sätze wieder zu lang, auch wenn er sich »nur« mit den Maschinenbauern unterhält, die Pause von Susannes Unterricht in Zweiradmechanik haben. Manche von ihnen kennen sogar Sophokles. Oder Händel. Wer keine Kultur im Studium hat, holt sie sich anderswo, freiwillig. Ich unterbreche sie dann, scheuche sie nach hinten in die Scheune zurück und zwinge Sebastian, sich 45 Minuten lang eine Nachmittagstalkshow anzusehen, bis er vergessen hat, worüber er eben noch sprach und dass es Kultur überhaupt gibt.

Wir gehen zu einem Würstchenstand. Kinder und Vögel schnattern. Viele Menschen tragen Jogginghosen und flatternde T-Shirts mit Schweißrändern.

»Tut mir Leid, ich bin Vegetarier«, sagt Sebastian, als ich zwei Thüringer mit Senf bestelle. Die Frau hinter der Theke zögert einen Moment und hält ihre fettige Zange in die Luft. Ich winke ihr, dass es dabei bleibt. Ich bestelle noch zwei Bier dazu und stelle sie auf den Plastiktisch zwischen uns. »Komm, trinken«, sage ich, und Sebastian öffnet leidend die Flasche. »Kann ich nicht wenigstens Wein kriegen, wenn ich schon immer saufen muss?«, fragt er. Ich seufze lange und dramatisch, lehne mich auf den Tisch und sehe ihn von schräg unten an wie Beckmann seine Talkgäste.

»Sebastian«, sage ich. »So ein Bratwurststand hier macht am Tag vielleicht, sagen wir, dreihundertfünfzig Euro Umsatz. Wie viel Umsatz hast du bislang in deinem Leben alleine gemacht?«

Sebastian rollt mit den Augen. Ich will ihn ja nicht quälen, aber er muss es halt mal lernen. Im Schatten eines Baumes sammelt sich eine Gruppe Ausflügler. Ich stupse ihn an: »Wurst mitnehmen, hinhören!«, sage ich. Wir gehen in die Nähe der Gruppe und setzen uns unter den Baum. Die Männer tragen Polohemden und Kassengestelle. Die Frauen waren beim Frisör und tragen ihr Haar aufgeföhnt. Bei den Männern hat der Schweiß das Deo schon besiegt. Ich weise Sebastian an, auf den Dialog zu achten.

»Die war fit, die hatte gar nix.«

»Einfach so umgefallen?«

»Ja, von jetzt auf gleich.«

»Man weiß nie, wie es kommt.«

»Nein, kann man nicht wissen.«

»Das ist doch die, wo der Bruder gestorben ist?«

»Wie bei Alfred, dem sein Herz wird auch nicht mehr gesund.«

»Der hat ja immer gesagt, er wird neunzig!«

Ein Mann lacht. Eine Frau winkt ab.

»Ach, was!«

»Lieber ein Ende mit Schrecken als ein Schrecken ohne Ende.«

»Wenn die Zeit gekommen ist, ist sie gekommen.«

»Wir können froh sein, dass wir noch gesund sind.«

»Schau, wie gut es uns geht.«

»So gut geht es vielen nicht.«

»Da darf man gar nicht dran denken.«

Sebastian sieht mich an. Eine Wurzel sticht in meinen Steiß. »Das ist ja schrecklich«, sagt er.

»Pssst«, sage ich. Die Gruppe schnattert weiter.

»Das kann jedem von uns passieren. Schlaganfall. Weg.«

»Wie bei der Henni.«

»Der Henni?«

»Der Henni von dem Robert. Von der Eisdiele.«

»Ach, der Henni.«

»Ja. Ganz schrecklich. Halbseitig. Im Grunde ein Pflegefall. Der Robert weiß gar nicht, wie er das alles regeln soll.«

»Man soll den Tag nicht vor dem Abend loben.«

»Der Herr nimmt's, der Herr gibt's.«

»Hauptsache es geht schnell, und dein Geist ist noch fit.«

»Ich würde das ja nicht wollen, mit all den Kabeln und Schläuchen.«

»Solange der Kopf noch funktioniert. Das ist das Wichtigste.«

Sebastian hört sich die Leute an und starrt auf seine Plastikschale. »Iss deine Wurst«, sage ich. Die Ausflügler sprechen weiter, nachdem sie eine Schweigeminute eingelegt haben.

»Wir haben aber auch Glück mit dem Wetter heute.«

»Es soll ja Montag wieder kühl werden.«

»Dem Wetter kannst du eh nichts glauben!«

»Den Schirm hätte ich gar nicht gebraucht.«

»Aber wenn er nicht mit wäre, würde es jetzt garantiert regnen.«

»Ist es bei euch eigentlich auch so warm?«

»Jutta, die kommen aus Herne.«

»Ich mein ja nur.«

Sebastian hebt die Schale ein wenig an, legt seine Arme auf den Knien ab und sieht die Wurst an, als könne sie ihn retten. Dann rammt er seine Zähne hinein. Für eine halbe Sekunde sieht er glücklich aus. Dann erinnert er sich daran, dass er kein kleiner Junge mehr ist, der nichts über Schlachthöfe weiß, legt die Wurst weg und sagt: »Statt der Wurst lieber noch ein Bier, okay?«

»Zwei«, sage ich.

Wir gehen wieder in Richtung Bude, um Nachschub zu holen. Auf dem Rasen, der runter zum Wasser führt, kommt uns ein Mann mit Hund entgegen. »Das ist die Chance«, sage ich, und Sebastian macht schon wieder ein leidendes Gesicht, weil er weiß, dass jetzt eine Übung kommt. »Du sprichst den Mann jetzt auf seinen Hund an und fragst, ob er den Rest deiner Wurst möchte. Und dann möchte ich einen astreinen Small Talk hören, okay?« Sebastian hebt seine Hand und hält Zeigefinger und Daumen übereinander. »So klein?« Ich nicke. Der Mann erreicht uns. Er ist um die fünfzig und garantiert kein Philologe. Sein Hund sieht aus wie er. »Schöner Hund«, sagt Sebastian, und der Vierbeiner springt sofort an seinen Beinen herauf. »Kann er den Rest meiner Wurst haben?« Der Mann schaut uns einen Moment skeptisch an und lächelt dann. Sebastian verfüttert die Wurst, der Hund freut sich, wedelt mit dem Schwanz und macht quietschende Geräusche. Sein Herrchen sieht verklärt über die Weiten der Kemnade und sagt: »Wir haben aber heute auch Glück mit dem Wetter, was?« Ich stupse Sebastian, der immer noch zu Füßen des Herrn mit dem

Hund herummacht, sanft an. Er schießt nach oben: »Was? Wie? Ja, Wetter.«

»Aber Montag soll es wieder frischer werden«, sagt der Hundehalter.

»Ja«, sagt Sebastian.

Dann sagt niemand mehr etwas. Ich kneife Sebastian und sehe, wie sein Kopf nach einem angemessenen Thema sucht. Bevor er etwas sagen kann, fragt der Mann: »Und? Schon was gefunden?«

Sebastian wird knallrot und sieht mich an, als würde ich mit ihm Versteckte Kamera spielen.

Ich sage: »Nein, wir bummeln noch.« Sebastian wird wieder weiß. Er sagt: »Ein Mann verkauft hier griechische Dramen für fünfzig Cent, stellen Sie sich das mal vor!« Der Hundeherr sieht Sebastian an, als hätte er sich darüber beschwert, dass ein Auto vier Räder hat. Ich versuche, die Lage zu retten: »Spielt eigentlich Bochum heute?«, frage ich. Der Mann nickt eifrig, und sein Hund, der gerade eben vorne die Wurst gegessen hat, entlässt hinten eine neue auf den Rasen. Sebastians Augen offenbaren eine Idee: »Ist euch eigentlich klar, dass so ein Fußballspektakel heute die gleiche Funktion erfüllt wie damals die griechische Tragödie?« Der Hundehalter und ich sehen Sebastian an. Er strahlt. Der Hund lässt es laufen. »Ja, das ist es doch! Die Fangesänge als Chor und das Spiel als Kriegssimulation. Die Herrscher haben damals auch nur das Theater erfunden, um die dionysischen Orgien im Freien zu beenden. Wie später dann bei den Römern. Brot und Spiele. Obwohl diese Genealogie vielleicht etwas schief ist, da müsste man nochmal genauer …« Ich zerre Sebastian von dem Mann und dem Hund weg und drücke ihn hinter die Wurstbude. »Was machst du denn?«

»Ich verfolge einen Gedanken.«

Ich fuchtele mit der Hand vor seiner Stirn herum, als könnte ich den Gedanken so vertreiben. »Ist das etwa Small Talk?«, frage ich und mache das Klein-Zeichen mit Daumen und Zeigefinger. Sebastian sinkt ein wenig ein. »Das ist wie eine Sucht«, sage ich. »Du musst dich entwöhnen! So überlebst du in der freien Wirtschaft keine Schichtpause, ohne enttarnt zu werden.« Er seufzt. Ich ziehe ihn von der Würstchenbudenwand und sehe ihm tief in die Augen. »Sebastian. Willst du den Vertrag aufkündigen?«

Er schüttelt den Kopf.

»Dann komm, weiter.«

Wir stehen vor einem Stand, an dem ein türkischer Mann Batterien, Handyhüllen, billige Kleidung und Flaggen von Deutschland und den amerikanischen Südstaaten verkauft. Ich zwinge Sebastian dazu, sich eine geschmacklose Jogginghose in Tarnfleck zu kaufen. Er steckt sie schnell in eine Tüte. Dann kommen wieder Privatstände mit Krimskrams, Gesellschaftsspielen mit verdreckten Hüllen, alten Hörspielkassetten und Maxi-CDs von Milli Vanilli und New Kids On The Block. Ich liebe das. Ich denke an unseren Freund Jochen und seine Vorliebe für speckige, alte Musikkassetten und alles, was in keiner glaubhaften Zeitschrift mehr eine Rolle spielt. Hartmut und ich sind Samstag wieder mit ihm verabredet, Demo gucken auf seinem Balkon. Ich lächele innerlich. Sebastian geht einfach an allem vorbei und nuckelt an seinem zweiten Bier. Ich halte ihn an der Schulter fest.

»Du musst es genießen lernen«, sage ich. »Sonst bringt das alles nichts.«

Ich schiebe ihn zu einem Stand. Zwei Frauen stehen davor, deren Alter man nicht definieren kann. Sie tragen Brillen, die wie Drähte aussehen, um die man Plastik gegossen hat, und Kleidung aus dem Sack. Zwei Ledertaschen hängen in ihren Armen, und ihre Stimmen sind merkwürdig laut. Wie eine Anlage, die eigentlich nur auf »3« steht, aber schon bis zur Stadtgrenze gehört werden kann. Sie wühlen in Kisten mit alten Taschenbüchern. »Haben Sie denn auch was Deutsches für uns?«, fragt die eine. »Was wir auch verstehen können?«, fügt die andere hinzu. Die beiden stehen krumm und sehen die Familie hinter dem Stand an, als wären sie ein Wesen mit zwei wackelnden Köpfen. »Wir fahren nächste Woche nach Mallorca!«, krächzt der eine Kopf. Es klingt wie »Mallorrkka«. Der andere Kopf sagt: »Haben Sie nicht was Leichtes?« Es klingt bedrohlich. Ich gebe zu, das ist die Königsklasse, das ist zwei Stufen weiter als weiße Socken in Schlappen, die die Bildzeitung am Kiosk kaufen. Man weiß nicht, was man davon halten soll. Sie könnten geistig behindert sein. Es könnte irgendein Comedian dahinter stecken, der sich gleich demaskiert. Am wahrscheinlichsten ist aber, dass sie es ernst meinen. Sebastian steht bleich. Er denkt, er ist im Hades. »Guck mal, hier, das ist was für uns. Was mit Pferden!«, sagt der eine Kopf zum anderen und hält ihm einen Roman von Hanni & Nanni hin. »Mit Pferden, gut!«, sagt der andere. Die Köpfe bezahlen einen Euro und ziehen weiter. Die Familie hinter dem Stand sieht uns an, als wollte sie von uns hören, dass man über derlei Wesen den Kopf schütteln darf, ohne gleich Faschist zu sein.

»Wir haben heute wirklich Glück mit dem Wetter, oder?«, fragt Sebastian plötzlich, und die Familie atmet erleichtert auf, als wäre der Spuk von eben jetzt erst vorbei. Die Mutter hinter dem Tapeziertisch strahlt uns an. Ihr Gatte sitzt vorne in dem alten Passat hinter dem Stand, kaut an einer Stulle und hebt den Zeigefinger. »Am Montag soll es wieder frischer werden!«, ruft er.

Sebastian wühlt in ein paar Sachen. »Dem Wetterbericht können Sie eh nichts glauben«, sagt er. Ich stehe und staune.

Sebastian findet ein Lustiges Taschenbuch von Disney. »Wussten Sie eigentlich, dass die Bewohner von Entenhausen psychologische und soziale Grundtypen verkörpern«, sagt er und blättert mit spitzen Fingern darin herum. Die Mutter horcht auf, der Vater knuffelt sein Brotpapier zusammen. »Ja«, sagt Sebastian, »die meisten mögen Donald, weil er ein Verlierer ist, der niemals ankommt, aber immer wieder losläuft. Er ist der große Trost, die Antithese zum Machbarkeitswahn. Eine Art Sisyphos. Er überfordert uns nicht mit der Idee, dass wir nur wollen müssten, um ...«

Ich zerre Sebastian wieder von dem Stand fort. »Hey, warten Sie, das ist interessant!«, sagt die Mutter, aber ich habe meinen Klienten schon fortgeschoben.

Wir verlassen den Trödelmarkt in Richtung des Boots- und Fahrradverleihs und des großen Restaurants, das auf halber Strecke zur anderen Seite der Kemnade liegt. Ein, zwei Kilometer nur Uferböschungen und Wiesen. Wir brauchen eine Pause. Keiner sagt was, wir gehen mit dem Blick auf die Schuhspitzen. Sebastian macht mir im Stillen Vorwürfe. Er hat einen Vertrag unterschrieben.

»Du musst dich von dem Gedanken verabschieden, dass Konversation was mit Denken zu tun hat«, sage ich.

»Die Mutter gerade fand es interessant«, sagt er.

»Dann erzähl deinem nächsten potenziellen Arbeitgeber, dass du in deiner Freizeit über die psychosoziale Bedeutung von Donald Duck nachdenkst. Mal sehen, ob er dich nimmt.«

Zwischen dem Fußweg, auf dem wir gehen, und der Fahrrad- und Skaterpiste hinten am Waldrand erstreckt sich eine Wiese, auf der ein paar riesige Weiden stehen. Sie sind so groß, dass sie kaum ins Bild passen, und doch wirken sie so fern wie auf Tuschezeichnungen in Elternschlafzimmern. Links von uns geht es zum See hinab. Das Ufer ist leer bis auf eine Entenfamilie, die ungelenk am Wasser entlangwatschelt. Wir laufen ein Stück die Böschung hinunter und legen uns ins Gras. Ich schließe die Augen. Sebastian stupst mich an und gibt mir ein neues Bier. Wenigstens das Trinken geht immer besser.

Wir stoßen an.

»Ach, ist das schön hier«, sagt er und sieht sich die Natur an, als sei er das erste Mal im Leben der Stadt entflohen. »Hörst du das?«, fragt er, und wir schließen wieder die Augen. Ich höre Baumrascheln, Wasserplätschern, Stimmen aus der Ferne. Wellnessfirmen würden daraus eine CD machen, aber es wäre nicht dasselbe. »Klang, mein Lieber«, sagt Sebastian. »Reiner Klang. Damit fängt alles an. Eigentlich brauchst du nicht mehr. Nur hier liegen und zuhören.«

Ich gebe ihm Recht. Dann rüttele ich ihn aus seiner Trance. »Hey, du sollst nicht ergriffen sein. Deine zukünftigen Kollegen sind auch nicht ergriffen, wenn sie am See sitzen. Komm, setz dich mal auf!«

Wir setzen uns wieder gerade hin, das Bier in der Hand. »Und jetzt stell dir vor, es ist Samstag und du sitzt mit Leuten wie Martin und Stolle hier, hm?«

Sebastian macht bittende Augen.

»Los!«, sage ich und mache wieder unser Small-Talk-Zeichen mit den Fingern.

»Fußball gesehen?«, fragt er.

Ich schüttele den Kopf: »Wie spät haben wir denn? Fußball kommt erst noch.«

Er rutscht im Gras herum. »Gut, dann ... was meinst du, was die Bayern heute machen?«

Ich lächele.

»Gegen die Dortmunder?«, frage ich.

Er nickt.

»Schwierig«, sage ich. »Eigentlich eine klare Sache. Aber die Dortmunder müssen jetzt was tun. Was meinst du?«

»Ich meine, dass die Bayern sie sezieren werden«, und ich verkneife mir ein Kichern, als er das sagt. Aber gut, besser zu viel als zu wenig. Er macht weiter: »Was ist denn alleine mit der Dortmunder Abwehr los?«, sagt er und spricht ein wenig lauter. »Die üben sich doch in letzter Zeit im Parallellaufen. Das ist ja eine Katastrophe!« Er betont das »o« so komisch, dass es ihm fast aus dem Mund fällt. Ich gebe ihm eine Vorlage: »Wenn du mich fragst, sind die einfach alle heillos überschätzt«, sage ich. »Nationalspieler sollen das sein?«

»Ja!«, sagt er und rammt sein Bier auf das Gras. »Das stimmt, da müsste mal jemand Klartext reden. Der arme Rudi Völler konnte nun wirklich nichts für die Misere damals. Es muss doch mal jemand klar sagen, dass wir ...«, er kommt ins Stocken, seine Augen angeln nach dem Wort, »dass wir das Spielermaterial einfach nicht mehr haben. Wörns, Baumann, Kehl, Nowotny. Was sind denn das für Namen? Was haben die denn in der Nationalmannschaft zu suchen?« Sportlich hat er wirklich an sich gearbeitet. Ich traue meinen Ohren nicht. Für eine Sekunde glaube ich, dass er Spaß an so einer Art von Samstagvormittag bekommt, dann wechselt sein Gesichtsausdruck schlagartig und er fragt mich: »War das okay?« Ich knuffe ihn an die Schulter und sage: »Das bringt auf lange Sicht schon mehr Euro als jede Doktorarbeit.« Er lächelt gequält. Wir legen uns wieder ins Gras, auf die Ellenbogen gestützt.

Sebastian seufzt.

Dann hebt er seine Hand, zeigt mit seinem langen Musikerfinger nach unten ans Ufer und sagt: »So müsste man leben.«

Ich folge seinem Blick und spüre, wie das Gras, auf dem wir sitzen, plötzlich innen in meinem Bauch mit all seinen Spitzen herumkitzelt. Unten am Ufer, von zwei sachten Büschen gerahmt, sitzt sie und malt. Ein rotes Löckchen fällt ihr ins Gesicht, wenn sie zwischendurch von der Staffelei aufsieht und über die Kemnade schaut. Sie malt den See mit den grünen Ufern und den paar kleinen Booten darauf nicht einfach ab, so dass das, was man auf der Leinwand sieht, kein Abbild ist, sondern irgendwie etwas anderes, etwas, das aus ihr selbst kommt. Ich kenne mich damit nicht aus, aber es ist wunderschön. Ich will Sebastian fragen, wie man diese Art von Malerei nennt, er weiß es bestimmt, er weiß ja alles, aber es kommt nichts aus meinem Mund, als ich ihn öffne. Stattdessen wandert mein Blick über ihre Hände, ihre Handgelenke, ihre Arme, ihren Hals und die Vorderseite ihres T-Shirts, als ich mich zwinge, damit aufzuhören und mich schuldig fühle, sie so anzustarren. Ich stelle mir vor, wie ich ihre süße Nase küsse, und bin plötzlich an ihren Füßen angekommen. Sie spielt barfuß mit den Zehen im Gras, mein Blick schleicht über ihre Beine nach oben, ich stelle mir vor, wie viel es auf dem Weg bis zur Nase zu küssen gäbe. Ich schüttele den Gedanken wieder ab und fühle mich dreist. Die Grashalme in meinem Bauch werden immer mehr, und ich muss fast schluchzen, als ich merke, dass ich mich Gott schon zu Füßen werfe, sie überhaupt nur aus der Ferne beobachten zu dürfen, und das, wo ich nicht mal an Gott glaube. Ich fühle mich plötzlich so weich, dass ich rüber zum Trödelmarkt laufen und ihr ein Donald-Duck-Heft kaufen will, was natürlich auch Unsinn ist, aber ich weiß überhaupt nicht mehr, was in meinem Kopf vorgeht, und wenn Sebastian jetzt wieder von Christian Wörns und der deutschen Linksverteidigung anfangen würde, könnte ich ihm nichts antworten. Sie streicht sich das Haar aus dem Gesicht und macht etwas mit dem Pinsel, dass das Bild in Sekunden so verändert, als hätte es auf der Leinwand wie eine Animation getanzt. Ihre Zehen spielen synchron dazu im Gras, als wäre alles wie ein Kreislauf und sie zöge die Energie ihres Bildes direkt aus der Natur, die sie malt. Ihr Blick wirkt unendlich glücklich dabei. Ich sehe von hier oben, dass sie grüne Augen hat. Ich muss an einen Film mit Kurt Russell denken, wo ein chinesischer Geist ein Mädchen mit grünen Augen entführt, weil sie die Eine und Auserwählte ist. Ich wollte sie damals immer retten. Ich stelle mir vor, ich sei Kurt Russell und Sebastian der kleine Asiate, der ihn bei der Mission begleitet hat.

»So ist das auch mit guter Musik«, sagt Sebastian, als wäre sein letzter Satz erst eine Sekunde vorbei gewesen. War er wahrscheinlich auch. »Du spürst nicht mehr den Unterschied zwischen Innen und Außen. So geht's ihr da unten auch gerade.«

Ich nicke und ertappe mich bei dem Gedanken, dass ich Sebastian schlagen würde, wenn er sie anspräche, um sie auf einen Kaffee einzuladen. Ich stelle mir vor, wie ich ihm ein Bein stelle, damit er nicht da runterkommt. Was ist bloß mit mir los?

»Ja«, sage ich und die Sprache bringt mich ein wenig zurück in die Gegenwart, »dann haben wir ja eine schöne Definition, wo du hinmusst, wenn du ein wenig Geld verdienen willst. Schön hin zum Innen und Außen.«

Er seufzt schwer.

Ich stehe auf und klopfe ihm auf die Hose. Ich möchte irgendwie weg, weil ich weiß, dass ich mich nicht traue, da runter ans Ufer zu gehen, und weil Sebastian es sicherlich könnte und weil mir bei dem Gedanken schwindelig wird.

»Hach, was haben wir heute Glück mit dem Wetter, was?«, sagt Sebastian und wartet auf ein Lob von mir.

Ich lobe ihn nicht.

Es gibt Momente, die sind zu groß für Small Talk.

SUPER MARIO

Endlich Samstag. Samstag bei Jochen. Die Woche war hart. Sebastian wurde am Fließband immer besser und fiel am Abend hin und wieder heimlich in Bildung zurück, man musste ihn rütteln und schütteln und mit Metallica einschließen, damit er endlich loslässt. Wellen von Entzugspanik in der Wohnung, die Entwöhnung eines Hirns zur Tauglichkeit für eine materielle Existenz. Auch Hartmut hat es nicht leicht mit Bernd. Nach drei, vier kurzen Sätzen kommt er immer wieder ins Fabulieren, kommentiert Stadtfeste und Lotterien im Uni-Center als Pandämonien des Konsumtotalitarismus und vergleicht die Clowns, die Kindern große Luftballons mit VW-Aufdruck oder Sonnenkappen von Burger King in die Hand drücken, mit den Eltern aus Steven Spielbergs Film *A. I.* Die können adoptierten Androiden ihre Liebe einprogrammieren, sodass die künstlichen Kinder vergessen, gar nicht in der Familie geboren worden zu sein. Susannes Ingenieure sind ausgeflippt, als sie eine Rumänin gespielt hat, die immer nur »Kaputt! Kaputt!«, sagte und dann die Rechnung für die Inspektion des Motorrads nicht zahlen wollte, da die Mechaniker den Fehlerbereich ja auch hätten eingrenzen können. Und ich? Ich dachte die ganze Zeit an das Mädchen vom See. Sah das rote Löckchen und die Farbflecken auf ihrem T-Shirt. Ihre kleinen Zehen, die mit dem Gras spielten. Ihre grünen Augen. Ich hörte wieder Platten von Bands, in deren Namen Wochentage und Jahreszeiten vorkommen. Ich seufzte oft.

Nach so einer Woche ist es gut, eine Pause zu machen, und so besuchen wir Jochen, weil wir es schon lange nicht mehr getan haben. Leute zu dequalifizieren nimmt ganz schön mit. Sebastian vergleicht es mittlerweile damit, dass Fußballvereine freiwillig absteigen, damit sie sich finanziell retten können. Ich freue mich, dass er inzwischen so tief in die Mechanismen dieses Sports vorgedrungen ist, aber der Vergleich macht mich traurig. Wir brauchen Ablenkung. Wir brauchen einen Samstag bei Jochen. Jochen wohnt im vierten Stock über einer Straße in Dortmund, auf der sämtliche Demonstrationen vorbeiführen, die wir uns dann auf dem Balkon ansehen. Meistens kämpfen Antifaschisten gegen Nazis.

Susanne ist mit Sebastian zu Hause geblieben, da der nichts von Jochens Theorien mitbekommen soll, der schlechte Actionfilme als postmoderne Kunstwerke interpretiert und auch ansonsten ziemlich wahnsinnig ist. Sie hat versprochen, mit Sebastian Playstation zu spielen. *Gran Turismo*, auf allen Leveln. Ich frage mich, ob ich nicht besser zum See fahren sollte. Ich rede mir ein, dass sie nicht nochmal da sitzen wird. Wahrscheinlich malt sie jedes Mal woanders. In Wahrheit spare ich sie mir auf. Solange ich nichts tue, ist sie noch eine Möglichkeit. Ich wüsste sowieso nicht, wie ich es anstellen sollte.

Jochen öffnet in einem karierten Hemd die Tür und strahlt schon wieder, als wäre es die beste aller Welten. In seiner Küche wächst ein Flaschenberg das Fenster hoch. Er lebt von Luft und Leergut. Die Sonne bricht sich im Kunststoff. Auf dem Fernsehtisch liegt eine angefangene Interpretation zu Soldier Boyz mit Michael Dudikoff.

»Schwer erziehbar«, steht darüber. Untertitel: »Der Söldnerfilm als Sozialdrama und der Krieg als Schule der Moral.« Die Balkontür ist offen, das Orange der Klappstühle schimmert herein. »Alles schon fertig, wie immer!«, sagt Jochen und winkt uns durch. Wir treten auf den Balkon. Vorne an der Kreuzung stehen die Polizisten an den Barrieren und trinken Kaffee aus Plastikbechern. Jochen verteilt Bier, und wir setzen uns in die Sonne. Hartmut cremt sich mit Sonnenmilch ein.

»Da ist ein Stuhl zu viel«, sagt Hartmut, während seine Oberarme zu glänzen beginnen.

»Nein«, sagt eine Stimme in der Balkontür, und wir sehen ein Lächeln, das es mit Jochens Gestrahle und dem der Sonne selbst aufnehmen kann. Er hat riesige Mandelaugen wie die Mangafigürchen in manchen Videospielen, ist sehr groß, ohne muskulös zu sein und trägt halblanges blondes Haar, wie es sonst bei Skilehrern oder Indierock-Gitarristen unten aus der Wollmütze herausguckt.

»Das ist Mario«, sagt Jochen und klopft auf die Liege neben sich. Mario setzt sich und freut sich des Lebens.

»Mario wohnt jeden Tag woanders«, sagt Jochen und lacht.

»Wie?«, fragt Hartmut, schraubt die Sonnencreme wieder zu und lässt sein T-Shirt gleich ganz aus.

»Ich bin Praktikant«, sagt Mario und leuchtet dabei, als hätte er die Fürstin von Thurn und Taxis geheiratet. »Seit sieben

Jahren«, fügt er hinzu und trinkt einen Schluck Bier. Dann streift er seine Flipflops ab und klemmt die Zehen in das Balkongitter.

»Ganz Deutschland ist seine Wohnung«, sagt Jochen und nestelt schon mal nach der Kassette für den Rekorder. Neben dem Gerät steht ein Eimer Popcorn.

»Networking«, sagt Mario und sieht die Straße hinab. »Es ist unglaublich, wie viele Leute man kennenlernt, wenn man in den Medien arbeitet. Irgendjemand hat immer ein Bett.« Er deutet mit der Flasche zum Ende der Straße: »Da kommen sie schon!«,

»Oh«, sagt Jochen und beeilt sich mit der Kassette. Wir folgen Marios Finger und sehen die ersten Flaggen von Attac und Verdi.

»Heute geht's gegen Hartz IV, oder?«, fragt Mario. Jochen nickt und klopft auf den Eimer Popcorn, damit uns deutlich wird, dass der Vorrat für jetzt gedacht ist.

»Müsste man eigentlich mitmachen«, sagt Hartmut und lässt zu meinem Erschrecken seine nackte Brust durch schiere Muskelkraft auf und ab sausen. Jochen dreht sich zu ihm um und sieht ihn von unten herauf an, als hätte er das wohl nicht ernst gemeint. Hier oben ist es bequemer. Man wohnt nicht überall so gut. Die Polizei an der Barriere leert ihre Becher und macht sich bereit. Ganz gemächlich.

»Du bist den ganzen Tag mit Stars zusammen, als wäre es nichts«, sagt Mario. »Du arbeitest im Büro und am Schreibtisch nebenan gibt Thomas D. ein Telefoninterview. Oder Puff Daddy.«

»Dann bist du Praktikant in einer Plattenfirma?«, frage ich und nehme mir das nächste Bier. Auch Mario köpft schon ein neues. »In einer? Ich war schon in fünf!« Er hält mir die Flasche zum Prosten hin.

Die Demo erreicht die Straße unter Jochens Balkon, die ersten Slogans schmettern herauf. »Weg mit Hartz IV, das Volk sind wir!«, brüllen sie. Hinter ihnen steht der schwarze Block der Antifa, dann kommen schwarz-rote Fahnen mit buckeligen Katzen darauf. Die Anarchisten. Ich kann das mittlerweile alles auseinander halten, man hat eine gute Übersicht von Jochens Balkon, und wir sind häufiger hier, wenn das Wetter mitspielt. Noch weiter hinten läuft die Sozialistische Alternative, und ganz am Schluss erkennt man vier kleine Menschen mit Holzschildern der Marxistisch-Leninistischen Partei Deutschlands. Die Männer erinnern mich an dieses Steinzeit-Comicmännchen aus den Tageszeitungen, das rund um den Kopf nur Haar hat. Die Frauen sehen verbitterter aus als die Mitarbeiterinnen von Schlecker. Jochen hat endlich die Kassette gefunden. Sie ist nicht zurückgespult. Peter Maffay legt sofort los: »Erst wenn der Abspann läuft, siehst du/das ist alles nur Film«, singt er. »Du bist die Randfigur/die besten Rollen sind schon verteilt.« Auf der Straße skandieren die Menschen »Hoch die internationale Solidarität!« Auf einem Banner steht »Hartz IV ist organisierte Armut«.

Peter Maffay singt: »Du bist nie der Kassierer/Du bist der, der bezahlt/Du wirst niemals Kassierer/Du bleibst der, der verteilt.« Wir öffnen das dritte Bier. Die Sonne brennt.

Mario klappt seine Hand auf und macht Abzählgesten: »In der Werbeagentur gab's morgens Frühstücksbüffett. Bei den Promotiontagen von Bands in Hotels wurden Baguettes serviert. Und abends kannst du dich durch das Catering hinter der Bühne futtern.« Er sagt es mit einem stolzen Lachen. Auf der

Straße krächzt ein Redner etwas durch ein Megaphon. Es klingt wie die Intros auf alten Crossover-Platten. Peter Maffay singt: »Wo du auch hintrittst/An den Rand kommst du nie/Tag für Tag im selben Takt/Und die Stechuhr führt Regie.«

Mario redet weiter. Er macht die Konsonanten weich dabei, es hat etwas von Singsang. »Das ist sooooo toll, wenn du erst mittags weißt, wo du abends pennen wirst«, sagt er. »Kein so langweiliges Leben. Ich hab allein in einer Stadt meistens schon hundert Bekannte oder Bekannte von Bekannten. Dann sind sie aber auch durch. Da ist es sogar praktisch, dass die Praktika nie länger als sechs Monate dauern.« Auf der Straße ist die Rede aus dem Megaphon vorbei und man versucht, Musik abzuspielen. Jochen dreht Peter Maffay lauter. »Wenn du glaubst, jetzt hast du's/Jetzt bist du mal dran/Zieht dir irgendwer den Teppich weg/Und es fängt von vorne an.« Jochen tippt mit den Fingern zur Musik auf der Klappstuhllehne und trinkt.

»Verdienst du denn was bei den Praktika?«, frage ich Mario.

»Manchmal«, sagt er. »Neulich waren es sogar zweihundert Euro. Dafür bin ich aber schon gegen neun Uhr aus der Agentur gekommen.«

»Aha«, sage ich und mache ihm noch ein Bier auf.

Fahnen wehen unten im Wind, manche reichen an ihren Stöcken fast bis zu uns nach oben. »Das Logo könnte man besser machen«, sagt Mario und zeigt trinkend auf eine Gewerkschaftsflagge.

»Mario ist gelernter Grafiker«, sagt Jochen.

Auf der Straße brüllen die Leute: »Gegen den Faschismus und sein Kapital, der Kampf um Befreiung ist international!« Kleine Mädchen mit Prozentzeichen auf dem T-Shirt laufen durch die Menge und verteilen Flugblätter. Der Slogan schwappt nach hinten und wird umgedichtet, als er auf den schwarzen Block trifft. »Gegen den Faschismus und sein Kapital«, rufen sie. »Der Kampf um Befreiung ist antinational!« Das Megaphon schnappt sich wieder einen Redner. Jetzt ruiniert es die Stimme einer Frau.

»Ich geh mal aufs Klo«, sage ich und gehe aufs Klo. Als ich ins Wohnzimmer zurückkomme, steht Mario am Fernsehtisch und blättert in den dicken Interpretationen, die Jochen sich zur Trashfilmkultur zusammentippt. Eine sanfte Brise geht ihm durchs Haar, ein paar Bröckchen vom Megaphongekrächze bleiben darin hängen. »Faszinierend«, sagt Mario, »so viel Zeit. So lange Sätze.« Er sieht mich an und lächelt wie ein Kaninchen auf der Zuchtfarm. »Unseren Textern in der Agentur streichen sie schon Sachen, die so knapp sind wie Jochens Randnotizen.« Er lässt den Ordner sinken und greift mit seinen langen Fingern in die Couchlehne. Versonnen knetet er in dem Stoff herum. »Als kleiner Junge wollte ich auch mal eigene Möbel. Wie meine Eltern.«

Ich stehe hinter ihm und fühle mich betroffen. Er fragt: »Was machst du eigentlich?«

»Pakete ein- und ausladen. Bei UPS.«

»Fest?«

Ich nicke.

»Für Geld, von dem man leben kann?«

Ich lasse leise meine Muskeln spielen und lächle.

Mario schüttelt sanft den Kopf und geht an Jochens Filmregal entlang.

»Jeden Abend in das gleiche Haus heimkommen. Jeden Abend von demselben Menschen empfangen werden. Aus

Versehen die Zahnbürste verwechseln. Nein, das wäre nichts für mich«, sagt er und sieht zu Jochens Sessel wie ein angelesener Vegetarier, dem man das überbackene Gyros seiner Kindheitstage unter die Nase hält. Ich stelle mir vor, mit dem Mädchen vom See die Zahnbürste zu verwechseln. Nie war eine gebrauchte Zahnbürste so sexy.

»Bist du nicht mal von einer Firma übernommen worden?« frage ich.

Mario lacht, als hätte ich gefragt, ob der Mond schon mal mit der Sonne einen Schüleraustausch gemacht hätte. »In den Medien? Ich kenne Agenturen, da ist nur noch der Chef kein Praktikant.«

»Kommt mal wieder raus! Hier unten tut sich was!!!«, ruft Hartmut. Er springt auf und zeigt zur Polizeibarriere hinüber. »Da, auf der anderen Seite!«

Jochen holt ein Opernglas aus einer Kiste und grinst. Hartmut zieht die Brauen und seine Brustwarzen hoch. »Trödelmarkt, fünfzehn Euro«, sagt Jochen, während er hindurchblickt. Dann lässt er es sinken und gibt es uns. »Die Nazis kommen«, sagt er. Ich nehme es und schaue auf das andere Ende der Straßenschlucht. Ein paar Dutzend Nazis stiefeln dort entlang. Ich taste sie mit dem Opernglas ab. Sie tragen Palästinensertücher und T-Shirts, auf denen in Kapitälchen »Sozialist« abgedruckt steht. Nur wenn man genau hinsieht, bemerkt man den Zusatz »nationaler« links oben über dem Logo. Manche tragen sogar einen schlecht sitzenden Iro. Die Mode ändert sich. Die Demonstranten unter dem Balkon stoßen vor, drücken sich gegen die Barriere und schreien »Nazis raus!« wie jeden Samstag. Es fliegen Äpfel, Birnen, sogar Mangos. Die Nazis flankieren die Kopfstraße unter Geleit, es ist ein Riesenabstand zwischen den Demos, ein paar strecken den Linken aus der Ferne den Stinkefinger entgegen. Ansonsten konzentrieren sie sich auf ihre Slogans, die lauter klingen als auf dieser Seite, fast wie ein Refrain bei Rammstein. »Frei – sozial – na-tio-nal!«, brüllen sie. Auf einem langen Transparent steht »Chancen geben und nicht nehmen – keine Agenda 2010«, und viele kleine NPD-Schilder recken sich in die Luft, eine Faust darauf abgebildet und »Quittung für Hartz IV« darunter. Die Parteileute laufen vorne, dahinter kommt ein wüster wirkender Mob, dessen Flanke mit einem Banner abgedeckt wird, auf dem »Sozialismus ist braun« steht. Ich gebe Hartmut das Opernglas, der sieht hindurch und sagt: »Ach, du Scheiße!« Die Nazis rufen jetzt »Weg mit Hartz IV, das Volk sind wir!« und die vorderen Reihen unter Jochens Balkon sind irritiert, weil sie eben noch dasselbe behauptet haben. Von hinten aus dem schwarzen Block fliegt weiteres Obst. Kiwis, ein paar alte Mandarinen, sogar Honigmelonen. Sie wollen nach vorne, aber die Menge aus Gewerkschaftern und Attac-Demonstranten lässt sie nicht. Ein Vermummter rangelt sich mit einem Mann, der wie Frank Bsirske aussieht. Auf einem Plakat von Attac beugt sich eine Art Vampir über einen Börsenkurs, darunter steht »Gegen die transnationale Hochfinanz«. Die Nazis rufen: »Deutsche Arbeit für deutsches Geld!« Peter Maffay singt: »Du bist nie der Kassierer/Du bist der, der bezahlt/Und das Bild deiner Zukunft/Wird von andern gemalt«. Der schwarze Block brüllt: »Alles für alle und das jetzt!«

»Heiliger Jung von Matt!«, sagt Mario auf einmal und zeigt auf die Menge unter den schwarz-roten Fahnen. »Den kenn ich doch!« Zwischen den Vermummten läuft ein junger Mann, dem das Tuch aus dem Gesicht gefallen ist. Er versucht, das Gesicht wieder zu verdecken, friemelt an seinem Hals herum und streift sich unabsichtlich auch noch die Kapuze ab.

»Florian!!!«, ruft Mario zu ihm herunter und winkt mit seinen langen Armen. »Florian!!!« Er dreht sich zu uns rum und seine Augen werden noch größer, sein Enthusiasmus gleicht dem von Spongebob. »Der war mein Kreativchef beim letzten Praktikum. In der Werbung! Florian, hier oben bin ich!!!« Der Angerufene bemerkt das blonde Gefuchtel auf dem Balkon, greift noch hastiger nach Kapuze und Tuch und dreht sich in die Menge, als hätte er Mario nicht gesehen. »Da gehe ich jetzt hin!«, sagt der und schwingt sein erstes Bein über das Geländer. »Wir sind im vierten Stock!«, sagt Jochen, aber Mario steht schon an der Außenseite des Balkons. »Kein Thema!«, sagt er. »Das geht Balkon für Balkon. Pass auf!« Er lässt seine langen Beine herunterhängen und hat schon Kontakt mit dem Geländer des Nachbarn. Als er fest auf dem schmalen Geländer unter uns steht, lässt er die Arme los, balanciert für eine Sekunde und springt auf den Balkon. »Ist ja nicht zu fassen!«, sagt Hartmut, lehnt mit seiner nackten Sonnenölbrust über dem Geländer und bestaunt Marios Leistung. Dessen blonder Schopf erscheint wieder, der schlaksige Körper faltet sich aus dem Gebäude und nestelt sich eine weitere Etage tiefer wie diese Spielzeugspiralen von früher, die die Treppe herunterschwingen konnten. Auf dem letzten Balkon angekommen, steckt er wieder sein Köpfchen heraus und winkt uns zu: »Ich gehe ins Fitnessstudio. Irgendwo muss das Geld ja hin, wenn ich mal welches verdiene.« Lachend steigt er über das letzte Geländer im ersten Stock, lässt das Bein nach unten über die Kante gleiten und hält sich zwischen den Stäben fest. Trotz seines langen

Körpers, der den Abstand zur Straße verringert, ist es immer noch ziemlich hoch. »Man muss flexibel sein!«, sagt er, sein zweites Bein rutscht zu seiner Überraschung nach, die Schwerkraft wirkt, und nur sein im Geländer verhakter Arm hält den Sturz auf. Es knackt in seiner Schulter. Hartmut verzieht das Gesicht. »Ich falle!«, ruft Mario, und seine Augen haben jetzt LP-Größe. Ich hechte hoch, lehne mich über das Geländer und schreie der Menge zu: »Achtung! Ein Stagediver!« Die Demonstranten reißen instinktiv die Arme nach oben, und Mario stürzt weich in die Hände. Sie tragen ihn noch einen Moment, Peter Maffay spielt seine letzten Akkorde, dann setzen sie ihn ab. Mario lacht, nimmt eine Kiwi vom Boden auf, schleudert sie in Richtung der Nazis und trifft einen von ihnen genau auf der Oberlippe. »Super, Mario!«, ruft Jochen, doch der hält sich schon den Arm und kneift die Augen zusammen.

Heute kesselt die Polizei nicht. Vielleicht hängt das mit dem Notarztwagen zusammen, den Jochen gerufen hat und der sich jaulend durch die Menge schlängelt und dabei einiges an Durcheinander verursacht. Wir stehen unten vor der Tür auf der Straße. Jochen gibt uns seinen Wohnungsschlüssel, weil er Mario unbedingt ins Krankenhaus begleiten will und wir die Demo zu Ende sehen sollen. »Nehmt, nehmt!«, sagt er, »im Kühlschrank ist noch Kuchen.« Der Notarzt schüttelt den Kopf, als Mario ihm erklärt, wie die Verletzung zustande gekommen ist. Er zeigt dabei zu den Balkonen nach oben und scheint irgendwie stolz. Wir schleichen in die Wohnung zurück und sind irgendwie bedröppelt, auch Peter Maffay schlägt auf dem Balkon bereits ruhigere Töne an. Unten bei der Demo krächzt ein Redner was von Fremdarbeitern und Heuschrecken, man weiß nicht genau, von welcher Seite der Barriere es kommt, und Hartmut setzt sich auf die Couch, um in der Interpretation zu Soldier Boyz zu lesen. »... zelebriert der Film den Krieg als sozialpädagogische Läuterung ...« Dann klingelt das Telefon.

»Bei Jochen?«, sage ich.

»Wer ist dran?«, fragt Susanne, die am anderen Ende der Leitung etwas hektisch klingt.

»Ich«, sage ich.

»Ah«, sagt Susanne.

Hartmut blättert und sieht auf.

»Es tut mir Leid, euch zu unterbrechen, aber ihr müsst heimkommen.«

»Warum?«

»Frag mal meinen Mann.«

Ich lege den Hörer auf meine Schulter.

»Ich soll dich fragen, warum wir sofort nach Hause kommen sollen.«

Hartmut zuckt mit den Schultern.

»Er weiß es nicht«, sage ich.

»Frag ihn mal, was zweiunddreißig Euro kostet und samstags erscheint.«

»Hartmut, was kostet zweiunddreißig Euro und erscheint samstags?«

»Ach, du Scheiße!«, sagt Hartmut. Ich stehe zwischen ihm und Susanne im Hörer und frage mich, warum immer was sein muss.

»Ich hatte heute die Anzeige in der Zeitung geschaltet. Für das Institut.«

Susanne atmet im Hörer. »Mir stehen hier ein Dutzend Leute vor der Tür. Sebastian führt schon Einstufungsgespräche. Es sind Byzantinisten darunter.«

»Was für Wesen?«, frage ich.

»Sag ihr, wir kommen!«, sagt Hartmut.

»Wir kommen!«, sage ich.

»Gut«, sagt Susanne.

Samstage bei Jochen waren auch schon mal entspannter.

ABWEHRMASSNAHMEN

Ich stehe mit Sebastian in der Pommesbude und warte darauf, dass wir an der Reihe sind. Nach den letzten Tagen müssen wir uns etwas gönnen. Viele Pakete auf der Arbeit und dann auch noch die Mithilfe im Institut, in dem alle mit anpacken mussten, um die vielen neuen Klienten nach Hartmuts Anzeige abzuarbeiten. Lateiner, Romanisten und diese Byzanz-Fanatiker. Einige dieser Magister konnten ihre alten Sprachen sogar sprechen. Man verstand nichts mehr zwischen Küche und Flur. Jetzt haben wir sie erst mal alle katalogisiert. Ich frage mich, ob das Institut doch keine so gute Idee war, während die Geräusche der Pommesbude zu Musik werden. Das leise Brabbeln der Gäste in der hinteren Stube ist der Backgroundchor und das Blubbern und Zischen der Friteusen und Grills bildet die Rhythmusgruppe. Die alte, mechanische Kasse setzt mit ihrem »Rapang-kliiiing« melodische Akzente, und über allem scheppern kantig die Stimmen der Jugoslawen. Manchmal tönen sie auf den Punkt, manchmal scheren sie sich nicht um den Takt.

»Du hörst es auch, nicht wahr?«, sagt Sebastian, der mit dem Hinterkopf an der Wand der Pommesbude lehnt. »Sebastian«, sage ich wie eine tadelnde Mutter. Sebastian mit langem »a« hinten.

»Gib es doch zu«, sagt er. »Du hörst den Klang. Du bist nicht bloß ein 4/4-Takt-Mensch.« Ich mache schmale Lippen. Ich frage mich, ob es richtig ist, was wir tun. Ich denke an das Mädchen vor der Leinwand, ihre Handgelenke, ihren Blick, wie sie in ihrem Malen aufgegangen ist …

»Bitte???«, bellt der kleine Jugoslawe mit der großen Brille. Er ahnt, was ich sagen werde. Ich sage: »Einmal Pommes Spezial«, und er wiederholt es hart und in doppeltem Tempo. Im Jazz nennt man das »Call and Response«. So was lernt man wiederum bei Hartmut. Das Haus füllt sich langsam mit Klangexperten. Die Kasse klingelt. Das Fett zischt, als unsere Pommes sich hineinsenken. Ich nicke zum Beat der Geräusche mit dem Kopf und stelle mich mit Sebastian an die schmale Tischleiste an der Wand. Zwei Männer stehen mit dem Rücken zu uns, stochern mit gesenkten Köpfen in Currywurstschälchen und haben zwei dampfende Becher Kaffee daneben stehen. Der eine Mann ist so klein, dass er fast zur Tischleiste hochgreifen muss. Meine Aufmerksamkeit wandert von der Musik der Gastronomie zu ihrem Gespräch, als ich plötzlich die Worte »Haus« und »gegenüber« höre. Sebastian stupst mich an, und ich signalisiere ihm, sich nichts anmerken zu lassen. »Ich frage mich ohnehin, wer da freiwillig drin wohnt.«

»Wahrscheinlich Studenten. Oder Arbeitslose.«

»Hast du die Risse an der Seite gesehen?«

»Das geht ja noch. Aber wenn du von hier guckst, siehst du, wie verzogen das ganze Teil ist. Wenn wir das innen auch nur halbwegs bestätigen können, hat der Eigentümer ein Problem.«

»Ich kenne den, der investiert nichts. Nicht die Summen, die er bräuchte, um den Witz da drüben wieder flottzumachen.

Der wird es noch uns überlassen, die Leute rauszukriegen, wart mal ab.«

»Wenn, Dieter, wenn …«

»Ja ja. Aber wetten, das wird unten nur mit Stempeln gestützt?«

»Hmmm …«

»Oder Feuchtigkeit überall?«

»Sicher.«

»Und dann diese komische Terrasse über der Scheune. Das kann doch nie so genehmigt worden sein.«

»Gründe gibt's genug, Gründe gibt's genug.«

»Pommes Spezial«, brüllt uns der Jugoslawe aus der Belauschung, ich reiße die Augen auf, fummele die abgezählten Münzen aus meiner Trainingshose, zahle und nehme unsere Tüte entgegen. Dann verlassen wir die Bude und versuchen, uns die beiden Männer einzuprägen, ohne dass es auffällt. Wir merken uns ihre Gesichter, bevor sich die Tür schließt und sie hinter den kleinen, gewölbten Glasbausteinen verschwinden. Dann rennen wir rüber zum Haus.

»Jetzt, wo die drüber sprachen«, sagt Sebastian, »ich habe noch gar nicht alle Nachbarn kennengelernt.«

»Dann wird wohl bald Gelegenheit dazu sein«, sage ich, schmeiße die Pommes auf das Board in der Küche und fuchtele nervös herum.

»Die Terrasse, von der die geredet haben, ist die wirklich illegal?«

»Ja«, sage ich und schraube eine Flasche auf und wieder zu, »hat Kirsten gebaut. Sie ist Polizistin.«

»Und Hans-Dieter im Anbau ist PC-Mensch?«

Ich nicke und überfliege mit meinem Blick jede einzelne Kachelritze. »Wir müssen eine Versammlung einberufen«, sage ich. »Wir müssen Hartmut Bescheid sagen.« Auf dem Tisch liegen ein Baumarkt-Katalog, der Stadtspiegel und unser Mietvertrag, der letzte Woche nach anderthalb Jahren eingetroffen ist.

»Ist denn der Anbau legal?«, fragt Sebastian. Yannick springt neben die Tüte mit den Fritten, schnuppert sachte daran und sieht mich mit zusammengekniffenen Augen an. Ich streichele ihn flüchtig über den Kopf. Der Kleine hat Stil. Er mag keine matschigen Pommes.

»Hast du dich denn nirgends vorgestellt?«, frage ich.

»Ja, entschuldige mal, ich maloche den ganzen Tag!«, sagt Sebastian und der Satz wiederum kam jetzt so schnell, dass es schon wieder ein Fortschritt ist. Ich lasse von Yannicks Öhrchen ab und laufe durch Flur und großes Bad ohne zu klopfen in Hartmuts Zimmer, weil ich denke, dass er arbeitet, wie er es noch vor zwanzig Minuten getan hat. Ich finde ihn nackt und mit den Plüschhandschellen an eine Öse über dem Bett gekettet. Er fuchtelt kurz mit den Füßen nach der Bettdecke, um sein Gemächt zu tarnen, gibt dann schnell damit auf und sieht mich an. Sebastian kommt in der Tür an, sieht das Bild und dreht sich in einer flüssigen Bewegung wieder herum, die Augen nach oben flüchtend.

»Ich dachte, du arbeitest«, sage ich zu Hartmut und deute mit der Nasenspitze zum laufenden Computer.

»Huch!«, quiekt plötzlich Susanne, die nur mit einem Handtuch bekleidet hinter mir steht und aus der Dusche im kleinen Bad gekommen sein muss.

»An diese räumlich offene Lebensweise muss ich mich immer noch gewöhnen, Jungs«, sagt sie, setzt sich neben den angeketteten Hartmut und streichelt seine Bauchmuskeln. Ich spüre, dass ich langsam gehen muss, da ich nur eine Trainingshose trage.

»Äh«, sage ich und die beiden sehen mich an.

»Äh«, sage ich nochmal und deute mit dem Finger durch die Wand in Richtung Pommesbude.

»Was möchtest du uns sagen?«, fragt Susanne, und ich wische mir durch das Gesicht und sage: »Ich gehe jetzt erst mal zu Sebastian Pommes essen, dann muss ich euch was erzählen.« Susanne streichelt weiter. Hartmut räkelt sich in den Plüschhandschellen. »Ihr kommt dann ins Wohnzimmer, wenn ihr ... fertig seid, ja?«

Die beiden lächeln und nicken.

»Gut«, sage ich.

Sebastian schießt gerade unter meiner Aufsicht auf dem Bildschirm ein Haus zu Klump, als Hartmut für Susanne den Perlenschnurvorhang beiseite schiebt und mit ihr ins Wohnzimmer kommt.

»Na, wieder intellektuelle Herausforderungen?«, fragt Susanne und lacht. Ich schürze die Lippen und stelle den Ton vom Fernseher aus. Sebastian legt das Joypad auf den Tisch. Hartmut geht zur Anlage und macht Musik an. Irgendwelchen Gitarrenpop. Einfach so. Das war früher auch anders. Da hat er sich nach einer Popsünde zwei Tage lang mit Zwölftonmusik gegeißelt. Susanne geht Tee aufsetzen. »Was wolltet ihr uns denn so dringend erzählen?«, fragt Hartmut und lässt sich in den riesigen Korbsessel fallen.

Ich sehe ihn an, eine Pommes auf der Plastikgabel, und bekomme Herzklopfen, als ich es erstmals in Worte fassen muss: »Die haben das Haus im Visier.«

Hartmut beugt sich vor. »Wie? Wer?«

»Zwei Typen in langen Wollmänteln. Drüben bei Seier habe ich sie belauscht. Sie haben wohl das Haus beobachtet. Sie haben davon gesprochen, dass das Ding niemals durchkäme, wenn die Mängel so sind, wie sie vermuten.«

Hartmut sieht mich ernst an. Susanne steht wieder im Vorhang und schweigt.

»Sie sagten, der Eigentümer würde niemals hier investieren. Hartmut, die wollen unser Haus!«

»Scheiße«, sagt Susanne, während in der Küche der Wasserkocher blubbert. »Ordnungsamt. Ordnungsamt oder Bauamt. Scheiße. Wir sind am Arsch.« Susanne kann manchmal sehr direkt sein, aber Susanne kennt sich aus. Sie setzt sich neben mich auf den Sessel. »Was haben die genau gesagt?«

»Sie haben von den Rissen gesprochen und wie schief alles sei und ...«

»Genauer! Genauer!«

»Na ja, dass wir wahrscheinlich Stützen im Keller hätten und Feuchtigkeit im Haus und dass die Terrasse von Kirsten auch nicht nach Vorschrift sein kann.«

»Das reicht schon«, sagt Susanne. »Wenn sie das Haus wegkriegen wollen, reicht das schon.«

»Wie, wegkriegen?«, sagt Hartmut jetzt und schaut wie ein Kind, dem man den Teddy wegnehmen will.

Dann klackt der Wasserkocher, und Susanne geht in die Küche.

»Haben wir nur diesen Billigtee da?«, ruft sie zu uns herüber und wir bejahen es. Sebastian schmunzelt.

»Die wollen unser Haus?«, fragt Hartmut nochmal, und es wirkt wie bei einem *Tatort*-Schauspieler, der sich wundern muss. Yannick springt neben mich auf den Sessel und drückt mit seiner Pfote auf den Start-Knopf vom Joypad. Die Ballerei geht zu Ende, das Haus bricht zusammen. »Das ist ja eine Schande, so ein Tee«, sagt Susanne in der Küche. Dann gehen wir in den Keller.

»Hier lag die Bombe«, sagt Hartmut und nickt wie ein alter Mann, der sich an seinen Einzug vor 35 Jahren erinnert.

»Bombe?«, fragt Sebastian.

»Ja, wir hatten eine Fliegerbombe im Boden«, sage ich.

»Freiwillig?«

Ich sehe ihn still an. Er scheint uns eine Menge zuzutrauen. Dann nickt er.

Hartmut stemmt die Hände in die Seiten und schaut auf den Boden des kleinen Kellerraums. Er ist immer noch mit einem Berg aus Auspuffrohren, losen Verstrebungen, Türresten und Autositzen bedeckt. An der Rückwand steht ein alter Heizkessel. Gigantisch. Rund. Dreckig rot. Man könnte sich zu zweit in seinem Inneren verstecken. »Wie haben die ihn bloß damals hier reingekriegt?«, fragt Hartmut. Susanne steht neben ihm und lässt ihren Blick durch das Gewölbe wandern. Sie sieht nicht optimistisch aus. Es gibt keine Rohre, die vom Kessel abgehen, und keine Spur, das jemals welche da gewesen sind. Der Autoschrott zu seinen Füßen sieht aus wie ein Schlachtfeld aus zerbrochenen Maschinen bei Terminator III. Susanne stakst hindurch. »Hey, warte«, sagt Hartmut, »da sind vielleicht …«

»Was? Minen?«, sagt Susanne, steht schon vor dem Kessel

und tastet ihn ab. Dann klopft sie davor. »Der ist nicht leer«, sagt sie, »hört ihr das?« Sie klopft nochmal. Das Geräusch erinnert mich an eine Platte von Hartmut, auf der man die Wassergeräusche in einem Kanal aufgenommen und nur noch ein wenig nachmoduliert hat. Ich sollte mehr experimentelle Musik hören. Aber nur, wenn Sebastian nicht dabei ist.

»Wie, der ist nicht leer?«, fragt Hartmut. Susanne seufzt und klopft den Kessel von oben nach unten ab. Je tiefer sie kommt, desto dumpfer wird der Klang. Im unteren Drittel hört sie mit Klopfen auf. »Zu einem Drittel voll mit Altöl«, sagt Susanne und kniet vor dem Stahlrelikt. Ich höre, wie Hartmut schnell einatmet. Sebastian schüttelt den Kopf. Hartmut hat seine ersten Umweltdemos in der siebten Klasse angeführt, als ich noch Bauernhöfe aus Playmobil baute. Susanne tippt vorsichtig unten am Kessel herum. »Und er rostet«, sagt sie.

Susanne kommt aus den Stahlwirren und wendet sich dem Raum zu, in dem wie Gitterstäbe die alten, stählernen Baustempel klemmen, von denen das Haus einseitig gestützt wird. Hartmut starrt immer noch auf den Kessel mit Altöl, der das Grundwasser im gesamten Ruhrgebiet komplett verseuchen könnte und einfach so in unserem Keller steht. Susanne schüttelt den Kopf. »Wir müssen alle Nachbarn informieren, damit niemand die Tür aufmacht. Das Amt darf nicht ins Haus kommen.« Sie legt ihren Kopf in die offene Hand und stützt den einen Arm mit dem anderen ab, während ihre Augen in den Ritzen der Kellerwände nach einer Idee suchen.

»Wir können sie nicht ewig davon abhalten«, sage ich.

»Tschhhhhhh!«, macht Susanne.

Susanne denkt.

Da darf man nicht stören, das ist wie bei Hartmut. Dann fällt ihr eine Spinne auf den Kopf, groß wie ein Mops. Sie wartet, bis das Tier sich abseilt, atmet aus und sagt: »Ich denke oben weiter.« Sebastian sieht sie bewundernd an.

Als Hartmut und ich am nächsten Mittag vom Einkaufen kommen, denkt Susanne immer noch. Sie hat die ganze Nacht in der Scheune verbracht, und als Hartmut sie ins Bett holen wollte, kam er nur ins Wohnzimmer zurück und machte eine Handbewegung, wie wenn man die Finger in heißes Wasser gehalten hat. Ich bin zuversichtlich. Wenn Hartmut eine ganze Nacht lang denkt, können daraus neue Probleme entstehen. Wenn Susanne eine ganze Nacht lang denkt, werden es eher Lösungen. Ich schwenke meine Einkaufstüte, die Luft riecht nach Baumrinde.

»Ach, du Scheiße!«, sage ich und bleibe stehen. Im Fenster von meinem, unserem Zimmer, steht Sebastian und deutet mit rundem Mund auf zwei Männer am anderen Ende der Straße.

»Was?«, fragt Hartmut.

»Die Typen vom Amt«, sage ich und zeige auf die Männer, die soeben aus einem Auto steigen und auf unser Haus zugehen. Sie tragen schwarze Mäntel, obwohl es dazu viel zu warm ist. »Ich habe vergessen, die Nachbarn zu warnen«, gebe ich zu. »Wenn die jetzt oben klingeln, machen sie auf, und alles ist aus.« Ich bedeute Sebastian, dass er nach oben rennen soll, aber er versteht mich nicht und macht irgendwelche Zeichen, die wie Jonglieren ohne Kegel aussehen.

Wir stehen ein paar Sekunden starr und sehen schon die amtlich abgesegnete Abrissbirne über dem Haus schwingen. Ich habe einen Kloß im Hals. Dann haut Hartmut mir eins auf die

Nase. Es geht schneller, als ich reagieren kann, wir lassen die Tüten fallen, und ich kapiere erst jetzt, was los ist, verstehe, dass wir keine andere Chance haben und schreie: »Ey, was willst du denn, du Pissnelke?« Ich spähe zu den Beamten, reiße eine Bierflasche aus der Tüte und zerschmettere sie sicherheitshalber auf dem Straßenpflaster. Jetzt drehen sie sich zu uns um. Ich schlage zu. Hartmut taumelt auf das Kopfsteinpflaster, fängt sich und holt zu einem mächtigen Schwinger aus. Ich ducke mich darunter weg und boxe ihn gezielt in den Magen. »Immer dasselbe mit dir«, meckere ich und überlege, was ich sagen kann. »Vögelst einfach meine Schwester. Ich glaube, du tickst nicht ganz sauber.« Dann gehe ich weiter auf ihn zu, sehe, dass er tapfer mit den Augen blinzelt, und haue ihm noch eine rein. Blut spritzt von seiner Lippe. Ich fühle mich wie Jack Bauer bei *24*, der ja auch schon mal seine eigenen Kollegen erschießen muss, um der Sache zu dienen. »Hey, hey!!!«, rufen jetzt die Beamten und kommen auf uns zugerannt.

»Haltet euch da raus!«, schreie ich und versuche, asozial und angetrunken zu klingen. Da ich gerade abgelenkt bin, rammt Hartmut mir wie ein Ringer mit der Schulter in den Magen, hebelt mich aus und wirft mich in die Hecke des Nachbarhauses. Es knackt und piekst. Hartmut brüllt: »Unterstellungen! Alles Unterstellungen! Du bist doch krank!!!« Ich arbeite mich aus der Hecke und renne schnaufend auf ihn zu, als die Beamten uns erreicht haben und voneinander wegreißen. Der Große beherrscht sogar den Polizeigriff, wie ich schmerzhaft feststellen muss. Der Kleine hat eigentlich keine Chance, Hartmut zu halten, aber der tut so, als sei er ihm unterlegen und windet sich in seinem Griff wie ein Löwe in den Klauen eines Dachses. »Ich mach dich alle«, sagt Hartmut nochmal, aber eher halbherzig. Dann spuckt er Blut auf die Straße, was reichlich cool aussieht. Ich sehe unsere Nachbarin Frau Häußler entsetzt hinter ihrem Gartengerät stehen. Sie hatte uns gerade zu mögen begonnen. Sebastian schließt das Fenster und lässt leise das Rollo herunter.

»Haltet mich bloß zurück, bevor ich ihn zu Klump schlage«, sage ich und die Beamten sagen: »Sollen wir die Polizei rufen? Wollt ihr das?«

»Bringt den bloß schnell nach Hause, damit er nicht mehr an meine Schwester rankommt«, sage ich und mache Schlitzaugen. Die Männer überlegen.

»Sollen wir dich nach Hause bringen?«, fragt der große Beamte Hartmut in der Lautstärke und Betonung, in der deutsche Beamte mit Afrikanern sprechen.

Hartmut schürzt die Lippen und tut so, als müsse er sich überwinden, mich gehen zu lassen. Dann nickt er.

»Gut«, sagt der Beamte. »Und Sie gehen auch heim!« Ich nicke grimmig und nehme die angefetzte Tüte auf.

»Wo müssen Sie hin?«, fragt der Mann, und Hartmut nennt die Adresse von Jörgen. Jörgen wird sicher zu Hause sein, Jörgen ist immer zu Hause. Jörgen ist unser Kifferfreund, der reguläre Lohnverhältnisse nie länger als drei Monate eingeht und so ziemlich alles kann, was mit dem praktischen Leben zu tun hat. Die Beamten bringen Hartmut zum Wagen und geben ihm ein Taschentuch für seine Lippen. Ich sehe ihm nach und gehe zaghaft die Straße hinunter, die Fäuste noch geballt.

»Das nächste Mal gibt es eine Anzeige«, sagt der Mann und dreht sich noch einmal zu mir um. »Familienzwist hin oder her.«

Kaum, dass sie eingestiegen und um die Ecke gebogen sind,

renne ich wieder die Straße hinauf, stürme ins Haus und erkläre allen, was los ist. Frank und Pia aus dem obersten Stock lachen sich über mein blaues Auge kaputt. Das Gothic-Paar hat selber blau geschminkte Augen und geht mit der Bedrohung recht gelassen um. Gothic-Paare lieben Bedrohungen. Frank und Pia fanden auch die Bombe faszinierend. An ihrer Küchenwand hängt ein Poster von Apocalyptica. Hans-Dieter streichelt seine Katze und murmelt: »Jetzt haben wir so schön die Scheune umgebaut, da kriegen die uns nicht hier raus.« Kirsten ist noch auf der Arbeit. Ich schreibe ihr einen Zettel, dass das Amt uns auf dem Kieker habe und sie ihre Beziehungen als Polizistin spielen lassen solle, vielleicht könne sie mal hören, was da los sei, sie wolle doch sicher auch nicht ausziehen und ihre Terrasse behalten. Ich schimpfe mit Sebastian, weil er meine Zeichen nicht verstanden hat, gehe schließlich zur Scheune und klopfe. »Ich arbeite noch!«, ruft Susanne von innen und es klingt nicht so, als wenn ich eintreten dürfte.

»Dein Freund und ich haben uns gerade geprügelt, weil die Männer vom Amt da waren und wir sie vom Haus abhalten mussten!«, rufe ich durch das alte Holz.

»Prügelt weiter«, ruft sie zurück. »Ich brauche noch etwas Zeit.« Ich schweige und denke über diese Antwort nach. Als ich gerade gehen will, ruft Susanne: »Aber lass Hartmut für die wichtigsten Dinge funktionstüchtig.« Dann spüre ich, wie sie grinst, und gehe ins Haus.

Am frühen Abend sitzen Hartmut, Sebastian und ich mit Hans-Dieter, Frank und Pia in unserer Küche und beraten die Lage. Susanne ist immer noch in der Scheune, und Kirsten scheint bei der Polizei einen langen Tag zu haben. Hartmut hat die Beamten auf dem Weg zu Jörgen einen Umweg über Herne und Castrop-Rauxel fahren lassen, bis deren Dienstzeit zu Ende war. Sebastian meint, man solle den Vermieter einschalten, und Hans-Dieter erklärt ihm, dass unser Vermieter wie ein defekter Fernseher sei. Man könne ihn zwar einschalten, aber es komme nur Rauschen. Hans-Dieter muss es wissen. Hans-Dieter lebt seit Anbeginn der Zeit hinten im Anbau. Frank und Pia sagen wie immer nicht viel, spielen mit ihren Fingern herum und tragen schwarze Sachen. Bevor sich Schweigen ausbreiten kann, fällt vor dem Küchenfenster ein riesiges Konstrukt aus Holz und Stahl herunter. Es ist so lang, dass es kaum ein Ende nimmt, und es kracht, als bräche die ganze Nachbarschaft zusammen. Wir springen auf, reißen das Fenster los und sehen vorsichtig nach oben. »Was ist denn jetzt los?«, ruft Hartmut, und über uns erscheint Kirstens Kopf, die Augen unten und die Stirn wie eine Mundpartie ohne Mund. »Ich reiße die Terrasse ab, bevor das Amt kommt. Ihr habt mir doch den Zettel geschrieben. Mit dem Amt ist nicht zu spaßen. Ich bin Polizistin.« Dann kracht eine weitere Holzplatte auf das Pflaster. »Wie? Was? Warte mal!«, ruft Hartmut, und wir rennen hinaus. Am Baum vor der Haustür stehen zwei schüchterne junge Männer, die sehr wahrscheinlich Studenten sind und sich zur Dequalifikation anmelden wollen. Sie starren auf das zertrümmerte Geländer, das Kirsten alleine aus den Angeln gerissen hat. Als zwei Bodenplatten aus Holz auf den Weg knallen und den Zaun von Herrn Schober rammen, der surrend zu schwingen beginnt, rennen die Studenten weg. Schober ist nicht da. Schober ist beim Kegeln. Und Kirsten verscheucht unsere Klienten.

Die Tür der Scheune öffnet sich, und Susanne streckt den Kopf heraus: »Was macht ihr denn da?«

»Die Terrasse abreißen, die war nicht erlaubt!«, ruft Kirsten.

Ich zeige Hartmut die flüchtenden Studenten und er versteht erst jetzt, dass es potenzielle Kunden gewesen sind. Hans-Dieter kratzt sich am Hut. »Es bleibt aber immer noch das Kellerproblem«, sagt er.

»Jetzt seid alle mal nicht so panisch«, sagt Susanne. »Ich habe doch eine Lösung!« Dann tritt sie beiseite und bedeutet uns, die Scheune zu betreten.

Sie zeigt uns ihre Lösung. Wir schweigen in Ehrfurcht.

In Stiepel scheint die Sonne, als wir mit Hans-Dieters kleinem Laster einfahren. Hans-Dieter sitzt vorne im Cockpit und lenkt, während Hartmut, Sebastian und ich wie Müllmänner oder Soldaten hinten auf der Ladefläche mitfahren. Es macht Spaß, ist aber auch ein bisschen unheimlich, da es mich an ein Kriegsspiel erinnert, in dem auch immer die Sonne scheint. Man fährt dort mit Lastern und seiner Rebellentruppe in Dörfer, die ebenso friedlich daliegen wie jetzt Bochums bestes Viertel, aber man weiß, dass jeden Moment mit einem trockenen Zischen die ersten Kugeln auf einen losgehen können. Der Laster spuckt und rumpelt, er ist zu dreckig für die Gegend, und ich habe ein schlechtes Gewissen, als der Ruß aus Hans-Dieters Auspuff vor einer wie neu gestrichenen weißen Häuserwand mit Reetdach aufsteigt und das Bild verschmutzt. Zwei Kinder stehen neben ihren Mountainbikes am Straßenrand und schauen uns nach. Ein Mann kommt aus einer Bäckerei, die in ein großes Landhaus eingelassen ist. Wenn man hier oben auf dem Laster steht, kann man manchmal zwischen den Häusern hindurch hinunter zur Kemnade sehen.

»Man kann nicht glauben, dass das der Ruhrpott sein soll«,

sagt Hartmuts Mutter immer, wenn sie hier ist, »man kann es nicht glauben.«

Ich stolpere, als Hans-Dieter bremst und Hartmut und Sebastian vom Laster springen, um die ersten Möbel einzusammeln. Eine Kommode, ein Bettgestell, zwei Teppiche, ein Regal. Die Sachen sehen besser aus als das meiste, was in unserer eigentlichen Wohnung steht. Im Fenster des Hauses erscheint ein Gesicht hinter der Gardine und verschwindet wieder. Hartmut und Sebastian wuchten die Kommode auf den Laster. Hans-Dieter steht vor seinem Cockpit wie ein Vater, als die Tür des Hauses aufgeht und das Gesicht aus dem Fenster erscheint, mit der Frau, die dazugehört. Sie hat ein Baby auf dem Arm. Es sieht sofort zu mir herüber, als würden wir uns kennen.

»Das ist doch okay, wenn wir was mitnehmen, oder?«, fragt Hans-Dieter und die Frau nickt. »Aber natürlich«, sagt sie, »selbstverständlich.«

»Vielen, vielen Dank«, sagt Hans-Dieter, und die Frau lächelt wie eine Missionarin. Sie ist nur herausgekommen, um sich den Dank abzuholen, ich kenne das von damals, als meine Mutter mich mit in die Kirche nahm und Frau Lubis sich immer nach links und rechts umsah, bevor sie ihren Fünf-Mark-Schein in das Kollekte-Körbchen legte. Frau Lubis war die Frau des Großindustriellen in meiner Heimatstadt. Es gab nur einen.

»Hallo, nicht träumen, Herr Profipacker!«, sagt Hartmut, und ich sehe die Spitze eines Regals vor mir auftauchen, das Hartmut und Sebastian zu zweit auf ihren Oberschenkeln abgestützt haben. Sebastian schnauft. Er arbeitet gut. UPS zeigt Wirkung. Er muss aber auch. Wir haben eigentlich keine Zeit für das, was wir hier tun. Die Männer vom Amt kommen unserem Institut in die Quere. Wir müssen Menschen dequalifizieren, nicht Häuser verteidigen. Ich nehme Hartmut und Sebastian das Regal alleine ab, schwinge es auf die Seite und schnalle es fest. Ich habe ein Tour-T-Shirt zum Arbeiten gewählt. Stuck Mojo 1994. Die Ärmel sind abgerissen. Das Baby sieht mich immer noch an. Es ist ein Junge. Ich glaube, er will Malocher werden.

Nach zwei Stunden kann ich es nicht mehr ertragen. Ich kann nicht hier oben Möbel verladen, als gäbe es nichts Wichtigeres auf der Welt, während dort unten die Kemnade plätschert und glitzert und sie dort sitzen und malen könnte, am Ufer, hinter dem Busch. Ich traue mich nicht so richtig, mich abzuseilen, schiebe immer wieder hinaus, es zu sagen, suche Gründe, warum ich noch fünf Minuten weitermachen sollte, rufe irgendwann einfach »Jungs, ich muss da jetzt runter!« und renne los, ehe Widerspruch eingelegt werden kann. Dann renne ich. Renne zum See wie ein Verrückter, muss erst mal den Staudamm überqueren und auf den Weg um den riesigen See einbiegen, auf dem Inline-Skater, Fahrradfahrer, Neugeborene und Pensionäre toben. Umrunde den halben See, bis meine Oberschenkel brennen, überhole Jogger, passiere Grillstellen mit Fetzen von Musik und Gespräch, überhole den Sieger des Karstadt-Marathons, der große Augen macht, überhole einen Husky und einen Geparden, erreiche die Bootskneipe mit dem großen Festsaal, in dem eine Geburtstagsfeier stattfindet, überwinde die restlichen zwei Kilometer mit trampolinartigen Laufsprüngen und sinke genau an der Stelle ins Gras, wo Sebastian und ich das Mädchen mit den grünen Augen beim Malen beobachtet haben. Ich keuche und ringe nach Luft, als müsste ich das Atmen des ganzen Laufes nachholen. Es ist, wie wenn man etwas erst mal fertig machen will, bevor man etwas Neues anfängt. Meine Schläfen pochen, meine Beinmuskeln hängen zerlumpt in den Vorrichtungen. Ich drehe den Kopf. Unten am Ufer ist niemand. Ich weiß, dass es die richtige Stelle ist, ich habe ein untrügliches Gedächtnis für Bilder, noch eben blinkte über dem Rasen der Save Point auf, an dem wir den Level damals verlassen haben. Ich frage mich, was ich jetzt tun soll, rappele mich auf und gehe vorsichtig den Hang hinunter zum Ufer. Was soll ich sagen, wenn sie ihre Staffelei einfach nur ein paar Schritte weiter hinter dem nächsten Busch aufgeschlagen hat? Wie erkläre ich, dass ich ausgerechnet hier unten am Wasser spazieren gehe, einen roten Kopf und ein durchgeschwitztes T-Shirt von Stuck Mojo an? Eine zerrissene Hose, Sperrmüllhände. Wie sehe ich überhaupt aus? Kann ich ihr denn so unter die Augen treten? Die Fragen brauchen keine Antwort. Sie ist nicht da. Ich hocke mich auf den Rasen, wo sie gesessen hat. Ich stelle mir vor, dass hier ihre Zehen mit dem Gras spielten.

Genau hier.

Ich streichele die Halme, dann lege ich das Gesicht hinein.

Ich höre Gekicher, dann das Knacken von Ästen.

»Hey!«, rufe ich und reiße den Kopf hoch, und zwei kleine Jungs laufen aus dem Gebüsch zu ihrer Familie zurück, die oben auf der Höhe spazieren geht. Die Männer rauchen alle. Sie hinterlassen kleine Wölkchen, die immer noch einen Moment in der Luft stehen, wo sie gegangen sind. Der Abend ist schön, und ich finde, das sollte er nicht sein. Es sollte nicht warm sein und nach See riechen und die Farben sollten nicht so kräftig schillern, während von allen Ufern her leise die Geräusche von Menschen ertönen, die für ein, zwei Stunden mal glücklich sind. Nicht, wenn *sie* nicht hier sitzt, denn dafür kann es an so einem Abend keine guten Gründe geben. Ich mache mir Sorgen um sie.

Ich mache mir Sorgen um sie?

Um das Mädchen mit den grünen Augen?

Um mein Mädchen mit den grünen Augen?

Ich stehe auf und versuche, an Fußball zu denken. An meine Badewanne. Die Playstation. Pommes Spezial. Ich warte auf den inneren Kiekser, der bei diesen Dingen sonst immer kommt, aber er bleibt aus. Ich frage mich, ob die anderen oben mit dem LKW auf mich warten, aber selbst wenn, ich will jetzt alleine sein. Ich gehe die Böschung wieder hinauf und laufe langsam über das Lottental heim.

Am Mittwoch kommen die Männer vom Amt. Sie haben sich zwei Tage zuvor mit einem Schreiben angekündigt. Hartmut und ich sitzen am Fenster und zeigen uns nicht, dass wir nervös sind.

»Da sind sie«, sage ich. Die zwei Beamten tragen immer noch schwarze Mäntel. Sie klingeln. Wir sehen uns an, atmen nervös ein und aus, stoßen uns von der Fensterbank ab und gehen zur Wohnungstür. Die Männer betreten den Hausflur. Ihr Blick wandert über Wände, Boden und Treppengeländer, bis er auf uns ruhen bleibt und der Kleinere von beiden erschrocken zurückspringt. Als sie uns zuletzt gesehen haben, mussten sie uns voneinander trennen, weil wir uns gegenseitig die Zähne einschlugen.

»Sie wohnen hier?«, fragt der Größere.

»Ich wohne hier, er ist nur Gast«, sage ich und kaue auf meiner Zunge. »Keine Sorge, wir haben uns wieder vertragen«, sage ich und rüttele Hartmut an der Hüfte.

»Wir, äh, weil, also …«, sagt der Kleinere.

»Sie haben unsere Post bekommen?«, fragt der Ältere, und wir nicken.

»Koslowski«, sagt er und drückt mir die Hand. »Das ist mein Kollege Grün.«

Wir geben ihnen die Hände.

»Wir müssen uns das Haus hier ansehen, weil Verdacht auf bauliche Mängel besteht«, sagt Herr Koslowski.

»Weiß der Vermieter davon?«, fragt Hartmut.

»Wir haben ihn informiert«, sagt Herr Koslowski und sieht uns für einen Moment an, als wollte er sagen: Wir wissen doch beide, wie er ist.

»Wollen Sie einen Kaffee?«, frage ich.

»Gerne«, sagt Herr Koslowski, schlüpft zwischen uns hindurch in die Wohnung, biegt links in die Küche ab und nimmt sich eine Tasse. Herr Grün wartet einen Moment, bis wir ihm Platz machen. »Das ist aber keine genormte Wanne«, sagt Herr Koslowski und zeigt mit seinem Kaffeebecher in der Hand in unser großes Bad. Er betont den Satz so, wie Tuningfans über illegale Spoiler an Autos sprechen. Er macht das clever. Wir sagen erst mal nichts. Er geht durchs Bad in Hartmuts Zimmer. Alles ist perfekt aufgeräumt, die Milbenkolonien wurden aus dem Teppich in den Staubsauger umgesiedelt. Herr Koslowski bleibt für einen Moment mit den Augen an der Öse über dem Bett hängen. Dann geht er zur Tür, die Susannes Zimmer von Hartmuts trennt, schiebt sie ein wenig auf und sieht hinein. »Das sieht anders aus«, sagt er. »Hier wohnt eine Frau.« Man darf ihn nicht unterschätzen, denke ich. Er dreht sich wieder um, einen Schalk in den Augen, halb gebeugt, die Tasse Kaffee in der Hand. Er erinnert mich an Harvey Keitel als Mr. Wolve in Pulp Fiction. Er sagt: »Gut, meine Herren, wir wollen draußen beginnen.«

Die Tore der Scheune sind offen, und Susanne baut an einer Kawasaki. Im CD-Player läuft »Elevator« von ZZ Top. Die Werkstatt sieht toll aus, alle Werkzeuge sind an ihrem Platz, das Licht fällt in den Farben herein, die man aus den Werbespots von Southern Comfort kennt. Koslowski und Grün kriegen den Mund nicht mehr zu.

»Die Frau, wie Sie richtig vermutet haben«, sagt Hartmut und Susanne sieht von der Arbeit auf.

»Ist das ein Gewerbe?«, fragt Koslowski. Hartmut schüttelt den Kopf. »Alles Liebhabertum. Schauen Sie, hier hinten ist noch ein Partyraum.« Hartmut winkt die Männer herbei, wir haben die Bar extra mit frischen Flaschen aufgefüllt. »Einen Drink?« Koslowski schüttelt den Kopf, ohne ihn anzusehen, und geht rückwärts wieder aus der Scheune heraus. »Hier oben war eine Terrasse montiert«, sagt er und ich merke, dass er ungeduldig wird.

»Wie bitte?«, fragt Hartmut und Susanne sagt: »Eine Terrasse?«

»Ja, natürlich«, sagt Koslowski.

»Da war nie eine Terrasse«, sagt Hartmut.

Koslowski sieht ihn an wie eine Distel. »Ich kann doch wohl noch meinen Augen trauen.«

»Hören Sie, guter Mann, wenn ich es Ihnen doch sage, da war nie eine Terrasse.«

Koslowski blickt von Hartmut zu Susanne, von Susanne zu mir und dann wieder zu Hartmut.

»Schönen guten Tag«, sagt Hans-Dieter, der mit seinem Anglerhut in der Hand hinter den Beamten auftaucht. »Ist schon Inspektion?«

Koslowski und Grün drehen sich um und sehen Hans-Dieters Hand zum Schütteln bereit. »Gab es dort oben mal eine Terrasse?«, fragt Koslowski Hans-Dieter, ohne ihm die Hand zu schütteln.

»Nein«, sagt er und setzt sich seinen Anglerhut wieder auf.

Koslowski schnauft ein bisschen und sieht dann mit schmalen Augen zwischen uns her. Er nickt dabei, als wolle er sagen: Ja, da steht ihr, mit euren Koteletten und Anglerhüten und großen Kinderaugen, aber mich betrügt ihr nicht.

»Gut«, sagt er, »dann zeigen Sie uns bitte mal den Keller.« Wir schlucken. Susanne legt ihren Schraubenschlüssel ab. Hans-Dieter wechselt einen schnellen Blick mit uns. Auf Hartmuts Stirn bilden sich Schweißtropfen. »Ich weiß nicht, ob das gerade geht«, sagt Hartmut. Koslowski lächelt still. »Warum soll das denn nicht gehen?«, fragt er. »Weil, nun, weil …« stammelt Hartmut und ich sehe, wie sich Koslowskis Blick verändert. In seinen Augen sehe ich die Abrissbirne über den Resten unseres Zuhauses und wie er uns dabei zusieht, als wir in die Möbeltransporter steigen. Wie er seine Mängelliste zusammenfaltet, während mit einem Knacken die letzte Wand fällt. Musik von Ennio Morricone ertönt und der Himmel vor der Scheune färbt sich blutrot und taucht Koslowskis Kopf in einen bösen Schatten.

»Also gut«, sagt Hartmut, »folgen Sie mir.« Wir gehen ins Haus zur Tür, die zum Keller führt. Ich habe feuchte Hände.

Selbst Susanne ist nervös. Wir gehen hier nicht weg. Dieses Haus ist die letzte Krücke, aber wir lieben es. Hartmut steht vor der Kellertür und sieht die Beamten an. »Ja, nun ...«, sagt Koslowski.

Hartmut klopft.

»Hallo?« ruft er und horcht an der Tür.

»Er spricht mit seinem Keller«, flüstert Herr Grün seinem Kollegen ins Ohr. Hartmut klopft nochmal. »Hallo? Die Herren vom Amt sind da.« Koslowski und Grün sehen sich an, als müssten sie nun bald auch den psychiatrischen Dienst einschalten. Dann hört man Schritte die Treppe heraufkommen. Sebastian öffnet: »Schönen guten Tag!« Er trägt eine gut sitzende Jeans und ein sauberes Karohemd. Wir haben die Sachen in der Kommode aus Stiepel gefunden. »Ich arbeite gerade, aber kommen Sie herein.« Koslowski und Grün schauen aus der Wäsche wie zwei Vopos beim Mauerfall und gehen hinter Sebastian die Treppe hinunter. Susanne lächelt, als Sebastian in Hausschuhen auf das helle, neuwertige Laminat in dem hüpft, was früher mal der Kellerflur war. Die Wände haben weiße Raufaser. Auf der Kommode steht ein Telefon auf einem Deckchen. Ein Spiegel an der Wand, kleine Deckenleuchter. Im Raum, in dem der alte Heizkessel zu sehen war, steht jetzt ein Schreibtisch mit surrendem PC vor einer eingezogenen Wand, die den Kessel verbirgt. Dieser Umbau hat uns eine Menge Klienten gekostet. Wir mussten Termine absagen, Dequalifikationsstunden. Nur die Byzantinisten sind geduldig geblieben. Die haben eh nichts mehr zu verlieren. Sebastian entschuldigt sich, stellt etwas am PC ein und kommt wieder zu uns.

Koslowski und Grün wissen gar nicht, wo sie zuerst hingucken sollen. Die Stempel haben wir mit Schränken umbaut, die bis zur Decke reichen und innen eine zweite Wand haben. Wir haben 48 Stunden gearbeitet. Susanne ist genial. »Der Keller ist schon seit Jahren eine Wohnung«, sagt Hartmut. »Die Decken sind etwas niedrig, aber nun. Zuerst hatten wir hier einen Krankenpfleger, der immer nachts arbeiten musste und dem es zupass kam, tagsüber nicht so viel Licht zu haben. Na ja, und jetzt haben wir unseren Schriftsteller hier.« Hartmut patscht Sebastian auf die Schulter und der wackelt mit dem Kopf, als wolle er sagen, das sei doch alles nichts. »Schriftsteller?«, fragt Herr Koslowski.

»Er schreibt Horrorromane«, sagt Hartmut und Sebastian kichert entschuldigend. Der kleine Grün lächelt. Koslowski sieht ihn streng an.

»Ihr Vermieter hat nichts von einer Wohnung im Keller gesagt.« Er schiebt die Tür zum »Bad« auf. Ich muss innerlich vor Freude gibbeln, so realistisch ist es uns gelungen. Sebastian geht an Koslowski vorbei, dreht den Wasserhahn auf und wäscht sich ein wenig die Hände, als sei es ihm gerade eingefallen. Man hört nicht mal das Blubbern der Tanks hinter der Holzwand, wenn man es nicht weiß. Selbst der Spülkasten über dem Klo funktioniert, auch, wenn man ihn von oben nachfüllen müsste und das ganze Geschäft dann ungehemmt in den Zwischenraum zwischen Holzwand und echtem Mauerwerk fließen würde. Susanne hat extra eine Pumpe gebaut, die Unterdruck erzeugt, damit der Saugeffekt entsteht. »Wir müssen auf Nummer Sicher gehen«, sagte sie. Sie wollte auch noch einen Auffangtank für Exkremente in den Hohlraum montieren, aber Hartmut war zu faul, extra nochmal zum Baumarkt zu fahren. Ich frage mich, ob sie nicht als Kulissenbauerin zum Film gehen sollte. Koslowski starrt noch einen

Moment mit verschränkten Händen auf den Wasserhahn. Eine Spinne quetscht sich hinter ihm durch eine winzige Ritze, die zwischen künstlicher und echter Wand geblieben ist. Erst ein Bein, dann zwei, dann der Körper. Er sieht es nicht. »Horrorschriftsteller ...«, sagt er und sieht Sebastian scharf an.

»Ja«, sagt Hartmut. »Ein Meister der Illusion.«

Koslowski leckt sich über die Lippe. »Darf ich mal eben das Klo benutzen?« fragt er. Ich sehe, wie Sebastians Kopf für eine Millisekunde rot wird. Dann fängt er sich und sagt: »Klar!« Wir lassen Koslowski alleine im »Bad« und lassen uns nichts anmerken. Der kleine Grün fragt Sebastian nach seinen Romanen. Hartmut und Susanne sehen sich an. Mein Herz zieht alles Blut aus Händen und Füßen. Wir hören, wie Koslowski abzieht. Es zischt und blubbert. Die Spülung hat funktioniert. Der Hohlraum ist jetzt nicht mehr hohl. Koslowski öffnet die Tür und lächelt uns an. Hinter dem Klo beginnt die braune Soße sich ganz langsam wieder unter der falschen Wand hervorzupressen, wie ein Sumpf, der still auf Koslowskis Hacken zukriecht. Wenn er sich jetzt umdreht, ist es aus. Abrissbirne, Möbelwagen, aus. Er kratzt sich am Kopf und dreht sich noch einmal um. Ich beiße die Zähne zusammen. Hartmut greift nach Susannes Hand. Kurz, bevor Koslowski sich umgedreht hat, klingelt sein Mantel. Er zieht ein Handy heraus. »Ja? Nein, wir sind hier noch in Wiemelhausen. Wir sind noch nicht fertig. Oben noch. Muss das sein? Gut, wir kommen.« Er klappt das Telefon zu. »In Wattenscheid ist wieder eine Garage in die Tiefe gestürzt. Tagebau. Alte Stollen.« Er lächelt schief. »Das müssen wir begutachten.« Er steckt sein Telefon und seinen kleinen Kollegen Grün ein, der immer noch Sebastian wegen seiner Romane interviewt und geht die Treppe hinauf. An der

Tür sieht er uns still an, und es ertönt wieder leise Ennio Morricone. »Ich komme wieder«, sagt er.

Er geht zum Wagen, setzt Grün auf den Beifahrersitz, steigt ein, schließt die Tür und fährt los.

Wir gehen zurück in den Keller und erledigen die Drecksarbeit.

WEINEN MIT HARTMUT

Ich sitze auf der Couch und spiele *Arc of Time*, als Susanne sich neben mich setzt und mir unvermittelt einen großen Bildband vor die Nase hält. Meine Figur, die gerade in einem alten Museum nach Hinweisen sucht, verschwindet, und ich sehe einen Mann mit Hakennase und grauenvoller Vokuhila-Frisur vor einem Kleinbus stehen. Ich schreie kurz auf, und Susanne nimmt das Buch wieder runter. »So sah der damals aus«, sagt sie, legt es auf ihre Knie und blättert weiter darin herum. »Wer?«, frage ich, schaue wieder auf den Bildschirm und klicke eine Vitrine an.

»Hartmut.«

»Wie, Hartmut?«

»Hartmut Engler!« Sie klappt das Buch zu und zeigt mir die Vorderseite. Die offizielle Biographie von Pur, der erfolgreichsten Band Deutschlands. Sie lacht. »Ist ein Geschenk für meine kleine Cousine. Sie wird bald vierzehn.«

»Mhm«, sage ich, gehe in den nächsten Raum und frage mich, ob die Programmierer hier ein Rätsel vergessen haben.

»Das Schlimmste ist aber: Sie bekommt auch Konzertkarten geschenkt. Und jetzt rate mal, wer mitgehen soll.«

»Nein!«, sage ich.

»Doch!«, sagt sie. »Ihre Eltern meinten, die Kleine schäme sich, mit ihnen hinzugehen, aber mit der großen Cousine wäre es toll.«

»Und so sah der Mann früher aus?«, frage ich, und Susanne klappt das Buch nochmal auf.

»Ja. Erste Tournee, noch im Kleinbus. Damals hatten sie eine Punk-Einstellung, steht hier.« Susanne lacht. Ich denke an ein Video von Slime, da sind die Frisuren auch nicht viel anders. In der Küche übt Bernd mit Sebastian, banale Interviews zu führen. Er trainiert immer noch Lokaljournalismus. Er wird besser. Die Fragen sind schreiend dumm. Sebastian spielt den Chef der freiwilligen Feuerwehr, und Bernd legt ihm die Antworten förmlich in den Mund. Die freiwillige Feuerwehr hat Jubiläum. Das Ehrenamt wird gelobt, und das Fest mit Bratwurst und Hüpfburg angekündigt. Vor dem Fenster schiebt ein Ingenieur ein Motorrad vorbei und gibt es einem Kunden. Susannes Lehrwerkstatt arbeitet jetzt schon ernsthaft. Nur für die Nachbarn, versteht sich. Den Byzantinisten haben wir bei einer Firma in Probearbeit geschickt, die griechische Restaurants einrichtet. So entstehen Kooperationen. Hartmuts Adresskartei schwillt langsam an. Sebastian macht einen Witz über das banale Interview, und ich rufe »Naaaaaaaaa!« in die Küche. Dann ertönt Hartmuts Stimme, er nähert sich aus dem Flur: »Und ich sehe, sie gehen unaufhaltsam, komme unter sie, am helllichten Tag, und ich sag nur ein Wort, so bleiben sie stehen.«

»Um Himmels willen«, sagt Susanne und ich sehe sie fragend an. »Er hat gedichtet«, flüstert sie mir zu, als Hartmut durch den Perlenschnurvorhang klappert und weiterrezitiert: »Aber die Bahnen fuhren, Adrian, ich sehe dich, eingepfercht in Stimmen, die keine Antworten geben, Antworten, nach denen du immer suchst, Augen und Ohren offen, immer unterwegs, erinnerst du dich, wie die Züge sich anhören, wenn sie an den kleinen Orten halten, den ganz kleinen, wo der eine Steig bröckelt und das Schild verwittert, wie sie klingen in den großen Hallen, wo die Schilder zu bunt sind und zu grell, erinnerst den Klatschmohn an den Orten, wo die Kinder keine SMS kennen und hörst, wie die Ansage in den alten Boxen knackt, die Zeiger der Volt- und Amperemeter auf- und niederschaukeln, denkst an die Eisblumen an den Fenstern und die Menschen, die ihre Kragen aufschlagen gegen den Schneesturm, so lange bist du schon unterwegs: Adrian, würde Großvater uns erklären, dir und unserer Schwester, nach Kautabak und Ammoniak riechend, er würde vom Ankommen sprechen und dass kein Ort klein und fern genug sein kann, um deine Reise zu beenden, Adrian …«

»Hartmut!«, sagt Susanne, und Hartmut hört auf und lässt das Blatt sinken: »Der Satz ist noch nicht zu Ende.«

»Der Satz ist Geschwurbel«, sagt Susanne.

»Das weiß ich, mein Schatz«, sagt Hartmut.

»Wenn Sie etwas darüber erfahren wollen, gehen Sie zum Hafen«, sagt ein Mann zu meiner Figur in der Playstation. »Das ist mal ein klarer Satz«, sage ich und gehe zum Hafen. »Oder hier«, sagt Susanne und tippt mit dem Finger auf die Pur-Biographie: »›Kein Krieg ist heilig, kein Krieg ist gerecht, im Teufelskreis der Waffen wird gestorben und gerächt.‹ Das ist doch mal ein Text. Da kann man nichts gegen sagen, oder? Das ist doch so, wie es da steht, erst mal richtig.«

Hartmut lässt sich in den Sessel plumpsen und legt seine Blätter auf den Tisch: »Damit gewinne ich in Klagenfurt«, sagt er.

Susanne lacht.

Ich finde den Mann im Hafen.

»Was ist Klagenfurt?«, frage ich.

»Der wichtigste deutsche Literaturwettbewerb für Hochliteratur«, erklärt mir Susanne.

»Aha«, sage ich.

Susanne blättert in der Pur-Biographie. »Hartmut Engler hat bislang 200 Texte geschrieben. Wie viel waren das bei dir, Hartmut? Einer?«

Hartmut nimmt seine Blätter vom Tisch und sagt: »Es kommt nicht auf ein Streufeuer an, sondern darauf, dass man gut zielt.« Da muss ich ihm allerdings zustimmen. So habe ich bislang noch jedes Kriegsspiel gewonnen. Hartmut hebt seinen Hintern, zieht ein Schreiben aus seiner Tasche und gibt es Susanne. Sie liest.

»Nein!«, sagt sie.

»Doch«, sagt Hartmut und grinst wie ein Mann, der seiner Familie eine Nacht vor der Veranstaltung von seiner Oscarnominierung erzählt.

»Sie haben dich eingeladen.«

»Sie haben mich eingeladen.«

Er nimmt das Blatt wieder entgegen, faltet es zusammen und sieht Susanne an: »Übernächstes Wochenende fahren wir nach Klagenfurt, mein Engel. Ich habe die Tickets schon gebucht.« Wir sehen ihn leise an. Man ist von ihm zwar Überraschungen gewöhnt, aber wenn sie dann auftreten, ist es doch immer wieder wie beim ersten Mal. Für Hartmut besteht die Welt nur aus Chancen. Er könnte Bundeskanzler sein und würde noch den Job des Dalai Lama zusätzlich annehmen. So ist er.

»Moment Mal, der fährt nach Klagenfurt?«, ruft Bernd aus

der Küche und steht schon mit Sebastian hinter dem Perlenschnurvorhang, der die beiden in schummerige Streifen teilt. »Das ist ja wohl unfair! Wir müssen uns hier blöd züchten und der Chef dichtet für Klagenfurt!«

»Da wollen wir aber mit!«, sagt Sebastian.

»Nein!«, sage ich. »Das wirft euch um Wochen zurück!«

Sebastian zischt und winkt mit der Hand. Ein Sinologe tritt hinzu, will etwas fragen, sieht, dass die Situation gespannt ist, und schleicht sich höflich verbeugend vom Acker. Langsam wird das Haus voll. Die Klienten sind überall.

»Warum machst du das überhaupt?«, frage ich Hartmut. »Wir haben hier ein Institut zu leiten. Immer fängst du was Neues an, als hätte der Tag achtundvierzig Stunden.«

Hartmut sieht mich an, sagt nichts, atmet wieder ein und liest: »Die ganze Auftakelung und Aufdringlichkeit dieser Frauen, die sich mit dem Pomp chinesischer Glitzerdrachen aufplusterten: unerträgliches Bunt in einer von Grau und Nörgelei durchsetzten Welt, ihre schwer beringten Kapaunenfinger und vergoldeten Hälse, der Parfumgeruch, als hätten sie in Duftquellen gebadet, eine Fruchtzuckerwolke unter Pfingstrosenschminke, der ganze Waggon ein Ruf nach Flucht …«

»Heiliger Bim Bam!«, sagt Susanne, und Hartmut muss lachen. Ihm kommt ein Tränchen und er tippt auf seine Blätter: »Ich gewinne damit. Wartet nur ab. Jetzt kommt es nur noch darauf an, wie ich mich verkaufe.«

Wir schütteln die Köpfe. Er hebt die Hände, die Seiten wie ein Büschel Dschungelblätter in der Hand: »Ja, was? Solche Chancen muss man nutzen!«

Wir seufzen.

Ich weiß bei *Arc of Time* nicht weiter und speichere den

Spielstand ab. Susanne zitiert noch einmal den anderen Hartmut, um das Wortgestöber unseres Hartmuts aus den Ohren zu kriegen: »Komm mit mir ins Abenteuerland, der Eintritt kostet den Verstand.«

Als ich zwei Tage später mit Sebastian von der Arbeit heimkomme und er noch vor mir ins Wohnzimmer stürmt, kommt er mir sofort wieder entgegen und zeigt empört auf den Durchgang: »Da sitzt ein Intellektueller auf der Couch.«

Ich bin verwundert.

»Das geht nicht«, sagt er, »Ihr könnt mich nicht dequalifizieren wollen und dann fährt Hartmut als Literat nach Klagenfurt und auf der Couch sitzen plötzlich freilaufende Intellektuelle herum.« Ich nehme zwei Bier aus dem Kühlschrank, gehe an ihm vorbei zum Wohnzimmereingang, schiebe die Schnüre zur Seite und schreie fast auf, als ich einen jungen Mann mit Glatze und einer schwarzen Hornbrille mit dicken, kleinen Gläsern auf der Couch sitzen und telefonieren sehe. Es ist Hartmut. Er hat sich den Kopf rasiert und trägt einen merkwürdigen Pulli mit V-Ausschnitt. Er sagt: »Ja, welche Farbe das Bühnenbild haben wird. Warum? Damit ich meine Kleidung darauf abstimmen kann, darum. Ja, ich bin einer der Lesenden. Ja. Nein. Okay. Vielen Dank.« Hartmut legt auf.

»Deine Haare«, sage ich.

»Nur für Klagenfurt«, sagt er und steht auf. Er geht am starren Sebastian vorbei zum Kühlschrank und holt ein winziges Fläschchen Perrier heraus. Er setzt sich an den Tisch und gießt die 0,1 Liter Mineralwasser in ein Glas um. Sebastian sieht ihn an wie einen Fremden. Der Sinologe nimmt sich im Flur einen Schirm. Er ist übervorsichtig. Wir haben ihn als Kellner an den

Goldenen Löwen vermittelt, ein China-Restaurant in Bochum-Hamme.

»Ich stimme mich schon mal auf die öffentliche Lesung ein«, sagt Hartmut. »Das muss alles bis ins Detail stimmen.«

Wir beobachten, wie der winzige Schluck Wasser leise perlt.

»Fragt mich mal was«, sagt Hartmut.

»Was?«

»Na, irgendwas zu meiner Literatur.«

»Du hast nur eine Geschichte geschrieben. Und die meinst du nicht ernst.«

Er zieht seine Brauen nach oben. Wenigstens hat er die nicht abrasiert.

»Na gut, dann antworte ich eben ohne eine Frage«, sagt er. Er räuspert sich und nimmt eine komische Haltung an. Sein Blick verändert sich, als hätte sich ein Film über seine Augen gelegt. »Mein Ziel ist es, gleichsam aus der Zeit herauszutreten, ihre Verfasstheit und somit ihre Künstlichkeit spürbar zu machen. Die Künstlichkeit der Sprache als lineares Medium macht die Künstlichkeit der Zeit deutlich, kann sie verlangsamen, beschleunigen. Es geht mir um eine große Überwindung.« Der Film über seinen Augen klappt wieder zurück, wie die milchigen Lider bei einem Krokodil. »Na, wie klingt das?«

»Heilige Scheiße«, sagt Sebastian und man weiß nicht, ob er es als Malocher meint oder als Akademiker, der sich gerade an etwas erinnert. Im Flur fällt die Tür ins Schloss, und Susanne betritt die Küche, die Hände ölig von der Reparatur einer Maschine. »Na, übt er wieder?«

»Dein Mann hat jetzt eine Glatze!«, sage ich.

»Ja, er meint, das erhöht in Klagenfurt seine Chancen. Dafür muss er mich begleiten, wenn ich mit meiner kleinen Cousine zum Pur-Konzert gehe«, lacht Susanne. Hartmut lächelt gequält. Es ist immer eine Sache der Verhandlungen. Der Sinologe sagt »Hai!« und verlässt das Haus. Er hat promoviert. Ich höre, wie er im Hausflur bitter lacht.

Hartmut übt noch eine Woche seine neue Rolle. Wir gehen mit ihm in Cafés und zu Ausstellungen, jeder Tag bringt eine kleine Korrektur. Susanne und ich wissen, dass man Hartmut nicht aufhalten kann, wenn er sich etwas vorgenommen hat. Da sollte man ihn lieber unterstützen. Klagenfurt ist gut dotiert. Man weiß ja nie. Bernd und Sebastian beschweren sich immerfort, aber sie dürfen dabei nicht mitmachen. Wir recherchieren, schauen uns die Porträts von Dichtern im Internet an und stellen fest, dass er rauchen muss. Aber wenn er damit anfinge, würde Susanne ihn verlassen. Kein Beziehungsberater, keine Gespräche, nichts. Einfach verlassen. Ich denke an das Mädchen vom See und wünsche mir, ich wäre in der Lage, Angst davor haben zu können, verlassen zu werden. Ich will auch zittern dürfen, wenn die Frau schweigt, und mir überlegen, was ich falsch gemacht habe. Ich will von meinen Arbeitskollegen geneckt werden, dass ich unter dem Pantoffel stünde und gefälligst wieder mehr trinken solle. Diese grünen Augen, diese unbegreiflichen grünen Augen.

Wir trainieren die Interviews und Hartmuts Lesung so, dass er sich eine Zigarette in den Mund steckt und ihm immer, wenn er sie gerade anzünden will, ganz plötzlich ein neuer, dringlicher Aspekt einfällt. Er nimmt dann die Zigarette wieder heraus und diskutiert erregt, bis sein Vortrag verebbt und er sie wieder zwischen die Lippen steckt. Es sieht wirklich aus wie bei einem Raucher, der vor lauter Eloquenz nicht zum Anstecken der Zigarette kommt. Hartmut hat sich verändert durch all das Verhaltenstraining. Die Jugoslawen drüben in der Pommesbude erkennen ihn nicht mehr. In Eisdielen hängt er im Sitz, als öde ihn die Banalität des Ausfluges an und wenn die Kellnerin fragt, ob wir noch etwas haben wollen, sieht er sie über seinen winzigen, dicken Brillenrahmen an wie einen Menschen, der noch nicht ganz nachgekommen ist. Sogar das Geschrei klingt anders, wenn er drüben in seinem Flügel Sex mit Susanne hat.

Am Morgen der Abreise stehen wir vor dem Haus, Sebastian und ich in der braunen Arbeitskluft, Hartmut und Susanne vorbereitet für ein Wochenende in Österreich, ein Wochenende unter Literaten, 17 Konkurrenten gegen Hartmuts einzige Dichtung. Er trägt eine Jeans und einen teuren Norwegerpulli mit breitem Kragen, der ein wenig abgenutzt aussieht. Susanne wollte ein Kostüm anziehen, aber Hartmut meinte, dies sei kein Fontane-Stück im Kleinstadttheater, sondern Klagenfurt. Jetzt prangt der Schriftzug von Velvet Underground auf ihrer Brust, dezent verdeckt von einer teuren, schwarzen Trainingsjacke.

»Ja, dann werd mal Literat, was?«, lache ich und klopfe ihm auf die Schulter. Er hebt den Finger und sagt: »Nicht so bauernhaft. Warte, so geht das!« Dann gibt er mir zwei Küsschen links und rechts, wie türkische Männer es tun, nur ein wenig dezenter. Das Taxi kommt. Hartmut und Susanne steigen ein. Sebastian und ich gehen malochen.

Die Lesungen aus Klagenfurt werden im Fernsehen übertragen, aber wir sehen sie uns nicht an, weil Sebastian rückfällig werden könnte. Schon Hartmuts Text hat Sebastian sichtlich daran erinnert, was Kunst ist, ich weiß nicht, was passiert, wenn er auch noch die Lesungen hört, die tatsächlich ernst gemeint sind. In der Wohnung ist 3sat ohnehin schon gelöscht. Als ich in der Umkleide auf der Arbeit meine Handschuhe anziehe und mein Kollege Martin mir irgendetwas über die »Perle« erzählt, die er am Wochenende im Musikzirkus in Oberhausen aufgegabelt hat, schaue ich auf die Uhr und denke daran, dass Hartmut irgendwann gleich lesen könnte, während Sebastian und ich unsere Schicht absolvieren. Vielleicht hat er auch schon seinen Auftritt gehabt. Ich schlage die Tür meines Spinds zu. »Wo ist Sebastian?«, frage ich Martin, der gerade dabei angekommen war, wie es mit der Perle beinahe zu Geschlechtsverkehr im Auto gekommen wäre. »Ich glaube, der ist noch kurz hochgegangen«, sagt Martin. Hoch. In den Pausenraum. Zum Fernseher. »Gleich mehr von der Perle, ja?«, entschuldige ich mich, renne aus der Umkleide, haste die Treppe hoch und finde Sebastian, wie er die Hand von der Suchlauffunktion nimmt und soeben 3sat gefunden hat. Er reißt die Finger in die Höhe wie ein Fußballspieler, der so tun will, als wenn er nicht gefoult hat. »Ich kann alles erklären!«, sagt er und springt vom Fernseher zurück. Gerade liest eine strenge junge Frau mit Topfschnitt. Ich warte eine Sekunde, ob die Kamera zu den anderen Autoren schwenkt, die irgendwo im Publikum sitzen müssen, dann schalte ich das Gerät aus und stelle mich, die Hände in den Seiten, vor Sebastian, der auf der Couch kauert. »Willst du keinen Job?«, frage ich, und er sagt: »Ja, ich meine, nein, also doch!«

»Und warum machst du dann so was?«

»Hartmut. Es ist doch unser Hartmut.«

Ich wedele mit den Händen, lege den Kopf zurück und mache Brummgeräusche wie Peter Scholl-Latour: »Papperlapapp. Hartmut ist doch nur ein Vorwand! Wenn ich nicht aufpasse, ziehst du dir den ganzen Abend 3sat rein, und am Ende kommt noch ein Konzert von Mahler!« Das hätte ich nicht erwähnen sollen. Sebastian kriegt feuchte Augen. »Mahler ...«, flüstert er. Ich drehe mich zum Kühlschrank, hole zwei Bier heraus und werfe ihm eins zu: »Hier! Trinken!«

»Aber wir haben doch noch vor der Schicht.«

»Sauf jetzt!«, sage ich und öffne meine Flasche. Wir stoßen an, er nimmt einen Schluck. »Und jetzt grölen«, sage ich.

»Was grölen?«

»Irgendwas. Hosen. Onkelz. Rammstein. Du musst 3sat aus dem Kopf kriegen.« Es tut mir weh, dass ich so etwas von ihm verlange, so etwas von ihm verlangen kann, dass ich ihn dazu zwinge, sich diese Platten anzuhören und ihn an der Flucht hindere, wann immer wir nach der Arbeit am offenen Auto eines Kollegen stehen, diese Musik aus den Boxen grölt und wir einen Kofferraum voller Bier austrinken, bis jeder mitsingt wie an Karneval, wo selbst Studienräte sich gerne zum Affen machen. Jetzt ist Sebastian noch fast nüchtern. Er jammert: »Aber es war doch nur eine Sekunde!«

»Das sagen Süchtige immer. Nur ein Schluck, nur eine Sekunde. Los jetzt!«

Er sieht mich traurig an, macht ein grimmiges Gesicht und schaltet dann um. Es sieht ein wenig wie bei Hartmut aus, wenn er den Film auf den Pupillen bekommt, sich die Zigarette zwischen die Lippen steckt und von seinem Text redet, nur dass es hier inhaltlich in die andere Richtung geht. Sebastian zieht seinen Mundwinkel ein wenig nach oben, hebt die Bierflasche und grölt: »Manchmal sag' ich ›ja‹, und meine ›nein‹/manchmal bin ich wirklich nett und mal ein Schwein/ja, man schafft sich nicht nur Freunde, wenn man ausspricht, was man denkt/ich brauch' kein Klopfen auf der Schulter, solang das Feuer in mir brennt!«

»Jawoll!«, brülle ich, reiße die Bierflasche hoch und setze ebenfalls ein: »Ich hab' Nächte lang gezecht, mich ins Koma gesoffen, oft gezielt, doch nie getroffen ...« Sebastian legt den Arm um meine Schulter, schunkelt mit mir, und gemeinsam brüllen wir die letzte Zeile: »Ich weiß wie es ist, der Arsch zu sein!!!«

Dann lehnen wir die Stirne aneinander und ich sehe ihm in die Augen wie ein Boxer. »Wer sind wir?«, frage ich.

»Malocher!«, brüllt er.

»Welche Arbeit machen wir?«

»Jede!«

»Was sind wir nicht?«

»Arbeitslos und schlau dabei!!!«

»Was sind wir?«

»Stark wie eine Eiche und flexibel wie ein Bambus!«

»Prost!«

»Proooooost!!!«

»Was ist denn hier los?«, sagt Stolle, der in der Tür steht und an unseren Armen entlangblickt, bis er die Bierflaschen findet. Ich stehe am späten Nachmittag mit einem Absolventen der Musikwissenschaft und Altphilologie im Pausenraum von UPS und zwinge ihn, Bier zu trinken und Zeilen der Böhsen Onkelz zu grölen, während unser beider Mitbewohner gerade in Klagenfurt liest. »Das Bier weg und an die Arbeit, saufen könnt ihr nachher! Ich glaub, es hackt!« Wir stellen die Flaschen ab und gehen hinunter, ich werfe Stolle einen Blick zu, der alles erklären soll.

Nach der Schicht sitzen wir alle zusammen wieder im Pausenraum und trinken. Stolle steht an der Spüle, als müsste er gleich wieder gehen. Martin meint, dass er mit der Perle aus der Disco auf jeden Fall da weitermachen will, wo er im Auto aufgehört hat, und zappt beiläufig durch die Programme. Jedes blitzt eine halbe Sekunde auf, dann verschwindet es wieder. Sebastian hängt erschöpft und breitbeinig in der Couch und hat sich noch nicht mal geduscht. Auf einmal reißt er seine Augen auf. »Stopp! Mach nochmal zurück!«

»Was?«

»Gerade eben. Davor. Nachrichten. Im Zweiten glaub ich!«

Martin schaltet zurück, und wir sehen Hartmut vor dem blauen Hintergrund des heute-journals. »Sensation beim Klagenfurter Literaturwettbewerb«, sagt die Sprecherin. »Ein deutscher Autor, den niemand auf der Rechnung hatte, gewinnt den Bachmannpreis der Jury in Klagenfurt. Es sei ein literarisches Märchen, meinen die Kritiker, da der Dichter bislang noch durch keinerlei Veröffentlichungen oder Preise aufgefallen sei. Die Jury lobte die Ausdruckskraft seiner Sprache und die philosophische Tiefe des Autors, der das letzte Drittel seines Textes halb nackt und kniend vortrug. Es ist das erste Mal, dass ein vollkommen unbefleckter Newcomer diesen bedeutenden Literaturpreis gewinnt.«

»Das glaub ich nicht«, sagt Sebastian.

»Das war doch Hartmut!«, sagt Martin und zeigt wie besessen auf den Bildschirm. »Sein Mitbewohner!«, klärt er Stolle auf. »Dieser Haudegen, schafft er es sogar ins Fernsehen!« Ich reibe mir die Augen und denke daran, dass der Stress jetzt weitergeht.

Er geht weiter.

Hartmut hat immer noch eine Glatze und seine dickrandige Brille, Hartmut spricht immer noch mit einer nicht angezündeten Zigarette, die an seiner Unterlippe klebt. Die Feuilletons rennen uns die Tür ein, Hartmut ist der Star der neuen deutschen Literatur, und die meisten Interviews gibt er gegenüber auf der Restaurantseite der Gaststätte Seier, in einer braunen Sitzecke unter Pokalen und einem kleinen, ausgestopften Adler. »In meinem Werk geht es um Auswege«, sagt Hartmut gerade einem Journalisten, der die Augen weit geöffnet hat und verständig nickt wie ein Tierpfleger vor einem großen Bären, der ihn auch jederzeit aus seinem Gehege wischen könnte. »Und das hier, diese Biedermeierlichkeit, das ist auch ein Ausweg«, erklärt er. Ich sitze mit Sebastian und Susanne eine Holzwand weiter in der nächsten Nische. Wir essen jetzt häufiger auf dieser Seite anstatt aus der Pommesbude, da Hartmuts Preisgeld ein etwas komfortableres Leben ermöglicht. Ab und zu kommen Klienten aus unserem Institut, holen sich Pommes auf der anderen Seite der Theke, tuscheln über ihren merkwürdigen Chef und gehen wieder zurück an die Arbeit. Einige von ihnen, ich glaube, es sind Sprachlehrforscher, üben an der Haustür den Vertreterbesuch.

Der Journalist sagt mit einem leisen Hecheln in der Stimme: »Man könnte also quasi sagen, wo andere Autoren Risse, Zugänge in der Wirklichkeit schaffen durch die das Andere in die Existenz des Subjekts hineindringt …«

»... geht es bei mir um Löcher hinaus, um Ausgänge, die entgegengesetzte Richtung, ja!«, beendet Hartmut den Satz. Der Kopf des Journalisten wird kurz rot, hüpft dann einen Millimeter auf dem Hals und dreht sich fast vor Freude. Er glaubt, Hartmuts Vision verstanden zu haben.

»Du solltest das nicht mithören«, sage ich zu Sebastian, der gerade seine Cevapcici in rote Soße tunkt.

»Ist doch nicht ernst gemeint«, sagt er schmatzend.

»Ist trotzdem intellektuell«, sage ich.

Susanne lacht. »Ihr seid alle wahnsinnig, wisst ihr das?«

»Stimmt es, dass Sie bislang nur diesen einen Text verfasst haben?«, fragt der Journalist hinter unserer Nische.

»Es gibt durchaus viele andere, aber mit denen will ich die Öffentlichkeit nicht belästigen«, sagt Hartmut. »Wissen Sie, ich habe ein Jahr an dieser Erzählung gesessen. Macht ungefähr sieben Worte pro Tag. Sieben Worte, die übrig blieben. Ich wähle meine Worte mit Bedacht. Ich glaube, Kunst ist etwas Besonderes, und es ist mir ein Gräuel, wenn ich sehe, mit welchem Geschreibsel heute junge Autoren auf die Öffentlichkeit losgelassen werden. Ich sehe mich ein bisschen wie ein Uhrmacher. Ich nehme mir die Zeit, die ja auch mein Thema ist.«

Susanne klaut Sebastian ein Fleischbällchen vom Teller, deutet mit dem tropfenden Klumpen zu Hartmuts Tisch hinüber und sagt: »Ob das niemals auffliegt?«

Sebastian schüttelt den Kopf: »Das fliegt niemals auf. In der Musikgeschichte gab es auch mal so ein Beispiel, da ...«

Ich hebe meine Gabel und sehe ihn streng an.

»Ich mein ja nur«, flüstert er.

»Wie war die Regel?«, bleibe ich hart.

Er kaut Cevapcici und schmollt.

»Na?«

»Kein Sprechen über Musikwissenschaft und Altphilologie.«

»Nicht mal dran denken!«, sage ich und er schmiert ein wenig Soße auf die Tischdecke. »Alles NLP. Ist doch nur zu deinem Besten.«

»Ja ja«, nörgelt er.

»Zur Strafe gehst du mit zu Pur«, sage ich.

»Nein!«, sagt er und knallt die Gabel auf den Teller. Ein paar Gäste heben die Köpfe wie Schwäne, der Journalist wirft uns einen Blick zu wie ein Müllmann der Tonne, die in den Hof zurückrutscht.

»Doch!«, sage ich, argumentativ etwas müde. Dann fällt mir doch noch etwas ein: »Dein zukünftiger Chef könnte Pur-Fan sein. Oder sogar Wolle Petry, denk so was.«

»Das ist doch alles Scheiße«, sagt Sebastian.

»So will ich dich hören«, sage ich.

»Ach, komm schon mit«, sagt Susanne und klaut ihm noch ein Bällchen. »Hartmut muss ja auch mitkommen. Das wird ein netter kleiner Familienausflug.«

»Genau«, sage ich.

Sebastian reibt sich die Schläfen.

»Das durchgängige Auftreten von Bahnen und Zügen bildet dann das Bindeglied zwischen dem Thema Zeitstruktur und Zeitempfinden und dem Thema der Auswege?«, fragt der Journalist hinter uns, und Hartmut nickt, während die feucht gewordene Zigarette an seiner Lippe klebt. »Genau. Der Zug kommt ja in diesem Sinne auch niemals an. Wenn Sie den Fahrplan nehmen, der hat ja kein Ende, der fängt nach vierundzwanzig Stunden wieder von vorne an.«

»Langsam will ich seine Haare wieder«, sagt Susanne und blickt zum Interview hinüber, während sie an der Gabel kaut.

Am nächsten Samstag ist es so weit. Wir stehen im Foyer der Arena Oberhausen zwischen Familien mit Kindern, Kegelclubs und erstaunlich vielen Männern mit Schnauzern und trinken Licher Pilsener für 4,50 Euro pro Becher. Es ist ein stilles, aufgeregtes Geraune. Die kleine Cousine von Susanne hüpft nervös auf ihren Füßen herum und zählt auf, was die Band alles spielen und was lieber weglassen sollte. Der Kegelclub, der sich neben uns um einen Stehtisch sammelt, erzählt sich gegenseitig davon, wer alles in letzter Zeit arbeitslos geworden ist. Es handelt sich um Jutta, Torsten und Dieter. Auch der Manfred steht auf der Kippe, aber der kann in Altersteilzeit gehen. Sebastian trinkt schon sein drittes Bier, Hartmut sieht sich um und schüttelt den Kopf. »Alle angelockt von diesem formelhaften Pomp. Ich höre es schon, wie es gleich da drin losgeht. Nach dem Liebeslied der Antikriegssong, dann eine Partynummer und dann was ganz Tragisches. Verzweiflung auf Knopfdruck. So entfremdet man Menschen von der Erfahrung echter Emotionen, während sie glauben, individuell gerührt zu sein. Es ist schon ein Witz, wenn jemand hier ›ich‹ sagt.«

»Du bist nicht mehr im Interview, Hartmut«, sagt Susanne und sieht ihn streng an. Er hat immer noch seine Glatze und sogar seine Brille aufgelassen. »Das meine ich aber trotzdem so«, sagt er. Seit Klagenfurt sagt er vieles, was er immer schon meinte, anders. Früher klang es interessant und anregend, heute hört es sich an wie eine Bestrafung. Man kann mit ihm auch kaum mehr Playstation spielen.

An der Theke für das Merchandise winkt ein großer, junger Mann mit blonden Haaren. Mario. »Ja, ich werd nicht mehr!«, sagt Hartmut, und wir gehen zu dem Stand mit T-Shirts, Sweatern und CDs von Pur, die Mario einarmig unters Volk bringt. Er hat immer noch einen Gips.

»Na, heute schon ein Bett in der Stadt?«, lacht Hartmut, und Mario zwinkert ihm zu.

»Was macht der Arm?«

Mario hebt ihn an und lacht: »Na ja, Pur haben auf dem Gips unterschrieben«, sagt er, und während Susannes Cousine fast umfällt, schaut Mario eher so aus, als hätte er seinen Arm nun mal nicht rechtzeitig vor dem Edding der Band in Sicherheit bringen können.

»Ich mach noch bis München, dann habe ich einen anderen Job«, sagt er. Sebastian holt neues Bier.

Nach dem fünften Glas öffnen sich die Tore, und wir rennen als Erste in die Halle, um Susannes Cousine nicht zu verlieren, die sich einen Platz unmittelbar vor der Bühne erkämpft. Da stehen wir nun, Hartmut und ich, mit Susanne, ihrer kleinen Cousine und einem ehemaligen Musikwissenschaftler, in der ersten Reihe eines Pur-Konzertes in der Arena Oberhausen. Zwischen uns und der Bühne gibt es einen Graben für Fotografen. Einer von ihnen schießt sich warm, indem er die Kamera auf uns richtet. Er ist drahtig, und mit seinen grauen Haaren und der braun gebrannten Haut sieht er aus wie aus einem Prospekt von Jack Wolfskin. Nach zwanzig Minuten gehen Licht und Gekreische an, und im Nebel erscheint der Mann, der in den 80er-Jahren bunte Trainingshosen und eine klebrige Vokuhila-Matte trug.

Ich werde kurzatmig und laufe zurück in die Richtung, aus der ich gekommen bin. Meine Uhr zeigt 9.50. Im Augenwinkel sehe ich Studentenköpfe. Sogar ein paar Hüte. Ziegenbärte, manche zu Zöpfen gedreht. Freie Bäuche, Nietengürtel, Girlieshirts, Aktentaschen, glühende Zigarettenspitzen, redende Münder, küssende Münder, mir ist schwindelig, ich sehe mich und das Mädchen vom See drüben am Schilf, auf dem Gras in der Sonne, Küssen am Betonsee, Zungen, die sich langsam finden, glänzende Lippen. Ich laufe, ich bin erregt, ich weiche einer einbrechenden Betonplatte aus, in welcher ein Student verschwindet, die Wunde schließt sich wieder, der Student ist verschluckt, ich stehe erneut auf dem Hauptplatz.

Ich frage jetzt.

Ich muss.

Auf einer Treppe sitzen ein Mann mit einer Selbstgedrehten und eine junge Frau, die sehr entschlossen aussieht. »Sorry, wo finde ich den Hörsaal der Germanisten?«, frage ich und füge hinzu: »Ich muss da was abholen.« Als wenn ich meine Uniform erklären müsste.

»Germanistik ist Revisionismus«, sagt die junge Frau. »Das mag ja sein«, sage ich und überlege im Stillen, ob Revisionismus das war, was ich unter dem Begriff in Erinnerung habe, »aber trotzdem haben die eine Eilsendung für uns.«

»Wieso sagst du ›uns‹?«, sagt der Mann neben ihr, der nicht mehr ganz so jung aussieht. »Identifizierst du dich so mit deinem Arbeitgeber?« Ich sehe ihn an. Seine Bartstoppeln sind wie Disteln. »Dir ist doch klar, dass du UPS völlig egal bist? Wenn die ohne dich mehr erwirtschaften können, war's das mit dem ›uns‹.« Er zieht an der Zigarette. »Jedes identitäre ›Wir‹ ist Revisionismus«, sagt die Frau. Ich finde es ja schon beachtlich,

Hartmut.

Hartmut Engler.

Ich höre den Drummer den Takt anzählen, und es geht los.

Nach etwa einer Stunde tippt Sebastian mich an und teilt mir mit, dass er es gar nicht so schlimm findet. »Immerhin können die spielen«, sagt er, und im Grunde muss ich ihm Recht geben. Der Sound ist glasklar und die Dramatik perfekt ausbalanciert. 20000 Arme gehen mit blanken Händen oder Wunderkerzen in die Luft, Susannes kleine Cousine und ausgewachsene Frauen, die genauso winzig aussehen, sitzen auf den Schultern von Hartmut und anderen Männern und singen jede Zeile mit. Es ist, als wäre die Choreographie schon vorher eingeübt worden. Der Jack-Wolfskin-Fotograf schießt ein Bild nach dem anderen. Man kommt sogar ins Schwitzen, obwohl die Bewegung sich hier in Grenzen hält. Ich kann die Schweißperlen auf der Stirn des Hartmuts auf der Bühne erkennen, welcher derartig euphorisch ins Publikum strahlt, als hätte er noch nie 20000 Menschen gesehen, die von seinen Liedern gerührt sind. Er macht das gut, denke ich, er macht das verdammt gut. Ich muss grinsen, und mit einem Mal wie ein Irrer lächeln, als ich mir eingestehe, dass ich Spaß habe. Pur beenden einen schnelleren Song, und das Licht wird gedämmt. »Nun eine sehr alte Nummer aus der Zeit, als wir noch im nächsten Ort in der Turnhalle spielten«, sagt Hartmut Engler, »für alle, die uns so viele Jahre lang begleitet haben.« Ich kaufe ihm das ab, wie er das sagt, es klingt irgendwie dankbar, und ich stelle mir vor, wie es sich anfühlen muss, wenn man 1985 noch eine Jogginghose trug und einem jetzt ganz Deutschland zu Füßen liegt. Das Piano spielt ein paar Töne an, und ein Raunen geht durch die Menge;

gegen die Instrumentierung dieser Nummer wirkt das, was wir vorher gehört haben, wie glatter Lärm. Hartmut singt so sachte, als könne er mit dem Luftdruck aus seinem Mund einen wertvollen Bonsai beschädigen, und als ich mich kurz zu Sebastian umdrehe, zeigt der mit dem Finger hinter mich, als würde er einen Geist sehen. Ich folge seiner Fingerspitze, sehe meinen Hartmut im Licht aus Bühnenbeleuchtung und Blitzlichtgewitter und muss erkennen, wie ihm große Tränen die Wangen hinablaufen. Er merkt es nicht einmal, so wenig, wie er merkt, dass wir es merken, und so wenig, wie er merkt, dass er gerade dabei fotografiert wird. »Ich hab geweint vor Glück, geweint vor Glück, alle Dämme brachen, trotzdem blieb die Katastrophe aus«, singt Hartmut Engler, und als unser Hartmut sich für einen Moment wie in Trance die Brille abnimmt und sich über das Gesicht wischt, begegnen sich für eine Sekunde die Blicke beider Hartmuts, bevor der auf der Bühne sich wieder anderen Fans zuwendet und sie ebenso ansieht, als hätte er sie und *nur sie* bei seinem Text im Sinn. »Geweint vor Glück, geweint vor Glück, hab mich höchstens meiner Tränen stolz geschämt.« Da steht er, mein Hartmut, der sogar sein Zimmer abschließen muss, damit Sebastian wegen seiner Dequalifikation nicht an seine unvergleichliche Sammlung von atonaler, neuer, serieller und improvisierter Musik herankommt, und heult nach drei Wochen haarloser Interviews über seinen Klagenfurt-Text Rotz und Wasser bei einer Ballade von Pur. Dann stelle ich mir vor, das Mädchen vom See stünde hier in meinen Armen und wir würden uns küssen im Bühnensound der romantischen Töne, und denke mir, dass mich eine solche Vorstellung nicht rühren dürfte, denn was wäre das denn für ein Rendezvous, zu den Füßen Hartmut Englers?

Hartmut singt noch einmal »Geweint vor Glück« zu einer letzten kleinen Klavierfolge, die wie Murmeln durch den Raum kullert, und nun merke ich, dass auch ich heule. Ich kneife mir einen Moment sehr fest in den Arm, um zu prüfen, ob ich träume, als meine Stirn vor lauter Schmerz mit voller Wucht gegen den Hinterkopf meines Vordermannes schmettert. Der dreht sich um, aus jeglicher Rührung gerissen, sollte er welche empfunden haben, und meckert mich mit Worten an, die ich unter Hartmuts Gesang nur undeutlich verstehe. »Ein paar Akkorde und alles weint. Manchmal kann es so einfach sein«, sagt Hartmut. Ich trete ihm auf die Füße. Was für ein Abend.

Eine Woche später betrete ich das große Bad und finde Hartmut in der Wanne.

»Du badest?«, frage ich.

»Ja«, sagt er kurz angebunden.

Ich stehe am Kopfende der Wanne und betrachte ihn. Irgendwas stimmt nicht. Ich gehe zu ihm hin, wische den Badeschaum von seinem Schädel und taste auf seinem Kopf herum.

»Ja, ich lasse sie wieder wachsen«, sagt er, als ich nach einer Minute immer noch nicht genau weiß, ob ich dort Flaum ertaste. »Ich bin eh ruiniert, hier«, sagt er und reicht mir eine Zeitung von der Ablage. »Skandal!«, steht dort. »Klagenfurt-Gewinner bei Pur gesichtet.«

»Ich hab noch versucht, es irgendwie als Recherche hinzustellen. Oder als Performance. Aber sie haben mir nicht geglaubt.«

Ich lese weiter: »Er galt als die große Hoffnung der jungen deutschen Literatur, die Wiederkehr des Ernsthaften in der

Spaßkultur. Doch nun ergeben sich Zweifel an der Ernsthaftigkeit seiner Arbeit. Als Gründe gelten zweideutige und widersprüchliche Interviews, aber vor allem sein intellektuell diffamierendes Privatvergnügen.« Darunter das Bild von uns Fünfen in der ersten Reihe bei Pur, geschossen vom Jack-Wolfskin-Mann. Hartmut weint wie ein Schlosshund und blickt zur Bühne auf, als ginge es um sein Leben. Würden dabei junge Menschen über ihn hinüberspringen, könnte es ein Bild von einem Emocore-Konzert sein. »›Ich stand dem Textbeitrag von Anfang an skeptisch gegenüber‹, sagt der Klagenfurter Juror Bernhard Weben. ›Ein Autor, der bislang noch nichts anderes geschrieben hatte und in keinem Magazin, keinem Wettbewerb, keinem literarischen Zusammenhang aufgetaucht war? Sehr suspekt.‹ Auch ARD-Kritiker Dennis Schein schloss sich in einem Gespräch dieser Meinung an: ›Seine Selbstkommentare sind ein Gemischtwarenladen aus diskursiven Allgemeinplätzen. Wenn dieser Autor etwas kann, dann die Interpreten an der Nase herumführen. Ob auch der Auftritt beim Pur-Konzert Masche war oder das wahre Gesicht des Dichter-Hartmuts zeigt – es ist so einerlei wie die Frage, ob der Pur-Hartmut seine Texte ernst meint oder nicht. Wichtig ist nur, dass es beide nicht verdient haben, dass man ihnen blind zujubelt.‹«

Ich lasse die Zeitung sinken.

Hartmut plätschert ein bisschen mit den Zehen.

Susanne kommt herein, wäscht sich die vom Reparieren verschmierten Hände und blickt wissend zur Zeitung in meiner Hand.

»Also *sooo* schlecht fand ich seinen Text jetzt auch wieder nicht«, sage ich.

»Wenigstens hat er bald wieder Haare. Und seine süßen Koteletten.« Sie geht zu ihm hin und zupft ihn an einem Härchen, das dabei den Anfang macht.

»Wenigstens darf ich das Preisgeld behalten«, sagt er.

Wir schweigen einen Moment, es plätschert von Becken und Wanne. Ich sage: »Na denn hole ich mal Pommes, oder?«

In der Küche öffnet Sebastian eine Bierflasche und grölt: »Du hast gelernt einzustecken/du bist keine Mimose, kannst verzeihen/du bist kein Elefant und du fragst/ob sie wissen was sie tun/und du leistest einfach weiter singend Widerstand!!!«

»Singt er wieder was von den Onkelz?«, fragt Susanne.

»Nein, von Pur!«, antworten Hartmut und ich gleichzeitig. Susanne fällt die Seife aus der Hand.

Hartmut taucht unter und blubbert nur noch.

GARTENZWERGE

Das Desaster von Klagenfurt hat auch sein Gutes. Hartmut hat sein Quatschmanuskript in die unterste Schublade verbannt, die Hornbrille zusammen mit einer Weezer-CD auf ebay verkauft und konzentriert sich mehr denn je auf unser Dequalifikations-Institut. Er hat seine Beziehungen spielen lassen und darf nun an der Uni einen Vortrag halten, im Rahmen der Vorlesung »Angewandte Germanistik/Berufsfelder«. 30 Minuten haben ihm die Professoren gegeben. Er hat ihnen gesagt, dass er über »Optimierungspotenzial für Bewerbungsstrategien« sprechen werde. Dass er den Studenten beweisen will, dass die meisten von ihnen nur durch systematische Dequalifikation jemals an einen Job kommen, hat er den Organisatoren nicht verraten. Die Vorlesung beginnt um 10 Uhr. Jetzt ist es 9.30 Uhr, ich komme gerade von der Frühschicht und trage immer noch meine verdreckten Arbeitsklamotten. Meine Jeans hat zwei dunkle Flecken an den Oberschenkeln, dort, wo man sich die ganze Zeit an die Metallstreben vom Band presst, wenn man Pakete herunterzerrt. Die Arbeitshandschuhe trage ich auch noch, als wäre nicht einmal Zeit, sie auszuziehen. Ich fühle mich gehetzt. Ich muss den Hörsaal finden. Ich war noch nie hier. Ich laufe über die breite Brücke auf die Bochumer Uni zu, die sich links und rechts wie eine Stadt erstreckt. Die riesigen, rechteckigen Gebäude liegen wie gestrandete Tanker am Hang. Es ist viel los, Studenten laufen hin und her über die Brücke und den Platz zwischen den flachen Gebäuden, den ich jetzt erreiche. Es hat einen Rhythmus, es erinnert mich an die animierte Schülerschaft der Akademie bei *Final Fantasy VIII*, nur dass es hier nicht so gut aussieht. In dem Gang mit Büros, der sich von einem flachen Gebäude zum anderen wie eine Stange über den Platz zieht, sterben Grünpflanzen und rufen still zu mir um Hilfe herunter. Links in der Verwaltung ist die Schlange so lang, dass sie bis vor die automatische Drehtür reicht und die Letzten in den Zwischenräumen der Tür unablässig im Kreis laufen müssen, bis einer nachrücken kann. Neben einem kleinen Stand für Schreibwaren bricht eine Studentin in eine Betonbodenplatte ein und quiekt. Schnell sind Kräfte der Uni da, die das Bruchstück mit rot-weißen Gittern umzäunen, samt Studentin. Ich könnte nach dem Weg fragen, aber ich tue es nicht. Männer fragen nicht. Ich gehe an dem großen Gebäude in der Mitte des Campus vorbei und eine breite Treppe hinab, an deren rechter Seite Dutzende von Plakaten angeklebt sind. Zwei Araber kleben gerade teppichgroße Ankündigungen irgendeiner Discoparty, auf denen sich silberne Schrift über eines dieser gesichtslosen Models schiebt, die man in Gangstervideos mit dem Arsch wackeln sieht. Ein paar Studenten versuchen daneben, briefmarkengroße Zweifarbdrucke anzubringen, auf denen »Fachschaftsparty« steht. Der Platz hinter dem großen Gebäude scheint das Zentrum zu sein. An seinem Kopf erstreckt sich das Auditorium Maximum wie eine Betonmuschel in den Himmel, in der Mitte sitzen Menschen auf Stufen und runden Gitterbänken, wie man sie als Kind in Parks gesehen hat. Es ist warm, und ich schwitze in meiner Kluft und den Handschuhen. Ich könnte fragen. Das gelbe Gebäude links neben mir nennt sich »Hörsaalcenter«, also gehe ich hinein. Ich finde ein Kino und viele Türen, aber keinen Hartmut. Kaffeeautomaten spucken schwarze Reste in geriffelte braune Becher, seltsame Mosaike in Glaswänden lenken mich ab. Das Gebäude ist komisch geschnitten, wie Gesteinsschichten, die mit Hohlräumen übereinander liegen, man kann von jeder Ebene aus hinuntersehen und alle weiteren mit ihren Rändern überblicken. Ich finde wieder hinaus. Aus einem leeren Becken wächst ein Baum. Braune Flecken erzählen davon, dass hier einmal Wasser geflossen sein muss. Es ist so heiß. Ich muss Hartmut finden. Die Studenten werden weniger, bald könnte ich nicht mal mehr fragen. Ich laufe einfach in eine Richtung, links von mir blaue Gebäude, rechts graue. Hartmut hat einmal etwas von Farben gesagt. In welcher Farbe hält er die Vorlesung? Ein riesiger runder Kreis aus Beton thront über Bächen und kleinen Seen, die man in den Beton eingelassen hat. Ich sehe Fische im Wasser, eine Ente, sogar Schilf. Die Gebäude sehen aus wie achtstöckige Computerplatinen, ihre Fronten sind verwaschen. Ich bin hier falsch. Ein Eingang ist weitläufig mit Zäunen abgesperrt, und Bauarbeiter laufen hin und her. Die könnte ich fragen, aber sie könnten denken, ich sei ein Kollege, mit meinen Handschuhen, und ich bin nicht in der Lage, das momentan aufzuklären. Ich könnte mich in den Beton legen und schlafen. Ich erinnere mich an den größten Organismus der Welt, einen Wald, der ein einziges Wesen war, ein Pilz oder so. Er hat schon Agent Mulder bei Akte X gefressen. Ich fühle mich, als könnte die Uni mich fressen mit ihrem gigantischen Betongebiss, in dem Schilfreste und Seefüllungen kleben.

dass die Studenten hier dem Arbeiter, der sich auf den Campus verirrt, immer noch sofort seine Entfremdung erklären, aber dennoch merke ich, dass ich wütend werde. Ich stelle mich so dumm, wie sie mich ohnehin sehen wollen. »Irgendwie muss man seine Miete zahlen«, sage ich. Die Frau rollt mit den Augen. Der Mann erwacht weiter zum Leben. »Warum Miete?«, fragt er. Ich sage: »Weil ich für Eigentum nicht genug Asche habe.«

Die Frau sieht mich an wie ein christlicher Missionar im 19. Jahrhundert einen Buschmann in Afrika. Der Mann wischt mit der Hand in der Luft: »Ich rede doch nicht von Eigentum. Warum nehmen wir uns nicht einfach, was wir brauchen?«, sagt er. »Hunderte von Häusern stehen in diesem Land leer, weil sie irgendjemandes Eigentum sind, der sie lieber verrotten lässt, als sie den Menschen zu geben. Nahrung wird eher weggeworfen, als dass sie verteilt wird …« Die Frau unterbricht ihn rauchend: »Ach nein, jetzt komm ihm doch nicht mit der falschen Verteilung der Reichtümer. Das ist ja wohl total verkürzt.« Der Mann zeigt mit seiner Zigarette auf mich: »Jetzt lass doch mal, er ist doch noch Einsteiger.«

»Einsteiger hin, Einsteiger her. Einen gewissen Anspruch sollte man bei seiner Kapitalismuskritik schon haben.«

»Du musst die Leute da abholen, wo sie stehen. Sie können nicht alle direkt Marx lesen.«

»Ja, was denn sonst? Lafontaine?«

Der Mann sieht beleidigt aus.

»Könnt ihr mir trotzdem sagen, wie ich zur Germanistik finde?«

»Das Gute, Wahre, Schöne«, sagt die Frau. »Mit Schiller im Gepäck zogen sie in den Weltkrieg, wusstest du das? Die

Kapos haben Beethoven gehört, wenn sie aus den Lagern kamen.«

»Ich muss jetzt an dieses Paket!!!«, brülle ich und erhebe meine Hände, als wollte ich beide Akademiker mit meinen riesigen Handschuhen erwürgen, jeden in einer Hand. Der Mann zuckt zusammen und versteckt sich hinter seiner Kommilitonin, sie nimmt ihm die Zigarette aus der Hand, zieht und erklärt mir den Weg.

Als ich unten in den Hörsaal stürze, hat es schon angefangen. Ein kleiner, eckiger Professor mit Karopulli redet über Fachsprachenkunde als Berufsfeld für Germanisten. Auf seiner Folie steht »AnWaBeFel_2_Woche_Vorl_HGB10_Flu_00565« in der Kopfzeile, und er hat alle Zeilen gleich weit auseinander gesetzt, egal, ob sie zusammengehören oder nicht. Die Studenten haben leere Blicke, viele schlafen, bei manchen sieht man schon das Weiße in den Augen. In der letzten Reihe haben einige ihre Laptops und ein Counter-Strike-Netzwerk aufgebaut. Der Professor tut, als würde er es nicht merken. Hartmut sitzt in der ersten Reihe und wartet auf seinen Auftritt. Er winkt mir zu. Bevor mich jemand fragen kann, wen ich suche, hocke ich mich auf eine der Stufen neben den Sitzreihen. Es ist voll, auch wenn keiner zuhört. Auf den Stufen knutschen Pärchen, ein Student klebt Kaugummis unter die Tische.

Der Professor spricht noch ein paar Minuten, ohne etwas zu sagen, und kündigt dann an, dass nun ein Gastvortrag komme.

Hartmut steht auf, sieht kurz zu einem Kommilitonen, der wie ein DJ hinter dem Pult für die Projektoren steht, und das Licht wird gedimmt. Musik ertönt, flotter Fusion Jazz mit einem höllisch krummen Takt und einem Schlagzeugspiel, das selbst den Laien schwindelig macht. Die Studenten setzen sich langsam auf, ihre Pupillen schieben sich in die Augen zurück, sogar die Counter-Striker drücken auf Pause. Auf der Leinwand erscheint ein kleiner Gartenzwerg. Die Musik wird noch einmal lauter, dann verstummt sie. Der DJ richtet einen Spot genau auf Hartmut am Pult. Seine Koteletten glitzern im Licht. Neben ihm steht ein Telefon. Er hebt die Arme. Ein Raunen geht durch die Studenten. Er spricht. »Das, was Sie soeben gehört haben, war Musik von Dave Weckl, dem vielleicht besten Schlagzeuger der Welt. Er spielt 32stel auf dem Ride-Becken, alles kein Problem.« Hartmut macht eine kleine Pause. Die Studenten sind still, weil sie verwirrt sind. Die Pärchen hören auf zu knutschen. Die Counter-Striker machen ihre Laptops ganz aus. »Sie!«, sagt Hartmut und zeigt dabei wie Klaus Kinski so abrupt auf die Menge, dass alle zusammenzucken, »Sie sind bald alle Dave Weckls der Germanistik, wenn Sie gut studieren. Viele von Ihnen haben tolle Qualifikationen. Einige wenige werden an der Uni unterkommen und jeden Tag 32stel spielen dürfen. Andere haben vielleicht das Glück, in einen Verlag zu kommen, oder eine Zeitung. Aber die meisten ...«, und jetzt dreht Hartmuts DJ das Spotlight noch ein wenig auf, sodass sein Gesicht manisch erscheint, »werden sich um ganz banale Jobs bewerben müssen. Und wenn ich banal sage, dann meine ich banal.« Die Studenten sind totenstill. Einige halten sich an den Händen. »Werbung, Kataloge, Schreibdienst!«, sagt Hartmut und schleudert die Jobs des Grauens wie Streitäxte durch den Hörsaal. Er wedelt theatralisch mit den Armen herum, während der Spot ihm folgt: »Für einige wird es sogar noch schlimmer kommen.« Er holt wieder aus. »Sekretariat, Promotion, Callcenter!« Die Studenten wimmern. »Es gibt vielleicht fünfzig Lektoren im deutschen Verlagswesen, die wirklich was zu sagen haben. Tausend feste Redakteure, vielleicht dreitausend, wenn wir alles mit reinnehmen, extensive *Frau im Spiegel*. Und Karriere als Professor? Gut, machen Sie sie, aber bedenken Sie: Sie haben 450000 Konkurrenten allein in der Geisteswissenschaft. Und die Stellen werden nicht mehr.« Erstes Schluchzen, starre Gesichter. Manche werden weiß. Die, die locker bleiben, haben sicher reiche Eltern. Hartmut lacht wie ein Kriegsveteran, der weiß, wo der Hase langläuft. »Ich werde ihnen jetzt etwas demonstrieren.« Er geht wieder zu seinem Pult und hebt den Telefonhörer ab. Der Sound wird über die Saalboxen verstärkt, zwei Professoren in der ersten Reihe entweicht ein »Ohhh«. Hartmut tippt eine Nummer. Es klingelt. Jemand nimmt ab.

»QVC Telesales und Mediaservices, Möhning, guten Tag?«

Die Studenten machen ein Geräusch, als wäre ein Ball ins Aus gegangen.

»Ja, guten Tag Frau Möhning, ich rufe wegen Ihrer Stellenausschreibung an, Texter und Redakteur fürs Verkaufsfernsehen, und wollte mal fragen, ob eine Bewerbung grundsätzlich bei mir Sinn macht.«

»Okay. Dann erzählen Sie mal.«

»Ja, also, ich habe Germanistik studiert mit Schwerpunkt auf Kommunikation und Rhetorik. Währenddessen habe ich zwei Praktika bei Tageszeitungen absolviert und Einführungsveranstaltungen für Studienanfänger entwickelt und moderiert.«

»Mhm.«

»Ich bin freier Journalist für mehrere Stadtmagazine und schreibe da über Kino, Musik, Veranstaltungen, Sie kennen das. Sehr allgemeinverständlich. Sehr auf den Punkt.«

»Ja …«

»Ich habe auch schon Pressearbeit gemacht für Kulturveranstaltungen.«

»Mhm.«

»Und Werbetext.«

»Aha. Welche Sparten?«

»Auto, Fashion und Versicherung.«

»Aber Produktbeschreibungen haben Sie in dem Sinne noch nicht gemacht?«

»Nein.«

»Sie wissen, Sie müssen bei uns fürs Sprechen schreiben.«

»Ja, klar. Ich sagte ja, ich hatte in der Germanistik den Schwerpunkt Rhetorik.«

»Das sagten Sie …«

»Und ich habe Veranstaltungen moderiert.«

»Ja, ja.«

»Aber Produktbeschreibungen haben Sie noch nicht gemacht?«

»Nein, aber ich habe mich bislang in jede Textsorte eingearbeitet. Wie gesagt, Werbetext, Zeitung, Pressemitteilung …«

»Wissen Sie, das ist eine ganz eigene Welt, für das Verkaufsfernsehen zu schreiben. Wenn Sie wenigstens schon Kataloge getextet hätten.«

Hartmut sieht zu den Studenten auf, deutet auf den Hörer, zieht die Augenbrauen hoch und wackelt mit dem Kopf. Dann spricht er weiter.

»Aber was erfordert diese Tätigkeit denn?«, sagt er. »Sich in ein Produkt zu vertiefen, die Verkaufsargumente herauszuarbeiten, sie in eine rhetorisch adäquate Form zu bringen und dann dem Moderator auf den Leib zu schreiben.«

»Ja, aber ...«

»Sehen Sie, und ich glaube, dass ich das mit meinen Qualifikationen wirklich kann«, sagt Hartmut und stemmt die Arme in die Seiten wie jemand, der diesen Job wirklich will. Ein paar Studenten schmunzeln.

»Ich glaube nicht, dass Sie bei uns glücklich würden«, sagt die Frau.

Hartmut stockt.

»Wie?«, sagt er. »Darum geht es doch gar nicht.«

Die Frau schweigt. Hartmut setzt nach.

»Wir führen doch hier keinen Diskurs darüber, was mich glücklich oder unglücklich macht.«

Erstes Lachen im Saal.

»Jetzt hören Sie mal ...«, sagt die Frau, bevor sie von Hartmut unterbrochen wird.

»Woher wollen Sie denn wissen, ob mich das glücklich oder unglücklich macht?«

»Ich lege jetzt auf«, sagt die Frau und bleibt dran.

»Wissen Sie, was mich glücklich machen würde? Einen Arbeitsplatz zu bekommen!«

Die Frau legt auf. Es tutet.

Hartmut lässt es noch einen Moment nachtuten und schaut dann in den Saal.

»Sehen Sie? Verstehen Sie, was ich meine?«

Das Auditorium raunt und brummt, ein paar Leute diskutieren, aber nicht trotz, sondern wegen des Vortrags.

»So, und jetzt passen Sie auf«, sagt er und drückt auf Wahlwiederholung. Während es tutet, macht er Sachen mit seiner Stimme. Dann nimmt Frau Möhning wieder ab.

»Ja???«, raunzt sie in den Hörer.

»Oh, störe ich?«, sagt Hartmut mit einem vollkommen anderen, merkwürdigen Akzent. Ich halte mir die Hand vor den Mund, weil ich lachen muss. Die Studenten auch.

»Nein, entschuldigen Sie, ist bloß viel los hier. Was kann ich denn für Sie tun?«

»Ich möchte mich für die Stelle als Redakteur bewerben.«

»Oh, da sind Sie heute schon der Zehnte. Schicken Sie die Sachen doch einfach per Post und wir ...«

»Ich wollte zuerst fragen, ob es sich überhaupt lohnt«, sagt Hartmut.

»Warum?«, fragt Frau Möhning.

»Nun ja, ich habe nicht gerade so den großen Hintergrund.«

»Erzählen Sie mal.«

»Nach der Schule habe ich eine kaufmännische Ausbildung gemacht und ein bisschen für den Bürgerfunk gearbeitet. So kleine Berichte, Sie wissen schon, Taubenzüchterverein.« Hartmut lacht verlegen.

»Und dann?«, fragt Frau Möhning.

»Bis heute Einzelhandelskaufmann in einem kleinen Betrieb. Wir verkaufen Gartenteiche und Gartenzubehör. Sogar Gartenzwerge.« Er kichert wieder, als müsse er sich dafür entschuldigen. Die Studenten sehen das Bild des Gartenzwerges an die Wand projiziert.

»Mein Chef hat das mit dem Bürgerfunk mitgekriegt und gemerkt, dass ich einigermaßen schreiben kann. Seitdem habe ich die Kataloge gemacht.«

»Sehr interessant«, sagt Frau Möhning und klingt wie ein Kind, das ein Überraschungsei aufmacht.

»Das war's eigentlich«, sagt Hartmut. »So zwei, drei Kataloge habe ich in der Zeit gemacht. Ist eben ein Kleinbetrieb.

Wir sitzen in Ransbach-Baumbach. Kennen Sie Ransbach-Baumbach?« Das Auditorium muss wieder lachen. Ein Gartenzwergtexter aus Ransbach-Baumbach …

»Und Sie haben nie studiert?«, fragt Frau Möhning.

»Nein«, sagt Hartmut mit der Stimme kleiner Mädchen, die sich schämen.

Die Studenten warten darauf, was Frau Möhning jetzt sagen wird. Sie sagt: »Sehr schön, schicken Sie uns auf jeden Fall mal Ihre Unterlagen und die drei Kataloge als Arbeitsproben.« Ein paar Kiefer fallen auf die Schreibpulte. Die Professoren in der ersten Reihe runzeln die Stirn und gestikulieren.

»Super, danke!«, sagt Hartmut.

»Auf Wiederhören!«

»Tschüss!«

Hartmut legt auf und macht eine Kunstpause. Der Gartenzwerg hinter ihm lächelt böse.

»Ich habe dieses Phänomen bei allen erdenklichen Arbeitsstellen überprüft, auf die Sie in Ihrem Leben angewiesen sein könnten, meine Damen und Herren. Callcenter, Zeitarbeitsfirmen, Promotionagenturen, Sekretariate, Medienbeobachtung, Werbetexter, Neun-Live-Moderationen, Sachbearbeitungen, sogar Lokalredaktionen. Und jedes Mal das Gleiche: Der Kaufmann aus Ransbach-Baumbach gewinnt.«

Ein Student springt auf: »Soll das heißen, wir lernen hier umsonst?«

Hartmut winkt seinem DJ, und neben dem Gartenzwerg erscheinen ein paar Zahlen und Daten. »Hier sehen Sie die freien Stellen der letzten drei Monate.« Die Studenten lesen die Folie. Es entweicht ihnen Luft. »Nicht viel Tolles dabei, was?«, fragt Hartmut. Die Studenten sinken in die Sitze. Die Professoren in der ersten Reihe wollen etwas sagen, aber machen nur den Mund auf und zu. Die Fakten verschwinden rund um den Gartenzwerg, und ein stampfender 4/4-Takt setzt ein. Die Musik fährt an und wird einen Moment leiser. »Lernen Sie!«, sagt Hartmut in einem Tonfall, in dem Helden in Hollywoodfilmen zur Schlussrede ansetzen, »werden Sie Dave Weckls, spielen sie 32stel. Aber machen Sie sich darauf gefasst, dass zum Broterwerb der Gartenzwerg zählt und nicht der Goethe. Und dass man von Ihnen nur 4/4-Takt verlangt.« Die Musik wird wieder hochgedreht und Hartmut sagt: »Die Arbeitswelt ist Wolle Petry, nicht Dave Weckl. Sie müssen Wolle Petry werden, wenn Sie sich selbst ernähren wollen. Und wir können Ihnen dabei helfen.« In dem Moment laufen zwei Assistenten die Reihen hinab und verteilen die Blätter unseres Instituts für Dequalifikation. Wolle Petry singt: » ... und mein Stolz ist längst schon auf dem Müll. Müll, Müll, Sondermüll.«

Nach der Vorlesung gehen wir Richtung U35 und treffen Mario, der lachend und schlaksig wie ein Männchen aus Bärenklaustäben über den Campus gehüpft kommt. »Hi, Jungs!«, ruft er. »Muss zum Campusradio und denen ein paar HipHop-CDs für die Heavy Rotation andrehen.«

»Letzte Woche hast du noch Merchandise von Pur verkauft«, sagt Hartmut. Mario wackelt mit dem Kopf.

»Hast du heute Nacht einen Schlafplatz?«, frage ich.

»Alles schick!«, sagt Mario. Dann schaut er zur Drehtür der Univerwaltung. Wir wenden uns um und sehen, dass die Tür noch voller geworden ist. Die studentischen Leiber drehen sich zu Dutzenden im Kreis, da die Schlange nicht vorangeht. Immer, wenn jemand auf der Runde im Türkarussell außen ankommt, verkauft ihm ein Mädchen mit Piepsstimme einen Kaffee aus fairem Handel. Innen werden sie an einem Posterverkäufer und dem Pappschuberstand der AOK vorbeigeschoben.

»Sie exmatrikulieren sich«, sagt Hartmut. Dann starrt er geradeaus über die Brücke, die vom Campus führt und schweigt wie ein Mann, der so viele zivile Opfer nicht wollte.

CATERINA

Ich stehe im Hannover-LKW und schaue zum Preload hinüber. Aus allen kleinen Transportern kommen die Pakete mittlerweile in demselben Tempo. Man kann nicht mal mehr ausmachen, in welchem sich gerade Sebastian befindet. Es ist seine letzte Woche hier bei UPS, und ich verfluche die Tatsache, dass wir Einstellungsstopp haben. Er hat sich richtig gut entwickelt, körperlich und mental. Seine Arme erkennt man nicht wieder, er hat Spaß daran bekommen, sie wachsen zu sehen und mit den Kollegen zu konkurrieren. Er spuckt hin und wieder auf den Hallenboden, als würde er sich vergessen. Die Hosen, die Onkelz oder das Hardcore-Gebretter von Martin kann er immer noch lediglich aushalten, aber an einer anderen Malochermusik hat er Gefallen gefunden: bombastischem, orchestralem Heavy Metal. Er trägt jetzt T-Shirts von Rage oder Rhapsody. Ich frage mich, ob er seine klassischen Komponisten vergessen hat oder ob das eine Art Methadon ist.

Er hat sich bereits für ein paar Stellen im Lager und auf dem Bau beworben. Mit Stolle hat er letztens zehn Bier hintereinander getrunken und ihn davon überzeugt, dass Thomas Broich und Benjamin Auer unbedingt in die deutsche Nationalmannschaft müssen. Er hat sich so gut gemacht. Es ist eine Schande.

»Ey, du Nase, weiterstapeln!«, brüllt Stolle, der am Band entlangläuft und heruntergefallene Pakete aufhebt wie ein General, der auch mal auf dem Schlachtfeld mit anpackt. Vor meinen Füßen haben sich schon wieder viel zu viele Pakete angesammelt. Martin wirft sie vom Fließband unten einfach blind zu mir rauf und hat keine Zeit, mit mir zu schimpfen. Ich muss schon sehen, dass ich das hier oben selbst gestapelt kriege, und er muss sehen, dass er alle Pakete mit den entsprechenden Postleitzahlen aus dem schnellen Fließbandstrom zieht. Jeder kämpft für sich, und wenn alle gut sind, ergibt es ein harmonisches Ganzes, an dem man eine große Freude haben kann. Heute bin ich nicht gut. Ich denke wieder an das Mädchen vom See und kann mich nicht konzentrieren. Außerdem ist mir unser Haus zu voll geworden. Seit Hartmuts Vortrag an der Uni ist unser Klientenstamm weiter gewachsen und nicht mehr nur Sebastian hängt 24 Stunden im Haus herum. Hartmut, Susanne und ich haben alle Hände voll zu tun, und ich kann kaum noch in Ruhe baden.

Das gleichmäßige Brummen des Fließbandes lullt mich ein, an der Hallendecke läuft WDR 2 und beträufelt uns bei der Arbeit wie ein angenehm duftender Nieselregen. Ich bekomme ein Paket eingeschweißte Urlaubskataloge vors Schienbein gerammt und schreie »Aua!«, Martin sieht sich kurz um, bemerkt, dass ich mit dem Stapeln nicht nachkomme und schiebt wortlos die ganzen Paketknäuel am Eingang des Hängers mit seinen ausgebreiteten Armen und einem lauten Ruck ein Stück nach hinten. Dann dreht er sich wieder zum Band.

»Ja, was ist denn nun da oben los, du Flitzpiepe!!!???«, brüllt

Stolle wieder, der vom Ende des Fließbandes zurückkommt und die Runde neu anfängt. »Muss ich dir erst den Mast aus dem Arsch ziehen oder was? Stapeln, Mann, ich halte das Band heute nicht wegen Paketstau an!!!« Auf dem Band nähert sich eine ganze Armee von Urlaubskatalogbündeln, eng geschweißte Packungen mit hartem Plastikband, dessen Rand selbst durch die Handschuhe schneidet. Außerdem weiß man nicht, wie man sie stapeln soll. Man kann daraus keine Wand machen wie aus Kartons, also wirft man sie in die Hohlräume hinter schon bestehenden Wänden, was immer ein wenig Glücksspiel ist, da die bestehenden Wände dazu stabil genug sein müssen. Ich habe erst eine Wand fertig, und die sieht nicht gut aus. Ihr Boden ist zu schwach, ein paar Pakete ganz unten beulen sich schon aus. Die Urlaubskataloge sind komplett für unseren Hänger bestimmt, Martin bräuchte vier Arme, um sie alle vom Band zu reißen, er schnauft und wirft sie hinter sich wie ein Boxer, der entweder gleich bewusstlos umkippt oder ausrastet und zu einem Blutbad ansetzt. Türkei, Griechenland, Mallorca, Ägypten. Stolle schüttelt den Kopf und hilft ihm aus, als seien wir alle unfähig, aber selbst zu zweit bekommen sie kaum alle Urlaubsbündel so schnell vom Band, die 5-Kilo-Brocken fliegen auf mich zu, und ich stehe in dem Truck, den ich voll stapeln soll wie ein Godzilla, der erst mal die Angriffe der Hubschrauber abwehren muss.

»Könnt ihr Grobmotoriker da hinten auch mal was draufwerfen, was nicht nur für den Hannover-Truck ist???«, brüllt Stolle in Richtung der Auslader an der Quelle des Fließbandes, und die zucken in den Hintertüren der Transportwagen die Schultern. Sebastian zuckt selbstbewusst mit. Die Ärmel seines Rhapsody-Metal-Shirts sind hochgekrempelt, die Schweißflecken riechen bis hier. Ich bin stolz auf ihn. Ich werfe einige Bündel hinter meine wackelige Wand und suche mir große Pakete, um eine neue anzufangen. Ich kriege einen Schweißausbruch. Im Radio an der Hallendecke sagen sie, dass den Deutschen zum Aufschwung der Optimismus fehlt. Das Brummen des Fließbandes mischt sich mit dem Schnaufen von Stolle und Martin, es klingt wie ein Kampfhund, der abwechselnd knurrt und zum Bellen ansetzt. Der lange Karton, mit dem ich gerade die zweite Wand verstärken will, ist beschissen gepackt und knickt in der Mitte durch, ich drehe mich um und greife nach einem neuen. Die Muskeln auf Martins Rücken spannen sich unter einem T-Shirt von Agnostic Front, auf dem mit Polizeikreide ein Leichenumriss gezeichnet ist. »Dead Yuppies« steht darauf. Der Schrifttyp ist der vom A-Team. Ich nehme einen neuen Karton, drehe mich wieder zurück und bekomme zwei Bündel Urlaubskataloge genau in die Hinterbeine geworfen. Ich knicke weg wie ein Getroffener beim Karate, der Karton aus meiner Hand fällt in die Wand und alles bricht zusammen. »Scheiße!«, schreie ich und Stolle blickt sich um, sieht die Misere und brüllt zu den Ausladern: »Stopp! Wartet einen Moment! Nichts nachwerfen!« Eine Stimme schreit von hinten, ob sie das Band ausstellen sollen, aber Stolle schüttelt den Kopf, wartet, bis die letzten Pakete durchgelaufen sind und springt dann selber auf das weiterlaufende Fließband. Er macht immer ein paar Schritte gegen die Laufrichtung und bleibt so in etwa auf der Stelle. Am Ende des Bandes fallen die angekommenen und nicht wegsortierten Pakete reihenweise vom Band.

»Ich halte dieses Scheißband heute nicht an!«, brüllt Stolle, und seine Stimme scheppert durch die Halle wie ein Flummi aus Blech. »Ist euch eigentlich klar, was das jedes Mal kostet, wenn wir wegen Paketstau das Band anhalten müssen? Ist euch klar, was jede verlorene Minute in unserem Gewerbe bedeutet???« Ich sitze in der zerbrochenen Paketwand und reibe meine Unterschenkel. Stolle läuft auf dem Fließband gegen den Strom und gestikuliert. »Ihr kapiert die Situation überhaupt nicht, oder???« Ihm fliegen ein paar Tropfen Sabber aus dem Mund. Das Band brummt. »Ein Euro!!!« brüllt er und wiederholt es wie einen Kampfruf. »Ein Euro!!! Für einen Euro die Stunde könnte unser Chef hier Leute ans Band stellen, und den Rest zahlt der Staat. Die Arbeitslosen dafür stehen schon draußen vor der Tür!!!« Stolle hört einen Moment mit dem Laufen auf, bleibt stehen und lässt sich drei Sekunden lang vom Fließband nach hinten tragen, während er uns ansieht, als verkündete er die Unfrohe Botschaft. Er surrt noch einen Moment starr nach hinten und wendet den Blick zu den Kollegen am Nürnberg-Hänger, dann läuft er wieder weiter. »Der Chef braucht bloß mit dem Finger zu schnippen und zack ist da ein 1-Euro-Job genau an der Stelle, wo ihr gerade steht! Das sieht man gar nicht!!!« Seine Augen starren zwischen den LKWs links und rechts des Fließbandes hin und her. Er lässt sich wieder einen Moment tragen. Dann drückt er den Rücken durch und marschiert weiter. »Und wenn dann einmal genau da, wo ihr jetzt steht, plötzlich ein 1-Euro-Job ist, dann könnt ihr auch gleich stehen bleiben, bevor wir draußen vorm Tor das Gesocks reinholen, oder???« Jetzt brüllt er wieder und wirft seinen Arm hoch wie Caesar in den Asterix-Comics, wenn er zum Schluss kommt. »Der Chef könnte also quasi jetzt und hier mit dem Zauberstab ›pling‹ machen, euch feuern und euch sofort wieder für einen Euro einstellen, ohne, dass ihr auch nur Pause zwischen zwei Paketen machen müsstet, ihr

Gurken!!!« Ich frage mich, ob das auch für ihn gilt. Ich denke daran, dass Hartmut den Wechsel eines Menschen in den Ein-Euro-Zustand, der sozusagen unsichtbar vonstatten geht, philosophisch interessant finden könnte. Ich denke an das Mädchen vom See. Mein Bauch zieht. »Ihr seid teuer, also tut was für euer Geld, sonst sind wir nämlich hier alle im Arsch!«, beendet Stolle seinen Vortrag, bleibt stehen und lässt sich unter dem Schweigen aller Sortierer und Packer langsam bis zum Ende des Fließbandes treiben. Dann kommen wieder Pakete.

Als Sebastian und ich heimkommen, schlägt uns schon im Flur Nebel entgegen. In schweren Schwaden zieht er durch die Räume und drückt den Sauerstoff zur Seite wie ein Schulhofschläger seine Mitschüler. Er stinkt nach Zwiebeln und Öl. Er kommt aus der Küche. Die Dunstabzugshaube über dem Herd läuft auf höchster Stufe. Es ist ein Höllenlärm. Im Nebel zeichnet sich eine Silhouette ab. Vor dem Herd steht ein Mann Mitte vierzig in Kochschürze und Hut und schaut auf eine Pfanne mit flachen Frikadellen, die sich in viel zu viel Fett dunkel verfärbt haben. Ein paar Dutzend andere liegen auf Tellern und Salatplatten daneben oder lose auf der Arbeitsplatte.

»Wer sind Sie denn?«, frage ich.

»Ich bin Koch«, sagt der Mann.

Ich blicke auf die Arbeitsplatte, die aussieht wie ein Schlachtfeld, auf dem eine Menge Burgersoldaten gefallen sind. Er hält die Hände mit dem Pfannenwender nach oben und sagt: »Arbeitslos. Hohe Dequalifizierungsstufe. Ich übe für die Küche von McDonald's. Wie Sie sehen, wehrt sich etwas in mir dagegen.« Er lacht trocken. Meine Haut fühlt sich schon von der Luft fettig an. Sebastian und ich laufen durchs Wohnzimmer in meinen Raum, in unseren Raum, und ich nehme mir Handtücher und einen Comic zum Baden aus einer Ecke. Sebastian wirft sich aufs Bett. »Leck mich am Arsch, was für ein Tag!«, sagt er. »Reicht dir die Dusche?«, frage ich, und er nickt und schnufft ein wenig vulgär mit der Nase. »Gut. Ich muss jetzt baden, sonst werde ich bekloppt.« Ich renne schnell durch die Küche zum Westflügel, damit mein Badetuch nicht zu viel von der schmierigen Burgerbratluft in sich aufsaugt, und schließe die Tür zum großen Bad. Ich lehne mich von innen dagegen wie junge Mädchen in Horrorfilmen, die gerade noch entkommen sind. Normalerweise müsste jetzt nach drei Sekunden ein Messer links von meinem Kopf durch die Tür gerammt werden. Aber es bleibt still. Lediglich in Hartmuts Zimmer hinter der Tür auf der anderen Seite scheint ein Fernseher mit dem Kinderkanal zu laufen. Ein Onkel erklärt etwas und ein paar Jungs von vielleicht zehn Jahren rufen durcheinander und keckern wie Enten und Möwen, denen man Brot ins Wasser geworfen hat. Ich lasse das Badewasser ein, nehme in aller Ruhe die Flaschen mit dem Schaumbad, mische meine Komposition zusammen und ziehe mich aus. Aus der Küche ertönt ein Geräusch, wie wenn kaltes Wasser in eine heiße Pfanne schießt. Der Koch schreit. Ich steige in die halb eingelaufene Wanne und lasse das Wasser um mich herumfließen. Auf der Ablage liegt noch Lesestoff. Unter einem kleinen Handtuch hat jemand ein Buch versteckt: »Ausgewählte Probleme der Altphilologie.« Sebastian schummelt. Sebastian kann immer noch nicht ganz loslassen. Ich muss ihm den Kopf waschen. Die Wanne ist voll und ich nehme mir ein Asterixheft aus dem Gewühl auf der Ablage. Nach zwei Seiten sieht man die Großeinstellung eines Sees mit einer kleinen Stadt daneben.

Auf der anderen Seite des Sees hat Uderzo ein schmales grünes Ufer gemalt. Das Mädchen mit der Staffelei erscheint plötzlich darin und lächelt mir zu. Ich lasse das Heft sinken und höre, wie sich ein elendes Gejammer aus meinem Mund zieht. Die Spitze des Heftes kommt ins Wasser, saugt sich voll, ich ziehe sie erschrocken hoch. Der Kinderkanal nebenan wird lauter gestellt. Ich lege das Heft zur Seite und versuche zu schlafen. Mein Bauch fühlt sich wieder an, als müsste ich irgendwo hin und könnte hier nicht untätig herumliegen. Der Weg durchs Lottental runter zum See kommt mir vor Augen. Vielleicht malt sie heute ja im Dunkeln. Das Mädchen mit den grünen Augen und der süßen Nase. Zehen im Gras. Ich stelle mir vor, wie ich auf sie zugehe und meine Arme um sie lege, das Bild betrachte, etwas Kluges dazu sage, weil ich ihr Mann bin und Ahnung von Kunst habe, sie ein wenig necke. Sie lenkt mich um sich herum nach vorne, sieht mich an, zieht mich am Kragen ein wenig zu sich, lächelt, als frage sie sich, ob ich das verdient hätte, schließt die Augen und öffnet dann leicht ihre Lippen, während ich mich zum Kuss nach vorne beugen darf. Meine Hand wandert in die Mitte der Wanne, während ich mir das vorstelle, und als sie angekommen ist, kommt mir ein völlig unpassender Witz über Heizstäbe in den Sinn, als urplötzlich die Tür aufspringt und fünf kleine Jungs mit einem älteren Herrn und Hartmut im Schlepptau das Bad betreten. Ich reiße die Augen auf und nehme die Hand aus der Mitte, schwinge sie wieder zurück, zappele mit den Beinen, um den Restschaum wie eine Decke über mich zu legen, drehe mich und sehe die Kinder über den Wannenrand an wie die Mauerguckermännchen, die man in Schulhefte malt. Die Jungs kichern.

»Oh«, sagt der Mann.

»Ja, oh ...«, sage ich.

»Ich wollte eigentlich hier im Bad anhand der Wäscheleinenlänge und dem Verhalten von Wassertropfen ein paar mathematische Zusammenhänge erklären.«

»Das ist schön«, sage ich und spüre, wie mein Hirn lose im Schädel herumschwimmt. Ich mag es schon nicht, beim Baden unterbrochen zu werden. Aber bei einem so aktiven Baden unterbrochen zu werden, verwirrt mich besonders.

»Ich übe mit den Jungs aus der Nachbarschaft hier Matheunterricht. Eigentlich bin ich Professor, aber ich fange jetzt in einem Institut als Nachhilfelehrer an. Hans.«

»Hans müssen wir nur ganz leicht dequalifizieren«, sagt Hartmut.

»Hallo, Hans«, sage ich.

Hans bleibt mit den Jungs im Bad stehen, als mache es ohnehin keinen Sinn mehr, jetzt zu verschwinden.

»Und? Macht der Unterricht bei ihm Spaß?«, frage ich einen der Jungen. Er nickt. »Bei Hans ist Mathe nicht langweilig«, sagt er.

»Aha«, sage ich. Unter dem Schaum schwillt es ab. Der Junge kommt näher an die Wanne heran. Er hält seine Hände vor mein Gesicht und sagt: »Zehn Finger. Deswegen haben wir das Dezimalsystem.«

Ich sehe ihn an wie eine Robbe.

»Wir fangen nach zehn wieder mit elf an«, erklärt der Junge.

»Ja, ich weiß, was das Dezimalsystem ist«, sage ich, den Kopf auf dem Wannenrand abgelegt.

Der Junge klappt zwei Finger ein: »Wenn wir nur acht Finger hätten, würden wir nur bis acht zählen, nicht bis zehn. Dann wäre alles anders.«

Da muss ich ihm Recht geben. So habe ich das noch nicht gesehen. »Jetzt stell dir vor«, sagt er, »Außerirdische kommen zur Erde und haben acht Tentakel. Die würden bis acht zählen.«

»Wir würden statt auf Deutsch auf Mathe mit ihnen sprechen«, ruft ein anderer Junge aus dem Hintergrund rein. »Weil Zahlen jeder versteht, wahrscheinlich sogar Aliens.«

Ich liege mit dem Kopf auf dem Rand meiner Wanne und höre aus dem Mund von Zehnjährigen einen Vortrag über Mathematik als universelle Sprache und die Relativität unserer Zählweise. In der Küche zischt es.

»Was aber«, fährt der Junge am Wannenrand fort, »wenn die Aliens noch anders sind? Also nicht nur keine Menschen, sondern irgendwie ... ganz anders?«

»Wie Schemen?«, frage ich. »Wie Badeschaum?«

Der Junge fragt sich kurz, ob ich ihn verarsche. Dann strahlt er: »Ja, wie Badeschaum zum Beispiel. Herr Hans, kann man eigentlich die Formen von Badeschaum berechnen, wenn ich jetzt im Wasser rühre?«

Ich ziehe die nassen Augenbrauen hoch: »Hier wird nicht gerührt!«

»Das ist eine sehr gute Frage«, sagt Hans.

»Ja, aber nicht wenn der Störfaktor Mensch im Wasser liegt, da werden die Strukturen total chaotisch«, sage ich.

»Okay, okay«, sagt Hans. »Kommt, Kinder, wir gehen wieder nach nebenan.« Hans und seine Bande verziehen sich und schließen die Tür. Ich drehe mich auf den Rücken und lasse heißes Wasser nachlaufen. Dann geht wieder die Badezimmertür auf, und einer Wolke aus Fett folgt der Koch. »Hier sind doch diese Kinder«, sagt er, »ich brauche die jetzt mal, damit sie Kunden simulieren. Kinder gehen doch gerne zu McDonald's.« Ich sehe an die Decke, schließe die Augen und tue so, als würde ich etwas kauen. Mein Atem wird nicht gerade ruhiger. Nebenan klatschen die Jungs in die Hände. Der Koch öffnet die Tür und verkündet Gratisburger für alle. Die Horde tobt durchs Bad. »Beim heiligen Kutaragi!!!«*, sage ich und setze mich auf. »Jetzt reicht's!« Ich binde mir mein Badetuch um die Hüften, springe aus der Wanne und stapfe in den Flur. Sofort legt sich eine Schicht aus Burgerfettdampf mit Zwiebelpartikeln auf meine Haut. »Schon gehört? Bei McDonald's machen sie jetzt auf fettarm und gesund!!!«, brülle ich und reiße die Wohnungstür auf, damit der Dampf in den Hausflur abzieht. Vor der Haustür draußen zeichnet sich die Silhouette einer Frau ab. Es klingelt. Noch eine Kundin, na wunderbar. Mein Badetuch löst sich ein wenig und rutscht. Von Innen drückt jemand auf, und Hartmut ruft: »Immer reinspaziert in unser Institut!« Das Badetuch will unbedingt von meinem Körper fallen, und ich halte es wie ein Knäuel vor mein Gemächt, als die Haustür sich öffnet und das Mädchen vom See unser Haus betritt. Sie mustert schüchtern den Flur, als wisse sie nicht, ob sie es tun soll. Dann sieht sie uns in der Tür. Einen Mann mit Koteletten, einen fettverschmierten Burgerkoch, einen alten Mathematiker und einen nackten Mann mit Handtuch. Der Kranz komplettiert durch ein wenig Grün aus Kindern. Wir schweigen, dann sage ich: »Es ist nicht so, wie du denkst.«

* Erfinder der Playstation.

Sie weicht einen Moment zurück, dann kichert sie. Sebastian biegt in den Flur und schielt zu ihr hinaus. »Ach«, sagt er, »der ist harmlos. Der ist schon Arbeiter.« Dann betritt sie schüchtern die Wohnung und folgt Hartmut in sein Zimmer, damit er mit ihr das erste Beratungsgespräch führen kann.

Caterina, so heißt sie, mein Mädchen vom See. Hartmut berät sie seit zwei Stunden. Sie sitzen mittlerweile in der Küche, denn er hat den Koch nach Hause geschickt und gesagt, er müsse seine Einstellung überdenken. Entweder Fast Food oder Slow Food, aber in keinem Fall »Ich protestiere gegen die Unkultur und verseuche deshalb alles«-Food. Hans und die Kinder sind auch weg. Einige haben von den Burgern probiert und mussten brechen.

Ich sitze im Wohnzimmer, spiele *Azure Dreams* und belausche das Gespräch in der Küche. Die Farben und Landschaften erinnern mich an ihr Bild vom See. Natürlich war es abstrakter, aber die Stimmung passt. Ob sie Spiele mag? Ich habe den Fernseher recht laut gestellt, damit sie nicht denkt, dass ich lausche, und die Musik klingt wie diese Wände aus Papier in alten japanischen Dorfhäusern. Ich höre etwas von Kunststudium und Bestnote, von Mentor und Galerien, von Eltern und von Hartz IV. Ich kämpfe gegen ein harmloses kleines Monster und stelle mir vor, es wäre Peter Hartz, als es quiekend unter meinem Schwerthieb verschwindet. Hartmut gibt sich wirklich Mühe mit Menschen wie Caterina. Er entwirft ganze Lebensmodelle und berechnet alle finanziellen Möglichkeiten, wozu Hans ihm sogar ein Kalkulationsmodell erstellt hat. Hartmut könnte den Leuten auch einfach sagen, dass sie sich auf jeden Fall dequalifizieren lassen müssen. Aber er sagt es erst, wenn er keinen anderen Ausweg mehr sieht. Ich wende an einer kleinen Quelle einen Zauber an, und die Playstation informiert mich, dass ich das bereits getan habe. Ich kann mich nicht konzentrieren. Nebenan sitzt das Mädchen vom See. In unserer Küche. Diese Tatsache fällt mir immer wieder aus dem Kopf heraus, und doch habe ich nichts anderes darin. Meine Hände sind eiskalt vor Aufregung, die Kälte fließt durch das Joypad und das Kabel in die Playstation. Meine Spielfigur zittert und zeigt mir einen Vogel. Mit einem Schnurren hüpft Yannick zu mir, legt sich auf meinen Schoß und stupst mir mit der Pfote in den Bauch, damit ich dafür sorge, dass sich auf dem Bildschirm wieder etwas bewegt.

Nach einer weiteren halben Stunde raschelt der Perlenschnurvorhang, und Caterina steht im Wohnzimmer. Ich habe einen Kloß im Hals und versuche, so unbeteiligt wie möglich auf den Bildschirm zu gucken. Es beruhigt mich ein wenig, dass ich Yannick auf dem Schoß habe. Das gibt einem etwas Erwachsenes.

Hartmut sagt: »Es tut mir wirklich sehr weh, aber ich muss Caterina zu dir ins Training schicken. Sie muss zum Broterwerb Malerin werden. Also Anstreicherin, meine ich. Matt, seidenglänzend, Krepp, Abdeckfolie, Eckenausroller.« Hartmut macht Pinselbewegungen Richtung Wand und Decke und sieht mich an, als müsste er jemand zum Schafott schicken.

»Braucht man da keine Ausbildung für?«, frage ich und meine es nicht als Beleidigung, sondern als Ausweg. Sie soll keine Wände anmalen müssen.

»Nur bei Festanstellung mit Sozialversicherungsbeitrag«,

sagt Hartmut. »Aber hier geht es ja um Jobs, die man wirklich kriegen kann.«

»Eigentlich geht es nicht um Arbeit, sondern um Geld«, sagt Caterina und setzt sich in den Sessel neben der Couch. Ich überlege, wie viel Geld ich noch auf dem Konto habe und wie lange ich ihr welches geben könnte, damit sie in Ruhe malen kann. Seit wir die Simulationswohnung im Keller bauen mussten, sind nur noch 488 Euro auf dem gemeinsamen Konto. Sicher gibt es viele Leute, die sich bei uns dequalifizieren lassen, aber da sie uns den Kühlschrank leer essen und nach und nach einziehen, verläuft sich das. Caterina sieht traurig an die Wand, dann entdeckt sie Yannick in meinem Schoß und strahlt. Hartmut ist schon verschwunden, was meine Herzfrequenz verdoppelt.

»Was für ein Süßer«, sagt Caterina und streckt vorsichtig die Hand nach Yannick aus. Der streckt ihr sein Köpfchen entgegen, schnuppert an ihrer Hand und leckt dann an ihrer Fingerspitze. Ich möchte jetzt Yannick sein.

Sie sitzt wirklich hier auf unserem Sessel. Ihr fällt die rote Locke ins Gesicht. Ihre Augen sind so grün. »Wie heißt er denn?«, fragt sie.

»Wunderschön ...«, sage ich und sehe sie an, noch bevor ihre Frage bei mir angekommen ist.

»Wunderschön?«, fragt sie.

Ich merke, dass mein Gesicht selbst von innen rot wird, vergesse, wie man Atmen und Sprechen koordiniert und stottere: »Yannick.«

»Süßer Name«, sagt sie und krault um die Haare an seinen Öhrchen, als sei dies kein besonderer Trick, den ich allein herausgefunden habe, sondern ganz selbstverständlich. Yannick schnurrt wie ein Irrsinniger, es fühlt sich an, als säße ein Vibrationskissen auf meinem Bauch.

»Er liebt dich auch«, sage ich, und wieder ist meine Zunge schneller als mein Hirn. Ich muss wie eine Glühbirne im Backofen aussehen. Caterina lächelt, schüttelt verlegen den Kopf, als hätte sie es nicht gehört, und sieht aus dem Fenster. Nicht schweigen, denke ich, bitte nicht schweigen. Aber sie schweigt. Ihre Hand löst sich von Yannicks Ohr, und ich sehe, dass sie wieder darüber nachdenkt, warum sie hier ist. »Malerin und Anstreicherin«, sagt sie leise, »allenfalls ein bisschen Restauration.«

Ich weiß nicht, was ich sagen soll.

»Was machst du denn?«, fragt sie.

»Paketdienst. UPS. Am Band.«

Sie sieht mich an, als glaube sie mir nicht.

»Freiwillig«, sage ich.

Sie sieht wieder zum Fenster.

»Es geht ja nicht so sehr um die Tätigkeit«, sagt sie. »Es sind einfach die Leute. Ich hasse es schon, wenn ich irgendwelche Galeristen anbetteln muss. Oder Förderer. Es spielt ja keine Rolle, ob du gut bist, wenn du keinen kennst. Mich nervt das alles. Ich will einfach nur malen. Ganz schön naiv heutzutage, oder?« Ich denke an ihre Füße im Gras und wie glücklich sie aussah.

»Warum warst du heute nicht am See?«, frage ich und merke schon wieder, dass ich mich verrate.

»Mir ist die Kohle für Material ausgegangen«, sagt sie. »Nichts mehr mit malen.« Sie schweigt einen Moment und dreht sich dann zu mir um: »Moment mal, woher weißt du, dass ich am See male? Und wieso fragst du, ob ich heute da war?«

»Ich, äh …«

Sebastian kommt ins Zimmer und sagt: »Ja, du bist die Malerin vom See!« Ich lasse den Kopf auf die Lehne fallen.

»Na sagt mal, woher kennen mich denn hier alle?«

»Die Kemnade ist zwar groß«, sagt Sebastian, »aber so eine schöne Frau fällt dort auf, vor allem, wenn sie tolle Bilder malt.«

Ich möchte ihn schon wieder schlagen. Jetzt wird Caterina rot: »Oh, danke.«

»Musst du nicht noch spazieren gehen, so Richtung Stockholm?«, frage ich. Sebastian streckt mir die Zunge heraus, nimmt ein Video aus dem Regal und geht in seine Kellerwohnung.

Caterina schweigt wieder und blickt in ihren Schoß, als warte sie ab, was ich tue. Ich erinnere mich daran, wie ich einmal Souffleur für Hartmut war, als der ein Rendezvous hatte. Ich erinnere mich an die Rendezvous, die ich in meinem Leben selbst schon hatte, und brauche fünf Sekunden. Dann erinnere ich mich an die, die zu etwas führten, und überlege, Hans zu fragen, ob man Zeitspannen auch mit negativen Zahlen ausdrücken kann.

Ich bewege meine Spielfigur auf dem Bildschirm ein wenig, obwohl es sicher der Gipfel der Unhöflichkeit ist, in Anwesenheit einer solchen Frau einfach Videospiele zu spielen. Meine Figur geht ein Stück durch die Landschaft und sieht uns an, als wolle sie sagen: Ja was nun, spielen oder nicht?

Caterina sagt: »Was ist das für ein Spiel?«

Mir fällt ein Gebirge vom Herzen. Ich sage, dass ich in dem Spiel ein junger Monsterzähmer aus einem kleinen Dorf bin, der wie seine Kollegen nach den Eiern von zähmbaren Monstern sucht, um sie zu züchten und zu hegen und zu pflegen. Ich berichte, dass mein Vater ein berühmter Züchter war, aber auf geheimnisvolle Weise verschollen ist, und sage, dass man die Eier vornehmlich in einem sagenumwobenen Turm im Norden findet, dass es eigentlich auch darum geht, ein geschätztes Mitglied der Dorfgemeinschaft zu werden und dass ich auch gerne mal einfach nur durch die Landschaften laufe und gucke, was passiert, und ich frage mich währenddessen, ob ich mit dem Reden auch nochmal aufhöre und sie mich für total bescheuert hält und ich besser nichts gesagt hätte.

Caterina schweigt eine Sekunde, die mir ungefähr so lang vorkommt wie die Zeit von der Einschulung bis zum Führerschein. Dann sagt sie: »Die Landschaften sind sehr niedlich gemacht. Irgendwie ... mysteriös. Wie wenn man träumt. Fast ein wenig Dalí drin, mit ganz viel Manga.«

Ich starre auf den Bildschirm und frage mich, ob ich das gerade gehört habe. So hat noch nie jemand über ein Videospiel gesprochen.

Außer Hartmut, aber Hartmut hat keine roten Löckchen, grüne Augen und niedliche Zehen, die unter blauem Himmel im Gras spielen wie mein kleines Männchen in der Morgenidylle von *Azure Dreams*.

Ich sehe sie sachte an.

Sie sagt: »Das ist zeitaufwendig, oder?«

Ich nicke.

»Ich mag Spiele mit langen Geschichten. Ich mag nur nicht diese Ballereien mit dreckigen Männern, aus deren Augen hinaus man auf die Gegner schaut.«

Ich denke daran, dass Playstationregal umzusortieren und die Ego-Shooter zu verstecken. Ich sage: »Ich habe gestern das erste Mal *Civilization* gespielt, ohne dabei eine Armee aufzubauen.« Sie sagt nichts und sieht sich den Landschaftsausschnitt von *Azure Dreams* an wie ein Bild im Museum.

»Zeigst du mir, wie's geht?«, sagt sie, und nachdem ich mein Herz aufgehoben habe, das vor ihre Füße in den Flokati gefallen ist, gebe ich ihr das Joypad und erkläre ihr, was zu tun ist.

DER PENDLER

Hartmut und ich stehen auf Gleis 4 des Bahnhof Zoo und warten auf den Nachtzug. Das künstliche Licht legt einen Film über die Gesichter von Geschäftsmännern und die Nasen der Kinder, die zwischen den Tauben über den Beton flattern. Eine Eingeborene verabschiedet ihre beste Freundin aus dem Harz, indem sie in fünf Minuten die Erlebnisse von drei Wochen Revue passieren lässt. Zwischen jedem Satz baut sie einen Kiekser ein. Es klingt wie Schluckauf. Hartmut und ich sitzen auf einem schmalen Absatz, die Köpfe in den Händen und den Blick auf der Glaswand hinter dem Gleis.

»Meinst du, es hat sich gelohnt?«, frage ich.

Er schiebt die Lippen so weit nach vorne, bis er wie Angelina Jolie aussieht, was »weiß nicht« heißen soll.

»Na ja, wenigstens haben wir Geld verdient«, sage ich.

Hartmut hat mich extra mitgenommen zu diesem Dequalifizierungsauftrag in Berlin, es war eine Schnellumwandlung zum Malocher, in nur drei Tagen mussten wir aus einem Professor für Skandinavistik einen Vorarbeiter für Ikea machen. Dafür hat er sehr gut gezahlt, das letzte Geld aus seiner akademischen Karriere, das zum Aufbrauchen bis ans Lebensende ohnehin nicht mehr gereicht hätte. So kriegt er vielleicht diesen Job. Wir werden es bald wissen. Wir bieten Jobgarantie. Das Institut brummt.

Der Zug wird angesagt und die Menschen stellen sich bereits an den Rand des Bahnsteigs, als die Lichter gerade einmal am anderen Ende des Bahnhofes zu sehen sind. Der Nachtzug Saturn 1949 von Binz nach München mit Halt in Bochum stoppt mit der ihm eigenen Kombination aus hochfrequentem Quietschen und dem Geruch von ausgelaufenen Batterien in Schrottradios, die nur dieses Modell zu bieten hat. Man könnte damit zu »Wetten, dass..?« gehen, Züge am Quietschgeruch erkennen. Wir warten einen Moment, während sich ein Geschäftsmann, die Freundin aus dem Harz, zwei Araber und drei Kinder gleichzeitig durch die Tür des Zuges quetschen und dabei gucken, als würden sie einander gar nicht bemerken und sich gegen rätselhafte Luftwiderstände drücken müssen. »Wenn sie sich wenigstens offen schlagen würden«, sagt Hartmut und nimmt seinen Rucksack auf. Wir betreten den Zug, als die Tür frei ist, und Hartmut kneift die Augen zusammen, um die Abteilnummer auf unseren Tickets zu lesen. Ich halte den Kopf oben und sehe die Gänge entlang. Im rechten Gang stauen sich Menschen vor der Tür zu einem Abteil. Es sieht aus, als müsse man in einen Spind klettern. Ich ziehe Hartmut zu dem Pulk. Es sind unsere Nummern. Eine schwarze Frau mit adretter Bluse und Fönfrisur steht in dem winzigen, nudeldünnen Streifen zwischen den Liegen. Ein junges Pärchen hängt zwischen Tür und Abteil, halb auf ihren Rucksäcken stehend und wartet darauf, dass die Frau zu Bett geht, als könne ein möglichst enges Nachrücken in der Schlange diesen Fortgang beschleunigen. Ein grauhaariger Mann im Anzug streckt den Kopf über sie ins Abteil und wippt unruhig auf den Fersen.

»Guten Abend, wir sind heute Nacht Bettgenossen«, sagt Hartmut und wedelt mit unseren Reservierungen. Das junge Pärchen kichert und der Grauhaarige sieht uns an. »Haben Sie auch reserviert?«, fragt er. Wir nicken. »Dann ist hier wohl jemand zu viel.« Er schaut wieder über das Paar zu der Schwarzen und ruft »Hier wurde reserviert« in das Abteil. Die Frau zwischen den Pritschen fuchtelt weiter herum, weil sie nicht weiß, wo sie ihr Gepäck verstauen soll. »Hallo?«, sagt der Grauhaarige, als sei sie taub. »Wir haben reserviert.«

»Nur vier Betten drin!«, ruft die Frau zurück, und ich sehe, wie sich aus der Nase des Grauhaarigen wütend ein Haar herausstreckt. »Unsere Betten!«, ruft er noch lauter, als stünde die Frau am nächsten Bahnsteig. »Reserviert!« Die Frau hebt klagend die Arme, dann steht ein Zugbegleiter im Gang. »Wo ist denn das Problem?«, fragt er und schiebt das Pärchen aus der Tür. »Nur vier Betten«, sagt die Frau und wirkt, als müsse sie in Hongkong den Fahrplan lesen. Der Zugbegleiter streckt sich nach oben und klappt zwei weitere Pritschen herunter. Die Handgriffe sind schnell und sicher, und man fühlt sich wie im Copy Shop, wenn Angestellte in einer halben Sekunde einen Papierstau beseitigen, den man für ein unüberwindbares Rätsel gehalten hat. »So, fertig, sechs Liegen. Sie haben, zeigen Sie mal her, Nummer 93. Nun denn, Sie schlafen in der Mitte, ist doch alles klar.« Der Mann lächelt uns an und knipst unsere Tickets ab, als wolle er sagen, dass alles halb so schlimm ist. Der Grauhaarige nimmt seine Tasche auf und tritt in die Tür. Die Frau nestelt an dem weißen Betttuch der Bahn herum und versucht, über die kleine Leiter vor dem Fenster auf die Liege zu klettern. Auf halbem Weg bleibt sie hängen, die Hände am Bett, die Füße auf der Leiter, lamentiert und steigt wieder ab. »Wie soll man liegen?«, ruft sie und es klingt wieder wie ein Vorwurf an alle Anwesenden. »Mein Gott nochmal!«, ruft der Grauhaarige, befiehlt ihr, dass sie rauskommen soll und sieht uns, die wir auf dem Gang stehen, aus dem erleuchteten Abteil heraus an. »Das: Liegewagen!«, sagt er und deutet auf die sechs Pritschen. »Wir: Passagiere. Wollen: Schlafen. Müssen: Klettern.« Dann macht er eine Sekunde Pause, tritt auf die Leiter und schiebt sich schnell auf die mittlere Pritsche. Dann springt er wieder raus und demonstriert dasselbe bei der zweiten. Er sieht uns wieder kurz an, und Hartmut will schon applaudieren, doch dann stürzt der Geschäftsmann wieder die Leiter hoch, diesmal auf die Liegen ganz oben. Links. Rechts. Wieder runter. Dann noch einmal in eine mittlere, im Hechtsprung, ohne Leiter.

Dann freihändig.

»So! Kapiert? Nix schwer! Nachmachen!« Die Frau sieht ihn an wie einen Patienten, dann huscht sie zügig und ohne ihre Bluse auszuziehen, in ihre Liege. Sie hat Angst bekommen. »Zeigen Sie mal Ihre Nummern«, sagt der Mann zu dem Pärchen, die sofort ihre Tickets ausstrecken. »Sie liegen oben. Sie als Nächstes. Dann können Sie unten reinkriechen. Ich gehe mir derweil die Zähne putzen.« Er nimmt einen kleinen blauen Kulturbeutel aus seiner Tasche und geht zur Toilette. Wir warten, bis das Paar sich oben unter der Decke eingerichtet hat und kriechen in das Abteil.

»Er ist gelenkig, aber sein Tonfall gefällt mir nicht«, sagt Hartmut, als wir uns gebückt auf den Liegen gegenübersitzen und die Schuhe ausziehen. »Er putzt sich im Zug die Zähne«, sage ich. »Ja«, lacht Hartmut und hustet dabei so komisch, wie wenn man über schlimme Nachbarn spricht. Als wir uns in die Decken der Deutschen Bahn eingekuschelt haben und Schlaf simulieren, rollt die Abteiltür auf und der Mann kommt wieder herein. Er legt seine Tasche auf die Liege und zieht sein Jackett aus. Er murmelt ärgerlich. Man versteht nichts außer »wir« und »die« und »immer dasselbe«. Ich beobachte ihn aus meiner Höhle heraus. Mein Kopf ist bei ihm auf Kniehöhe. Ich höre es rascheln und sehe kurz Haare auf einem nackten Rücken. Dann raschelt es wieder und vor meinen Augen fällt seine Hose. Die Knie liegen bloß. Die Beine sind nackt. Noch mehr Haare. Überall Haare. Es kräuselt sich vor meinen Augen auf alter Männerhaut. Zwei Hände lassen von oben eine gestreifte Schlafanzughose herab und ein Fuß hebt sich ihr entgegen und schiebt das Bein in die Streifen hinein. Dann der andere. Die Haare gehen bis auf die Zehen. Ich sehe Hornhaut. Die Hornhaut steigt samt Fuß empor, beugt sich nach hinten weg und verschwindet in der Koje über mir. Die Decke raschelt, und der Mann äfft die Frau nach, die bereits leise und regelmäßig atmet. »Nur vier Betten! Nur vier Betten! Immer nur meckern. Das können sie. Sonst können sie nichts.« Dann atmet er noch einmal kopfschüttelnd aus, und es ist still. Für zwei Sekunden hört man nur das Rattern des Zuges. Dann sagt Hartmut ins Dunkel hinein: »Geben Sie nichts auf ihn, deutsche Männer sind oft so, wenn sie ein Geschäft vergeigt haben.« Wieder Stille, zerhackt vom unregelmäßigen Atmen des Grauhaarigen. »Sie hört dich nicht, sie schläft schon«, flüstere ich Hartmut zu. »Haben Sie ein Problem da unten?«, fragt der Mann. »Nein«, sagt Hartmut. »Ich meckere nur gerne. So sind sie halt, die Weißen.« Der Mann grunzt, als lohne es sich nicht, sich mit Gestrüpp wie uns abzugeben und dreht sich gegen die Wand. Der Zug spielt uns wieder sein langsames, regelmäßiges Geratter vor. Noch ein paar Minuten lang hört man Hartmut denken, dann dösen wir weg. Es sind bloß 30 Minuten vergangen, als ich wieder aufwache. Der Grauhaarige schnarcht wie ein Klangkörper, es hört sich an, als würde man eine fünf Meter lange Meeresboje in einer leeren Fertigungshalle gegen die Stahlwand schlagen. Ich sehe zu Hartmut hinüber. Er ist auch wach. Man kann es im Dunkeln nicht erkennen, aber so was spürt man mit der Zeit. Der Zug wird langsamer und rüttelt ein wenig, sein Quietschen ertönt und hinter dem geschlossenen Vorhang erscheint Bahnhofslicht. Wir halten irgendwo. Als der Zug zum Stehen kommt, fällt der Grauhaarige etwas aus seinem Rhythmus, dann schlägt die Boje wieder an. Hartmut flüstert: »Hast du Stöpsel dabei?« Das Pärchen auf den oberen Pritschen kichert wieder. Ich sehe, wie ein Schatten über den schmalen Gang in die gegenüberliegende Pritsche steigt. Der Zug fährt wieder an. Die Boje pocht. »Das halt ich nicht die ganze Nacht aus«, sagt Hartmut. Dann sind wir wieder still und versuchen es doch. Wir haben reserviert. Wir müssen liegen. Das Pärchen macht leise schmatzende Geräusche. Ich denke an Caterina und wie es wäre, wenn ich jetzt hier mit ihr schmatzende Geräusche machen könnte. Warum fahre ich überhaupt nach Berlin? Warum bin ich nicht in Bochum? Ich liege in einem Nachtzug, der quietscht und stinkt. Ich denke an das Ufer und ihre Leinwand und das Kräuseln des Sees. Dann stehe ich vor ihr, und sie sieht mich einfach nur an, ein wenig forschend, sich fragend, ob sich vor uns beiden Neuland auftut, ob wir gemeinsam hingehen sollen. Dann streichelt sie meinen Bauch und ich ihre Flanken. Mir wird warm, viel zu warm, und ich strampele die Decke zur Seite. Ich liege hier mit sechs Mann im Nachtzug und über mir schnarcht der Bojenmann. Nach einer Viertelstunde hört die Boje einen Moment auf gegen die Stahlwand zu schlagen, und es ertönt ein Geräusch, als führe ein tieftönender 16-Ventiler durch eine Lagerhalle. Dann breitet sich im Abteil ein Geruch aus, wie ihn nur Zivildienstleistende beim Windelwechsel kennen. Das Pärchen hört auf zu schmatzen und jault, die Frau wird wach und flucht etwas in ihrer Heimatsprache. Hartmut springt aus dem Bett und zieht seine Schuhe an. »Nein, das geht nicht«, sagt er und klingt dabei fast wie der Mann vorhin. Ich schalte in meiner Koje das Licht ein und tue es ihm gleich. Wir drücken uns aus dem Abteil und stolpern den Gang entlang in den nächsten Wagen zu den Sitzplätzen, wo ohnehin keiner schlafen kann und wo man sich nachts eher zu stören traut. Allerdings sind auch hier die meisten Vorhänge zugezogen. Wir schieben uns weiter, und Hartmut zeigt auf ein Abteil, in dem noch Licht ist. Wir öffnen die Tür und nicken zwei jungen Männern zu, die nebeneinander hocken und gemeinsam aus einem iPod Musik hören. Das Kabel mit den beiden Ohrhörern verbindet ihre Köpfe wie ein Abschleppseil. Sie tragen weite weiße Hosen mit vielen Taschen und Baseballmützen über Tüchern, die sie um die Stirn gebunden haben. Sie nicken mit dem Kopf zur Musik und sehen uns dabei an. Wir werfen unsere Sachen auf den Boden und lassen uns in die Sitze fallen. Ich will in mein Bett in Wiemelhausen. Ich muss daran denken, wie es wäre, wenn ich in diesem Bett nicht allein wäre. Ich sehe das Mädchen vom See im orangen Licht der Plastikblumenkette, die über meinem Bett hängt. Dann wird selbst dieses Bild schwarz, so müde bin ich. Meine Augen brennen. Wir legen die Füße auf die Sitze und lassen unsere Köpfe gegen die Lehnen fallen. Draußen reibt die Nacht in stoischem Rhythmus an den Fenstern. Aus den Knöpfen in den Ohren der jungen Männer wispert ein langsamer Hip-Hop-Rhythmus, leise wie ein Autoradio bei voller Fahrt. Ich merke, wie ich wegdöse, als die Jungs plötzlich synchron »Wer verliert nie, es ist Aggro Berlin!« ins Abteil bellen. Dann nicken sie weiter mit den Köpfen. Ich sehe, wie Hartmut hochschnellt, als hätte jemand die Feuerwehr gerufen. Dann kippt sein Kopf wieder weg. Müdigkeit ist etwas Faszinierendes. Der Beat wispert weiter, ich kippe gegen die Lehne. Ich sehe die grünen Augen unter den Plastikblumen und denke daran, wie Martin mir letztens ein kleines Paket genau in den Schritt geworfen hat, weil ich geträumt hatte. Stolle meinte, ich schaute manchmal nicht mehr wie ein Mann aus der Wäsche, sondern wie ein Stofftier.

»Es wird gefickt bis der Schwanz nicht mehr stehen kann«, rappen die Jungs nach ein paar Minuten ins Dunkel, und ich schrecke auf und spüre, wie mein Herz hämmert. Hartmut macht ein Auge auf und sieht zu mir herüber. Das dünne Kabel zwischen den Ohren der Jungs speist weitere Zeilen in ihre Köpfe. Hartmut klappt sein Auge wieder zu. Es dauert nicht lange, bis sie wieder eine Zeile für betonenswert halten. »Wenn ich ficken will, fahr ich runter in den Dritten!«, teilen sie uns mit. »Aber die Braut fick ich nur zwischen die Titten!« Hartmut klappt beide Augen wieder auf. Die Köpfe nicken und sehen uns an. Ich suche nach Provokation in ihren Blicken, aber sie wollen uns nicht provozieren. Da ist eher eine Art Euphorie, wie bei Gärtnern, die extra nochmal auf ihre neueste Tulpenzüchtung zeigen, als würde man sie nicht ohnehin schon sprießen sehen. »Warum kann ich nich' 'ne Frau ficken/und danach wieder vergessen?«, fragen sie im Rhythmus aus den Stöpseln. »Es ist Electro Ghetto Rap mit Dreitagebart/um die Szene zu ficken brauch ich kein' Bodyguard.« Hartmut springt auf und reißt die Abteiltür auf. »Mann, Mann, Mann«, sagt er. »Ficken können sie, aber sonst können sie nichts!« Ich habe noch einen Rest Schwerkraft im Körper und komme nicht so schnell nach, während er schon den ersten Schritt macht. »Wo willst du hin?«, frage ich. »Ins Bistro«, sagt er, »vielleicht wird da nicht gefickt.«

Auf dem Weg zum Bistro werden wir aufgehalten. Eine graue Wand zieht Hartmut wie ein Sumpf in sich hinein und schlägt mir in den Magen, weil sie nicht zwei Männer gleichzeitig auslaugen kann. Hartmut schreit und hustet in dem Nebel, mir schießen die Tränen in die Augen, und als ich langsam wieder sehen kann, sehe ich in der Mitte des Waggons einen Mann mit ledriger Haut eine Zigarre rauchen. Der Qualm dringt in den alten Bodenbelag und die Kunststoffverkleidungen und quetscht auch aus ihnen noch das letzte bisschen Giftstoffe heraus wie eine Armee der Geruchspartikel, die ihre vergessenen Verbündeten aufwiegelt.

Hartmut würgt wie Yannick, wenn er Gras gefressen hat, und der Ledrige deutet langsam auf das Schild an der Wand. Raucherwagen. »Ja, aber nicht zwischen 20 und 7 Uhr«, hustet Hartmut und versucht, sich quer an dem Mann vorbeizuquetschen. »Auf dem Gang schon«, sagt der Mann, womit er juristisch recht hat. »Außerdem habe ich das Fenster offen.« Die baumstammgroße Zigarre zwischen seinen Fingern deutet auf das Schiebefenster, das zwei Zentimeter nach unten gezogen ist. Aus der halb offenen Tür eines Abteils ragt der Arm eines Bewusstlosen. »Das kann doch nicht Ihr Ernst sein«, sagt

Hartmut und ich höre plötzlich die Hip-Hop-Beats irgendwo hinter mir, leise wispern sie aus den Kopfhörern und ficken mit gespucktem »F«. Dann kratzt es wie eine Gabel auf einer Schiefertafel. Die Kids scratchen mit dem Messer eine Fensterscheibe und nutzen die optische Deckung durch den Qualm. Der Raucher sagt: »Nun machen Sie mal schnell, dass Sie hier weiterkommen«, und er sagt es in einem Tonfall, in dem die Faust mitspricht. »Kommen in den Raucherwagen, nur um sich beschweren zu können ...«

»Entschuldigung?«, sagt Hartmut. »Ich *durchquere* den Raucherwagen, um in das bekackte Bistro zu kommen!« Hinter ihm rollt eine Abteiltür auf. »Was ist denn da draußen los?«, ruft ein winziger Mann, dann berührt sein Gesicht die Qualmfront und er fällt um. Hinter mir zieht das Geräusch der scheibenzerkratzenden Rapper in meinen Ohren, vor mir brüllt der Raucher zurück: »Ich habe ein Menschenrecht auf meine Zigarre! Ein Menschenrecht!!!« Man hört, wie in den Abteilen Körper schwer wie Säcke aus den Sitzen fallen. Es kratzt an der Scheibe. Es fickt aus Ohrknöpfen. Es gibt keine Luft mehr. »Haaaartmut«, jammere ich fast wie Yannick, wenn er sich den Magen verdorben hat, und Hartmut geht wider Willen weiter. Hätte er die Diskussion im Qualm fortgeführt, wäre auch ich zusammengebrochen.

Wir stolpern weiter, drücken uns durch die nächsten Türen und gelangen endlich in den Bistrowagen. Helle Lampen wie Klumpen auf Tischdecken, eine kleine halbrunde Bar am anderen Ende, mehr Platz, sich zu bewegen, und kein Raucher. Überhaupt ist der Wagen fast leer, bis auf einen Mann am Fenster und den Zugbegleiter, der an der Bar lehnt und sich von seiner Bistrokollegin Kaffee einschenken lässt. Wir bestellen uns zwei Bier und setzen uns, Hartmut sieht wütend aus dem Fenster, murmelt unverständliche Aggressionen und zwirbelt in seinen Koteletten herum, bis sie so spitz von seinen Wangen abstehen wie der Schnurrbart von Dalí.

»Schick«, sagt der Mann am Tisch gegenüber und sieht in seine Tasse.

»Was?«, fragt Hartmut.

Der Mann schweigt und rührt ein Stück Zucker ein.

»Haben Sie was gesagt?«, fragt Hartmut.

»Lass doch gut sein«, sage ich.

»Passt Ihnen meine visuelle Ausstattung nicht? Belästigt Sie meine Anwesenheit? Habe ich einen Popel in der Nase? Haben Sie vielleicht ein Menschenrecht, nicht von meinem Bart gestört zu werden?«

»Ist schon gut«, sagt der Mann und hebt schwer den Blick über der Tasse. Seine Augen sind rötlich und können nicht stillsitzen.

»Nein, ist es nicht!«, sagt Hartmut und springt auf, sodass selbst ich erschrecke. Schon sitzt er dem Mann gegenüber und beugt sich über dessen Kaffee. Seine Augen funkeln. Schlafmangel ist gefährlich. »Bis hierher bin ich gekommen und wurde nicht in Frieden gelassen, und ich werde aus diesem Bistro nicht mehr verschwinden, auch wenn mein Haar Sie belästigt.«

»Jetzt lassen Sie doch, es war nicht böse gemeint«, sagt der Mann und legt seine Hand auf die von Hartmut wie ein Papst, der seinem Attentäter verzeiht. »Ich bin doch auch nur müde«, sagt der Mann.

»Wir auch«, sagt Hartmut schon wieder versöhnlicher, »wir müssen noch bis Bochum.«

Der Mann lächelt: »Ich muss zur Endstation, nach München.«

Hartmut sieht der Hand des Mannes zu, wie sie wieder von seiner lässt und in der Tasse rührt. »Und ich bin schon in Binz eingestiegen. Wie jeden Tag. Ich bin Pendler.«

»Sie pendeln von Binz nach München???«, fragt Hartmut. Seine Koteletten richten sich nach oben wie Antennen.

»Die ganze Strecke«, sagt der Mann und sein Augenlid zittert ein wenig wie bei dem Hörnchen aus Ice Age. »Man muss heutzutage flexibel sein. Ich hatte im Personalbogen angegeben, dass ich mobil bin. Dann habe ich eine Arbeit in München bekommen. Was soll ich machen?«

Der Mann blickt sich schnell zum Zugpersonal um und winkt mich dann zum Tisch herüber, sodass wir alle die Köpfe zusammenstecken können. Er flüstert: »Mittlerweile habe ich sogar meine Wohnung in Binz gekündigt.« Wir sehen den Mann an und fragen uns, warum wir das nicht verstehen. »Ich wohne jetzt hier«, sagt der Mann. Hartmut und ich sehen erst uns und dann wieder ihn an. »Wie, hier?«

»Na hier, im Nachtzug. Die Fahrt füllt die komplette Zeit von Feierabend bis Dienstbeginn.« Er macht eine Kunstpause und nimmt einen Schluck Kaffee. »Bahncard 100. Freie Fahrt, das ganze Jahr. Kostet 3000 Euro. 3000 Euro für ein ganzes Jahr Miete. Ich kann mir die Betten aussuchen. Und ich habe die größte Wohnung im ganzen Land. So gesehen reicht sie von der Ostseeküste bis an die Voralpen.« Er lacht kurz auf und seine Pupillen weiten sich. Sein Augenlid zittert stärker. Hartmut beugt sich interessiert zur Seite wie Beckmann und fragt: »Sagen Sie, wie können Sie dann eigentlich ertragen, dass die Leute mitten in Ihrer Wohnung machen, was sie wollen?«

»Wie meinen Sie das?«, fragt der Mann und sieht ihn starr an.

Hartmut räuspert sich und überlegt kurz, dann steht er auf. »Kommen Sie mit. Ich zeig's Ihnen.«

Der Qualm im Raucherwagen ist noch dichter geworden. Als wir die Tür öffnen, dringen die Partikel wie kleine Fliegen in unsere Lungen, der Pendler schreit auf und Hartmut zieht uns schnell in ein Abteil und schiebt die Tür zu. Auf dem Boden und den Sitzen liegen die Bewusstlosen, die nicht schnell genug weggekommen sind, unter dem Türritz folgt uns der Nebel langsam nach. »Was immer du vorhast, mach schnell!«, rufe ich, und der Pendler sieht entsetzt zwischen den schlaffen Körpern und dem Qualm einher, der uns bösartig durch die Ritzen nachfolgt. Hartmut wühlt in den Sporttaschen der Bewusstlosen, als wären sie schon tot, zieht ein paar Handtücher heraus, nimmt eine Flasche Wasser aus einer kalten Hand und durchnässt das Frottee. Dann wirft er uns jeweils ein Handtuch zu und hält sich seins über den Kopf wie eine Zeltplane. »Schnelligkeit ist alles«, sagt er. Dann rennen wir los, die feuchten Tücher über den Kopf, mit angehaltenem Atem. Wir drängen uns durch das Gelenkteil in den nächsten Wagen und werfen die Handtücher ab. Wir japsen. Hartmut lehnt an der Wand und zeigt in den Waggon, den wir durchquert haben. Ich wundere mich, dass kein Rauchmelder angeht. Gibt es in Zügen Sprinkleranlagen? Ich sehe mich um. Keine Sprinkleranlage. »Darf man so in Ihren vier Wänden rauchen?«, fragt er den Pendler.

Der schüttelt fassungslos den Kopf.

»Rauchen Sie?«, frage ich.

»Ich habe damit aufgehört, als ich mit Arbeitslosigkeit aufgehört habe«, flüstert er.

»Also als Sie hier eingezogen sind?«

Er nickt.

Ich lache bitter.

Am anderen Ende des Ganges erheben sich Stimmen. »Nein, nicht! Nicht anmachen!«, höre ich die schwarze Frau rufen, die eigentlich einen Wagen weiter schlafen müsste. Eine sonore Männerstimme erwidert etwas, dann mischen sich zwei junge Leute ein. Wir gehen den Gang hoch und sehen den Raucher mit einer neuen Zigarre zwischen unseren ehemaligen Bettgenossen. Er hat die Spitze abgebissen und auf den Boden gespuckt.

»Der spuckt auf Ihren Teppich!«, sagt Hartmut zu dem Pendler.

Die Frau wendet sich Hartmut zu und klagt: »Der Mann will rauchen. Geht nicht!«

»Geht nicht, geht nicht«, sagt der Raucher. »Immer nur beklagen sie sich. Gehen Sie doch in den Schlafwagen zurück!«

Die Frau zieht die Tür zum nächsten Waggon auf, und eine Woge von Gestank schlägt uns wie eine Stichflamme entgegen. Man hört lautes Schnarchen aus zwei Löchern. Die Afrikanerin schließt die Tür wieder. Der Raucher zieht leicht die Augenbrauen hoch, dann zückt er doch sein Feuerzeug.

»Sind Sie wahnsinnig, wir sind eingeschlossen!«, sagt Hartmut und zeigt zwischen dem Wagen mit dem Furzer und dem verpesteten Qualmwaggon mit den Bewusstlosen hin und her. »Warum gehen *Sie* nicht in Ihren Raucherwaggon zurück?«

»Da ist zu wenig Luft«, sagt der Raucher und zeigt auf seine Zigarre. »Das sind kubanische, die brauchen Platz, um ihr Aroma entfalten zu können.«

»Das glaube ich nicht«, sagt Hartmut.

»Hier stinkt es aber auch schon ohne Zigarre«, sagt der Pendler und hebt seine Nase. In der Tat. Es riecht wie in der Schule, wenn man freiwillig am Edding geschnüffelt hat. Vom Klo ertönt ein Bumpern. Dann geht die Tür auf und die Rapkids kommen heraus. Sie sind immer noch über das Kabel verbunden und merken nicht, dass sie die Farbflecken an den Fingern nicht ganz abgewaschen haben. Einer rappt: »Und du bist geil auf mein Teil wie Jungs auf das Loch von J. Lo/Machst auf ein Mal auf Mann und hast plötzlich mehr Beef als Maredo.« Der andere spuckt auf den Boden.

»Das scheint bei Ihnen wohl so üblich, dass die Leute auf Ihren Teppich rotzen, was?«, flüstert Hartmut dem Pendler ins Ohr. Der Mann verfärbt sich langsam. »Und Ihr Bad mit Graffiti besprühen.«

Der Raucher macht einen neuen Versuch, seine Zigarre anzuzünden.

»Nein!«, ruft die Afrikanerin.

»Du hast mir in diesem Land gar nichts zu sagen!«, sagt der Raucher. »Fuck mich ab und ich mach dir Dampf, zerstör dich voll und ganz/EK, lutsch meinen Schwanz!«, rappen die Jungs.

»Aufhören!!!!!! Alle aufhören!!!!«, schreit der Pendler, rennt wie ein Soldat in dieser Spielberg-Serie hastig und hechelnd zum Ende des Ganges und zieht die Notbremse.

Eine halbe Stunde später stehen wir am Rande eines Maisfeldes neben dem Zug und beobachten die Sanitäter bei der Arbeit. Blaulicht blendet hektisch die Nacht aus und ein, Bewusstlose werden aus den Waggons mit dem Zigarrenqualm und dem Gestank von dem Furzer getragen. Der Furzer selbst wird zu einem Krankenwagen geführt. Es ist gut, dass er sich wehrt in seinem Schlafanzug, das bekräftigt Hartmuts Bericht gegenüber dem Notarzt, dass der arme Mann inkontinent sei und es einfach nicht merke. Auf der anderen Seite des Bahndammes sucht der Raucher verzweifelt nach seiner teuren kubanischen Zigarre, die ihm der Pendler mit rotem Kopf abgenommen und Richtung Mais geschleudert hatte, immerfort »Nicht in meinem Haus!« rufend. In der Mitte führt die Polizei die Rapper ab. Alle Anwesenden hatten bestätigt, dass es diese Bengel waren, die vor lauter Übermut die Notbremse gezogen hatten, das besprühte Klo und das zerkratzte Fenster taten dann ihr Übriges.

Als der Zug wieder fährt, sitzen der Pendler, das Pärchen, die Frau, Hartmut und ich zusammen im Bistro. Wir haben für alle gemeinsam eine Runde bestellt. Der Raucher hat seine Kubanische nicht wiedergefunden, sitzt abseits allein und versucht erfolglos, einen Bierdeckel zu rauchen. Die Kellnerin bringt die Runde, Hartmut fragt, ob man die Summe auch in Raten abtragen könne und der Pendler hebt sein Glas und ruft: »Auf Gäste, die ich gerne in meinen vier Wänden begrüße!« Die Kellnerin schüttelt den Kopf, als machte er Scherze.

Wir könnten wieder schlafen gehen.

Aber jetzt wollen wir nicht mehr.

MIU MIU

Das Haus ist einfach zu voll. In allen Zimmern sitzen Arbeitsgruppen und beraten sich wegen ihrer Bewerbungen. Hans hat einen mathematischen Erklärungsparcours aufgebaut, der im Flur sein Zentrum hat und in einer Kreisbewegung durch die Flügel des Hauses führt. Gut zwanzig Kinder surren um ihn herum. In der Küche zischt es. Der Koch übt wieder. Im Wohnzimmer sitzt ein fremder Mann vor der Playstation und spielt *Sim City*. Im Zentrum der Stadt, die er auf dem Bildschirm aufbaut, steht eine riesige Kirche. Daneben hat er den Bahnhof gestellt. In der Nähe schlängelt sich ein Fluss. Er blickt konzentriert auf den Bildschirm und sagt, ohne dass ich ihn schon gefragt hätte: »Ich mache gerade Mittag. Susanne zeigt mir in der Scheune, wie man einfacher Mechaniker wird.« Dann sieht er kurz auf und gibt mir die Hand. »Wilhelm.«

»Hallo, Wilhelm«, sage ich und setze mich neben ihn auf die Couch. Wir schauen beide wieder zum Fernseher. Er spielt weiter.

»Ich bin eigentlich Ingenieur«, sagt Wilhelm. »Brückenbau in Köln.« Seine Augen werden gläsern, als würde er von seiner verstorbenen Mama erzählen. »Meine ganze Familie hat das schon gemacht.« Er schluchzt. »Mein Großvater hat die Hohenzollernbrücke wieder mit aufgebaut.« Er lässt das Joypad sinken. »Ich liebe diese Stadt«, sagt er und sieht durch mich hindurch in die Ferne wie ein Gläubiger nach Mekka. »Und jetzt muss ich lernen, wie man einfache Montagen macht.«

Ich schweige. Dann fährt er fort: »Eigentlich hätte es endlos Arbeit gegeben. Sie haben immerfort Brücken über den Rhein gebaut. Sie hätten irgendwann Brücken gebaut, um die Brücken zu überbrücken.«

»Warum haben sie aufgehört?«, frage ich.

»Weil Düsseldorf aufgehört hat«, sagt er.

Ich finde dieses Land merkwürdig.

Susanne klopft von draußen ans Fenster und winkt Wilhelm, wieder in die Scheune zu kommen. Er knipst mit seinem Auge und sagt: »Hartmut kann sich glücklich schätzen. Lecker Mädsche.« Dann geht er hinaus. Im Küchendampf sitzt Bernd vor einer Lage Zeitungen und schreibt.

»Jetzt wird es ernst«, sagt er. »Die Lokalzeitung will mich ernsthaft haben. Nächste Woche ist das Gespräch. Hartmut hat gesagt, ich muss jetzt wirklich lernen, einfach zu schreiben. Das macht mich verrückt.« Er kaut auf seinem Kuli. Gehacktes brutzelt in der Pfanne. Bernd ist wieder da. Als ich mich umdrehe, stolpere ich vor Hartmut. »Wo ist denn …«, fange ich an, und Hartmut fährt fort: »Caterina? Die ist hinten mit Susanne in der Scheune. Die kann ihr besser Anstreichen beibringen als du.«

Sie ist da.

Sie ist wirklich da.

Hinten in der Scheune, in unserem Haus.

»Ach Hartmut«, sage ich und möchte mich am liebsten auf seine Brust legen. Es klingelt und ein Vertreter steht vor der

Tür. Es ist ein Klient, der Klinkenputzen übt. Ein anderer Klient macht ihm auf und spielt den Kunden. Drei Kinder rasen an uns vorbei, sie sind im großen Bad vergessen worden. Es wird laut im Flur. Hartmut öffnet die Tür zum kleinen Bad und schließt sie von innen ab. Er sieht mich an und will etwas sagen, dann sieht er sich um und spricht leise für sich: »Ist dir schon aufgefallen, dass dies hier der einzige Ort in der Wohnung ist, der uns noch bleibt?« Er schaut einen Moment auf die Kalkränder, dann wendet er sich wieder mir zu.

»Ergreif die Initiative«, sagt er, und meint Caterina. Caterina und mich. Ich werde kurzatmig.

»Okay, warte, warte«, sagt er und blickt visionär in die Dusche.

»Charter ein Kleinflugzeug, mal ein Herz hier vorne auf die Straße und springe für sie genau da hinein ab. Nein, du kannst ja nicht Fallschirm springen. Lass dir von Sebastian die Gedichte von Ovid in der Originalsprache beibringen und trag sie ihr nur in eine Robe gehüllt vor. Nein, das geht nicht, Sebastian darf ja nicht daran erinnert werden, dass er Altphilologe ist, wo er jetzt am Bau vorspricht. Vielleicht fährst du mit ihr irgendwo an einen einsamen Strand, und ihr lasst euch von Alfred bewirten? Nein, das wäre ein schlechtes Omen, das haben Kleist und Henriette vor ihrem Selbstmord gemacht.«

Ich stehe zwischen dem Klo und Hartmut wie ein Installateurskunde, der wartet, bis der Meister seinen Monolog beendet hat. Immerhin weiß ich jetzt, dass der Koch Alfred heißt. Hartmut tippt auf seinem Block herum, den er immer noch in der Hand hält, liest alle Etiketten der Duschgels und Shampoos und sagt dann: »Weißt du was, lad sie einfach in ein Café ein, wenn es sich ergibt. Aber in eins, das ihrer würdig ist!« Ich bin ihm dankbar für seinen Tipp, aber zugleich wünschte ich, er hätte nichts gesagt, da ich es jetzt wirklich tun muss und keine Ahnung habe, wie ich es anstellen soll. Ich zeige auf den Block in seiner Hand und frage, was das ist. »Neukunden«, sagt er, »noch mehr Neukunden. Letzte Woche wurden an der Uni die Magister verliehen.«

Es klopft an der Tür und Hans sagt, er müsse den Kindern etwas mit der Dusche verdeutlichen. Wir klettern aus dem Bad und über die Kinder, und Hartmut geht zurück in sein Zimmer, um den Papierkram zu erledigen. Ich gehe zu mir und lege mich aufs Bett, mein Herz dreht die Schwerkraft um und zieht mich nach oben, sagt, ich solle in die Scheune gehen und sie sofort einladen, aber ich drücke dagegen und bleibe liegen. Ein Café, das ihr wirklich gerecht wird, denke ich …

Am Nachmittag sind wir alle im Bauhaus an der Ausfallstraße zur A43. Es ist eine Multifunktionsübung. Susanne soll Caterina die verschiedenen Arten von Farben und Lacken zum Anstreichen erklären. Sebastian muss Werkzeug kennenlernen. Bernd soll sich als letzte Übung vor seinem Bewerbungsgespräch als Lokalredakteur ausgeben und einen Abteilungsleiter aus dem Bauhaus für einen gedachten 800-Zeichen-Artikel interviewen. Das Bauhaus feiert Jubiläum. Ich stehe mit Bernd und Hartmut vor der Abteilung, wo Küchenplatten und Holzstücke passend gesägt werden, und warte auf den Interviewpartner, der laut Sägenmann gleich kommen soll. Der Sägenmann ist untersetzt und hat eine Trinkernase. Weiße Haare fallen ihm ins pockige Gesicht, als wollten sie vor ihm flüchten. Er spricht fast nichts. Ich gehe ein Stück in den Gang hinein und spähe in Richtung der Farbenabteilung. Da hinten stehen Susanne und Caterina. Susanne erklärt die Eimer und Dosen wie eine Kuratorin, und Caterina lächelt über die Vorführung und zwingt sich, nicht daran zu denken, wozu sie dient. Ein groß gewachsener Mann mit gutem Haarschnitt tritt zu Bernd, stellt sich als Herr Hübers vor und fragt ihn, ob er derjenige sei, der ihn interviewen will. Seine Stimme klingt so vertrauenerweckend und entschlossen wie eine Ledergarnitur vor einem Kamin in Kanada, sein Schnauzer ist die Decke über der Lehne. Ich vergleiche ihn mit dem Trinker an der Säge und denke mir, dass manche Hierarchien schon ihren Grund haben. Dann fällt mir ein, dass es keine gute Idee ist, einen Trinker an die Säge zu stellen. Bernd wirft sein Diktiergerät auf den Boden, als er den Zettel mit seinen Fragen herausholt, und Herr Hübers sagt: »Ruhig, ruhig.« Bernd kann Reden an Universitäten halten, aber vor gestandenen Arbeitern hat er immer noch so viel Angst wie manche Leute vor Schäferhunden.

»Äh, ja, dann fangen wir mal an«, sagt er, als er seine Sachen auf einem Stapel Holzplatten abgelegt und das Diktiergerät eingeschaltet hat. Ich beuge mich wieder nach hinten und schiele in den Farbengang zu Susanne und Caterina. Ich frage mich, ob das Bauhaus ein Café wie Ikea hat, in das ich Caterina einladen könnte. Ich frage mich, warum ich mich so was frage, und überlege, in welches richtige Café ich sie einladen könnte, ohne dass es gestelzt wirkt oder falsche Schlüsse zulässt. Hartmut steht neben Bernd und versucht es nicht so aussehen zu lassen, als sei Bernd sein Azubi.

»Das Bauhaus wird fünfundsiebzig«, sagt Bernd. »Wie lange sind Sie schon dabei?«

»Siebenundzwanzig Jahre.«

»Und als Abteilungsleiter?«

»Vierzehn Jahre.«

»Wie haben Sie angefangen, und was hat Sie zu dem Beruf getrieben?«

»Angefangen habe ich eigentlich mit fünf Jahren im Schuppen meines Opas. Er hatte eine Werkbank in seiner Kleingartenanlage und unheimlich viel Werkzeug. Wir haben gemeinsam Vogelhäuser gebastelt und alles an seiner Gartenlaube repariert, was man daran reparieren konnte.« Der Mann lacht sonor in seinen Schnauzer. »Einmal habe ich sogar heimlich extra was kaputt gemacht, weil wir nichts mehr zum Reparieren hatten.«

Ich habe zwar keine Ahnung von Interviews, aber ich vermute, dass solche Anekdoten spitzenmäßig sind.

»Sie ergriffen den Beruf also aus Leidenschaft?«

»Ja. Ich wurde Kaufmann, wollte aber immer in die Baumärkte, da ich es mag, Menschen etwas zu erklären.« Gut, dass Susanne seine Tochter sein könnte, denke ich. Und dass sie keine Schnauzer mag. Sonst stünde hier Konkurrenz für Hartmut. Ich denke an *Azure Dreams* und Caterina und jedes Café in Bochum, das mir durch den Kopf geht, erscheint mir nicht gut genug für sie. Ich würde sie gerne an die Côte d'Azur einladen.

»Welche Art von Kunden kommen vornehmlich ins Bauhaus?«, fragt Bernd. »Das ist sehr gemischt.«

»Aber immer noch eher Männer, oder?«

»Ja, durchaus.«

»Denken Sie, dass sich der wahre gesellschaftliche Fortschritt, was das angeht, an Orten wie diesen widerspiegelt?«, fragt Bernd.

»Wie meinen Sie das?«

»Na, in Bezug auf die Emanzipation und die Tatsache, dass eigentlich immer noch Männer den Hammer in der Hand haben.« Bernd lacht, als finde er in Herrn Hübers einen Komplizen für seine soziologischen Ansichten. Der sagt: »Es sind aber die Frauen, die bestimmen, was gebaut wird.«

»Ach, das ist doch eine recht revisionistische These, dass die Frauen sich mal nicht beschweren sollen, weil sie das eigentliche Heft in der Hand haben. Das ist doch mit für den Backlash des Feminismus verantwortlich.« Herr Hübers sieht Bernd an, als frage er sich, ob der Anfang des Interviews nur ein Fake war. Seine Augen werden schmal wie Spanholz.

»Okay, egal, andere Frage«, sagt Bernd. »Wie ist das Kundenverhalten in Bezug auf die Herkunft der Materialien, vor allem der Hölzer?«

»Wir verkaufen kein Tropenholz, wenn Sie darauf anspielen«, sagt Herr Hübers und mustert Bernd durch seine Spanholzaugen.

»Das ist gut, aber die Frage ist, ob Sie es könnten. Also kommen da Nachfragen von Seiten der Kunden, oder gehen die nur nach dem Preis und lassen sämtliche ökologischen und geopolitischen Aspekte außen vor?«

»Und Sie sind wirklich vom Stadtspiegel?«

Bernd schluckt eine halbe Sekunde, bejaht dann und redet weiter auf den Mann ein, als wüsste der doch ganz genau, was Bernd meinte. »Ich meine, die Warenwelt hier um uns herum kann man doch betrachten wie, wie, sagen wir, wie Nietzsches Scheinwelt, unter der sich ein brutaler Urgrund verbirgt. Gut, der Vergleich ist sehr schief, aber so ein in Folie eingeschweißtes Brett mit einem bedruckten Etikett, auf dem wir eine glückliche Familie ihr kleines Haus bauen sehen, ist ja so gesehen überhaupt nicht mehr real, da es von seiner Entstehung total abgekoppelt ist. Es ist im Grunde die pure Illusion.«

Herr Hübers hat die Augen mittlerweile fast ganz geschlossen und sieht aus wie der junge Clint Eastwood ohne Zahnstocher. Der Reigen der Cafés, in die ich Caterina einladen könnte, kommt mit dem Rattern eines Filmprojektors zum Ende, ohne dass ich eine Lösung gefunden hätte. Herr Hübers sagt: »Wollen Sie uns hier was unterstellen? Und was hat Nietzsche mit meinem Baumarkt zu tun?«

Hartmut geht dazwischen und fragt ihn, ob er nicht ein wenig von den Feierlichkeiten zum Jubiläum und dem Gewinnspiel für die Kunden erzählen will.

»Es wird doch wohl noch erlaubt sein, mal ein paar etwas weitergehende Fragen zu stellen«, sagt Bernd.

»Wer, was, wann, wo, wie …«, zischt Hartmut ihm ins Ohr, aber Bernd greift das Argument auf und sagt: » … und warum! Das ›Warum‹ kommt zwar am Schluss, aber ist doch wohl entscheidend!«

»Es kommt nicht umsonst zum Schluss!!!«, sagt Hartmut erstaunlich laut. »Weil die Artikel in der Endredaktion eh von hinten weg gekürzt werden, vor allem, wenn sie den Lesern solche Überlegungen zumuten!«

Bernd sieht Hartmut an, als sei er Josef Ackermann.

»Also gut, wenn Sie sich entschieden haben, wie man Artikel schreibt, kommen Sie nochmal wieder«, sagt Herr Hübers und dreht sich um. Er ist schneller hinter dem Holz verschwunden, als der Sägenmann hinter seiner Theke lachen kann.

»Na toll«, sagt Bernd.

»Der Anfang mit dem Opa und seiner Laube und die paar

Jahreszahlen reichen schon für 800 Zeichen«, sagt Hartmut. »Dann nehmen wir noch vorne die Prospekte und die Papiere vom Gewinnspiel mit, und du hast deinen Artikel.« Bernd steht vor der Sägetheke des Baumarktes und breitet die Arme aus, seine voll geschriebenen Notizzettel in der rechten Hand. »Aber so einfach kann es doch nicht sein«, klagt er, und eine Frau, die ihrem Mann sagt, welches Holz gekauft wird, sieht sich kurz zu uns um.

»Doch«, sagt Hartmut. »So einfach ist das aber.« Dann gehen wir endlich in die Farbabteilung.

Der Weg von dem Gang mit den Farbutensilien bis raus zum Parkplatz ist für mich so anstrengend wie ein Rucksacktrip von Toronto nach Buenos Aires.

Der Ablauf, der sich allein in jeder einzelnen Sekunde mehrfach in mir abspielt, geht ungefähr so. Ich entschließe mich, sie jetzt, in diesem Moment, wirklich zu fragen. Dann schießt zwischen den Regalen irgendwo ein Grund her, warum es heute Abend der viel bessere Moment wäre anstatt hier, zwischen Baumarktregalen. Es folgt ein Moment der Erleichterung, auf den sofort wieder neue Kälte in meine Hände fließt, weil ich dann ja noch einen ganzen Tag darauf warten muss, sie zu fragen, und so hätte ich es direkt getan und wüsste schon gleich, noch vor dem Erreichen des Ausgangs, woran ich bin. Dann sagt wieder eine Stimme, dass es entscheidend sei, in welcher Situation man ein Mädchen wie sie ins Café einlädt und dass sie gerade Farben und Lacke gucken musste, um sich auf ihre Dequalifizierung vorzubereiten, und sicher nicht gut drauf ist. So geht das hin und her, und ich sauge währenddessen aus irgendeinem Grund auch noch die Umgebung so langsam und genau in mich auf, als müsse ich mich an ihr festhalten. Bis zum Erreichen des Parkplatzes ist die Sortierung der Warenständer vor den Kassen wie die Landkarte eines Playstationspiels in mein Hirn eingebrannt, und der leicht angerissene Bereich unter dem Knopf am Kittel des Verkäufers liegt vergrößert wie ein Strang der Dolomiten vor meinem geistigen Auge. Jetzt sind es nur noch zwei Schritte bis zu Susannes Auto, mit dem wir gekommen sind, einem alten, roten VW Golf 1, den sie für 250 Euro im Anzeigenmarkt erworben hat. Sie war fast schon enttäuscht, wie wenig sie daran nur noch reparieren musste. Beim ersten der beiden Schritte kommen die Gründe für und wider einer Initiative just hier vor dem Bauhaus noch einmal zum Foxtanzen zusammen, dann folgt der zweite Schritt, und Susanne zieht schon ihre Schlüssel aus der Hose. Ich fühle mich wie bei einem Adventure, wenn der Countdown läuft, man den Level auch bei einem Scheitern nicht wiederholen kann und der mögliche Handlungsstrang für immer verloren ist, wenn man jetzt nichts tut. Ich stürze vor Susanne, breite die Arme aus, sage »Warte!«, ziehe einen zerknitterten Zehneuroschein aus meiner Hosentasche und sage: »Könnt ihr vielleicht mit der U-Bahn heimfahren? Ist ein bisschen schwierig von hier aus, aber da vorne am Marktkauf ist eine Station.« Susanne mustert mich wie eine Züchterin, die sich fragt, ob der Kleine schon fruchtbar wird. Dann schmunzelt sie. »Ich ... wir brauchen den Wagen«, sage ich, und Caterina sieht über das Dach des Autos zu mir rüber, als wäre das ganz was Neues. »Weil ich dich einladen möchte«, sage ich zu ihr, und habe es nun also beiläufig und bestimmend quer über ein Wagendach geschleudert, wofür ich mich gleich schon wieder unter die Motorhaube legen könnte. Ich warte darauf, dass Caterina mich fragt, was mir einfiele, das einfach so zu beschließen und schon den Schlüssel zu fordern, als wenn sie gar nichts zu sagen hätte, aber sie sagt: »Einladen ist immer gut«, und legt die Hand auf die Klinke.

Ich sehe Susanne an und sage »Bigehaschüdamiabenu«, da ich die Syntax verloren habe, und sie lacht, gibt mir das uralte Teil mit dem schwarzen, großen Plastikkopf von VW und nimmt mir den Zehner aus der Hand. »Den brauchen wir aber auf, auch, wenn U-Bahn und Bus weniger kosten«, sagt sie und Hartmut hüpft hoch und sagt: »Automatenkakao! Automatenkakao!« Ich kenne komische Menschen, denke ich. Dann will ich die Fahrertür öffnen, sehe mich einsteigen und Caterina von innen über den Schalthebel gebeugt die Tür aufziehen, denke mir, dass das nur schnauzertragende Raucher machen, gehe um den alten Golf herum und öffne ihr wie ein Chauffeur die Tür. Sie wird ein bisschen rot, aber nur einen Hauch, und steigt ein.

Als ich den Motor anlasse, fällt mir wieder ein, dass ich noch gar nicht beschlossen habe, welches Café wir überhaupt anpeilen können. Ich fahre erst mal los, um das zu überspielen, und lenke uns vom Parkplatz. In der rechten Scheibe erscheinen die anderen und winken, dann bin ich auf der Straße Richtung Stadt. Caterina kramt in den Kassetten herum, die Susanne unter die Konsole gesteckt hat und steckt eine in den Rekorder. The Police. Sie strahlt und kurbelt ein wenig das Fenster herunter. In meinem Kopf springen wieder die gastronomischen Seiten an. Das Bermudadreieck ist zu gewöhnlich, das ist Standardprogramm, da führen solche Männer ihre Freundinnen hin aus, die sie in Gegenwart anderer »meine Perle« nennen. Ich brauche was Kleines, was Besonderes, einen Geheimtipp. Die Katzenstube findet sie bestimmt zu kitschig, außerdem ist der Chef aufdringlich. Das Clochard ist ganz okay, aber ganz okay reicht nicht, und außerdem könnte der Name in Anbetracht der Tatsache, dass ich offiziell ihr Trainer für Dequalifikation bin und sie auf Hartz IV ist, zynisch wirken. »Es ist rot«, sagt sie, und ich stimme ihr zu, als ich an der Kreuzung in die Bremse gehe. Ich grinse wie ein Zeichentrickkater, um mich zu entschuldigen. Sting singt »Message In A Bottle«. Ich denke kurz an die Cafeteria der Uni, wo Hartmut gerne sitzt und jungen Studenten den Situationismus erklärt, aber der Campus ist tabu, man nimmt so eine Frau nicht in ein Studentencafé mit. Das sähe ja so aus, als sollte es nur besonders günstig werden. Während ich so denke, fahre ich in die Innenstadt ein, komme auf den Ring und bemerke, dass ich mehr oder minder aufs Café Ferdinand hinterm Bahnhof abziele. Ein nettes Künstlerding, Schriftsteller treffen sich dort hin und wieder, sagt man. Ich kurbele und schraube mich ohne Servolenkung durch den Vormittagsverkehr von Bochum und merke, dass ich die ganze Zeit noch nicht mit ihr gesprochen habe, weil ich alle Hände voll mit Denken und Lenken zu tun habe, was mich noch nervöser macht. Caterina sieht aus dem Fenster und tippt recht abwesend den Rhythmus von Stewart Copelands Schlagzeugspiel auf dem Rahmen nach. Auf der Straße hinter dem Bahnhof kommt das alte Eckhaus des Cafés Ferdinand in Sicht und ich überlege, wo man hier parken könnte, ohne sich zu blamieren. Der Verkehr schiebt mich weiter, und ich will gerade in eine Seitengasse abbiegen, als ich mir denke, dass ich das nicht machen kann. Café Ferdinand in Bochum, das ist doch abgedroschen, das ist doch die letzte Notlösung von Stil, weil es hier sonst kaum Stil gibt, das macht doch jeder, das kann ich ihr nicht auftischen. Ich fahre weiter, anstatt anzuhalten, und biege an der Kreuzung ab. Caterina sieht kurz zu mir rüber, als hätte sie im Geiste schon den Cappuccino bestellt, aber dann zuckt sie mit den Schultern und sieht wieder hinaus. Ich werde wieder von innen rot, diesmal aber an den Füßen, meine Hände sind kalt, ich sehe gelbe Flecken, wenn ich für eine Sekunde die Augen schließe. Ich fahre schneller, da ich nicht weiß, wohin.

Nach einer Viertelstunde sind wir in Herne. Das Rot aus meinen Füßen ist mittlerweile an meinem Hals angekommen, doch ich versuche, mir nichts anmerken zu lassen. Die Umgebung draußen wird nicht besser, wir haben schon Castrop-Rauxel äußerst zügig hinter uns gelassen, doch auch Herne ist im Grunde nur eine einzige laute Frage, wann es endlich aufhört. Ein Eiscafé taucht einmal an einer Kreuzungsecke auf, eine Pizzeria hat ihre Tische rausgestellt. Was mache ich hier, denke ich, was soll das bloß werden? Caterina fragt mich nicht, sie wirkt ein bisschen so wie ich, wenn ich nicht mehr aus der Badewanne kommen will und mir die Zeit egal ist. Nicht, weil ich gut drauf bin, sondern weil ich mir wünschte, ich könnte die Entscheidungen endlich mal wieder anderen überlassen.

Auf Herne folgt Gelsenkirchen. Es fängt einfach so an. Es kommt nicht mal ein Meter grüne Wiese, auf der vielleicht ein Waldcafé stehen könnte oder ein See. Nix. Direkt Gelsenkirchen. Die Kassette springt aus, The Police haben anderthalb Alben gespielt, das Autoradio springt automatisch auf den WDR um. Es laufen die Nachrichten. Eine Nachrichtensprecherin sagt: »Am schlimmsten ist die Erwerbslosigkeit nach wie vor in Gelsenkirchen. 25 % sind hier ohne Arbeit, ein Viertel der Bevölkerung, besonders schlimm trifft es die Jugendlichen.« Caterina sieht zum Radio. Ich trete aufs Gas und hoffe, dass Gelsenkirchen gleich aufhört, es muss doch ein Café zu finden sein, das wirklich gut genug ist, ich hätte planen sollen wie auf der Playstation, da renne ich doch auch nicht einfach drauflos, zumindest nicht bei Abenteuerspielen, und Caterina ist ein Abenteuer, das größte Abenteuer, und ich mache hier so einen Blödsinn, kurve durch Herne und Gelsenkirchen, nach Gelsenkirchen kommt Bottrop, fällt mir gerade ein und ich habe es versaut, ich kann im Grunde einpacken, ich werde ihr niemals das rote Löckchen aus dem Gesicht streichen und mich ihren Lippen nähern dürfen. Die Nachrichtensprecherin sagt: »Besonders enttäuscht sind die Menschen hier vom Arbeitsamt, jetzt Agentur für Arbeit. Vermittlungsleistungen finden auch bei gut Qualifizierten nicht statt, Demütigungen sind an der Tagesordnung. Frauen sei schon gesagt worden: ›Wir haben keine Arbeit, warum werden Sie nicht schwanger?‹«

»Sag mal«, sagt Caterina, »gehört das hier zu meiner Dequalifizierungsmaßnahme?«

Ich stiere auf die Straße vor der Motorhaube und mein Kopf nimmt die Farbe einer blutroten Terrasse an, die mit Hochdruckreiniger abgespritzt wird. Ich sehe auf einem Schild, das zu einer Bundesstraße führt, ein paar Ortsnamen, die mir ländlich vorkommen, und biege ab, um wenigstens Bottrop zu vermeiden. Ich sage »Miu miu« und frage mich, was das nun wieder für Geräusche waren. Sie klingen, als würde ich mich auf dem Fahrersitz in ein kleines Küken verwandeln, das sich entschuldigt und um Verständnis heischt, und zu meinem Erstaunen zwingt mich Caterina nicht zum Anhalten, weil ich wahnsinnig bin, sondern sieht mich nur mit einem Blick an, den ich gar nicht mehr einordnen kann. »Miu miu« mache ich noch mal, und nach zehn Minuten verschwinden links und rechts die engen Bauten und wir fahren über Land.

Eine Dreiviertelstunde später habe ich genau wie Caterina das Zeitgefühl verloren. Nicht nur sie hat sich damit abgefunden, von mir zum Kaffeetrinken wahrscheinlich an die Nordsee kutschiert zu werden, sondern auch ich fühle mich nur noch wie von Susannes Golf gefahren. Am Straßenrand erscheinen ab und zu bemalte Holzschilder, die uns auf »Frische Kartoffeln« oder »Mittagstisch auf dem Hof« aufmerksam machen, aber ich kann sie doch nun auch nicht nach zwei Stunden Fahrt in ein Hoflokal irgendeines Bauern einladen, der uns womöglich Schweinshaxe auftischt. Caterina ist Vegetarierin, wie sie mir beim Playstationspielen erzählte. Ich habe keine Ahnung, wo wir sind, es muss irgendwo am Niederrhein sein. Der Golf wird schon wissen, was er tut. Sprit ist noch genug vorhanden, ich habe mit dem Zehner an Susanne ein gutes Geschäft gemacht. Ab und an mache ich »Miu miu«, sowie das Radio piept und nach den Verkehrsmeldungen die neuesten Arbeitslosenzahlen durchgibt. Caterina ist eingeschlafen. Ich drehe das Radio aus.

Gegen späten Mittag muss ich pinkeln. Es ist sicher der schlechteste Grund anzuhalten und sie womöglich in der Erwartung zu wecken, dass wir doch noch irgendwo angekommen sind, aber es muss sein. Ich fahre in einen Ort ein, auf dessen Namen ich nicht geachtet habe und finde nach wenigen Minuten einen riesigen Parkplatz. Ich fahre drauf, Kies knirscht unter den Reifen, und ich steige vorsichtig aus. Caterina schläft weiter. Ich laufe zu einem Busch, ziehe meinen Reißverschluss auf und lege vor Erleichterung den Kopf in den Nacken, als es fließt. Ich öffne die Augen, um in den blauen Himmel zu sehen. Ein paar kultivierte Herrschaften gehen an meinem Busch vorbei und ignorieren mich. Ich folge ihnen mit dem Blick und sehe, dass sie auf ein riesiges, altes, U-förmiges Gebäude zugehen, das einen idyllisch begrünten Innenhof umfriedet. Es sieht adelig aus, alt, friedlich. Es riecht nach Sonntagen, an denen es keine Fernseher gibt. Ich schließe meine Hose, frage mich, wo ich mir hier die Hände waschen kann, und sehe, dass Caterina aus dem Auto gestiegen ist und zu dem Gebäude hinübersieht.

»Das ist ja schön«, sagt sie und strahlt wie ein kleines Mädchen.

Ich gehe auf den Wagen zu und nicke wie bei der Bescherung.

»Das ist so süß von dir«, sagt sie und geht auf das Schloss zu. Ein weißes Schild verkündet »Cafeteria« und sie deutet fragend darauf. Ich nicke schnell, schließe den Wagen ab und gehe hinterher. Die kultivierten Menschen, die mich eben ignoriert haben, stehen an einer Kuchentheke und laden Kaffeetassen auf Selbstbedienungstabletts, Caterina nimmt ein Faltblatt in die Hand, das auf einer Theke liegt und runzelt die Stirn.

»Tee, Kaffee, Wein?«, frage ich, aber sie antwortet nicht und sieht nur zwischen dem Faltblatt und dem Raum hin und her. Dann geht sie auf der anderen Seite der Cafeteria hinaus und biegt in einen Flur ab. Ich weiß nicht, was es bedeuten soll, und folge ihr. Der Flur ist breit und es hängen ein paar große Bilder an den Wänden, ganz schön moderne für ein altes restauriertes Schloss. Ich biege um die Ecke und finde sie in einem quadratischen Raum, an dessen Wänden auch überall Bilder hängen, sogar mit kleinen Schildern daneben. In der Mitte steht eine große Skulptur. Sie dreht sich um und geht auf mich zu: »Das ist das Schloss Ringenberg«, sagt sie. »Ausstellungen, Galerien, überall Ateliers. Hier wollte ich immer schon mal hin und habe es nie geschafft.« Ihre grünen Augen mustern mich auf eine Weise, die wie Federn kitzelt. »Du listiger kleiner Videospieler, du. Da hast du dieses ganze Rumgegurke mit dem Auto nur inszeniert, um mich hiermit zu überraschen. Und dann der weite Weg …«

Ich bringe so schnell es irgend geht die neuen Fakten, die ich gewusst haben soll, zueinander. Schloss. Kunst. Kunst im Schloss. Falsche Fährte. Überraschung. Ich kriege es nicht ganz zusammen, aber ich spüre, dass es gut gelaufen ist.

Dann beugt sich Caterina vor, geht ein wenig auf die Zehenspitzen, gibt mir einen Kuss auf die Wange und sagt: »Bevor wir uns die Ausstellung ansehen, will ich aber wirklich erst mal was trinken.«

Als ich ihr zur Theke nachlaufe, habe ich das Gefühl, es wäre der erste richtige Weg meines Lebens.

Am späten Abend finde ich sie im Wohnzimmer. Sie hockt, die Beine angezogen, auf dem Sessel und starrt aus dem Fenster. Sie soll nicht so dasitzen, es passt nicht zu ihr. Ich frage mich, ob ich ein schlechter Mensch bin, weil mich ihre Traurigkeit mehr betrifft als der Bürgerkrieg im Sudan. Ich stehe vor ihr und weiß nicht, was ich sagen soll.

Sie spricht leise und sieht dabei weiter aus dem Fenster: »Das war so schön heute. Das kann ich wohl bald nur noch an Sonntagen machen. Und in der Woche bin ich Anstreicherin.« Sie soll so was nicht sagen. Es klingt, als sei jemand gestorben und man kann nichts Tröstendes mehr sagen.

»Sollen wir spielen?«, frage ich.

Sie lächelt ein wenig und rutscht vom Sessel auf den Flokati vor dem Fernseher. »Spielen!«, sagt sie und macht absichtlich eine Kinderstimme dabei. Meine Muskeln setzen kurz aus, und ich plumpse weich wie ein Stoffmännchen vor die Playstation. Als ich sie wieder bewegen kann, fummele ich *Azure Dreams* in die Konsole und starte die farbenfrohe, merkwürdige Märchenwelt, die für Caterina wie eine Mischung aus Dalí und Manga aussieht. Yannick springt hinzu und setzt sich auf die Kante des Tisches, auf dem die Technik steht. Sein Köpfchen verdeckt das linke Drittel des Bildschirms, als er sich die Bewegungen ansieht. Caterina strahlt wieder. Es reichen ein Spiel und ein Kater, damit sie strahlt, denke ich und frage mich, ob es je wieder dunkel werden kann.

Nach zwei Stunden bin ich mit Caterina völlig in Monsbaya, der Stadt aus *Azure Dreams*, verschwunden. Wir beraten über die besten Pflegemethoden für unsere süßen Monster, entdecken geheime Höhlen und machen unsere Spielfigur im Dorf beliebt. Erst als Caterina kurz auf Pause schaltet, um Yannick ein wenig zur Seite zu setzen, weil er den ganzen Bildschirm verdeckt, fällt mir auf, dass ich mit ihr spiele, als hätten wir hier schon seit Jahren zusammengesessen, und dass meine Hände warm genug sind, sodass unsere Figur nicht frieren muss. Als es mir auffällt, werde ich wieder nervös und konzentriere mich auf den Bildschirm, um nicht nachzudenken. Caterina findet einen Geheimgang, und plötzlich ertönt eine Fanfare und teilt uns mit, dass wir das Geheimnis des Landes gelöst hätten. »Das ist ja unglaublich«, sage ich, »so was gelingt sonst nie ohne Komplettlösung«, und Caterina springt auf und jubelt, tänzelt eine Runde über den Flokati und setzt sich wieder neben mich. »Bin ich gut?«, fragt sie und strahlt. Ich frage mich, ob das der Moment ist, wo ich etwas Passendes sagen und sie küssen darf, aber der Gedanke, dass es jetzt schon so weit sein könnte, löst in meinem Kopf eine Free-Jazz-Komposition von 42 Stimmen aus, die das Haus auf ein Gewinde setzt und mehrfach um mich herumdreht. Als das Haus wieder zum Stehen kommt, strahlt Caterina plötzlich nicht mehr. Schlimmer noch: Sie weint.

Jetzt ist es ganz still in meinem Kopf und kein Free Jazz tönt mehr. Auch das Bild steht still und Caterina sitzt darin, weinend, und ich weiß nicht, was man in so einem Moment tun soll.

»Ich will nicht dequalifiziert werden«, sagt sie zwischen den Tränen und zupft mit der rechten Hand filzige Bröckchen aus dem Teppich.

Sie schnieft und holt noch einmal brüchig Atem, dann bricht ein neuer Schwall aus ihr heraus, und mit ihm fließen die Worte »Ich will nicht aufhören zu malen!« auf den Teppich.

Ich sitze vor ihr und mache Sachen mit meinen Händen. Halbherzig knödelt sich ein »Du musst nicht aufhören zu malen« aus meinem Gesicht, das ich mir selbst nicht glaube. »Natürlich werde ich das müssen, wenn man sogar Sebastian immer noch den Philologen anmerkt, obwohl er bereits säuft wie ein Loch!«, sagt sie wütend. »Ich darf einfach keine Künstlerin sein. Wie konnte ich überhaupt je auf die Idee kommen?« Sie gibt sich selber kleine Ohrfeigen, und ich sitze auf dem Flokati vor ihr und mache den Mund auf. Ich weiß nicht, wie man sich verhält, wenn eine Frau, die es nicht verdient hat, so verzweifelt zu sein, vor einem neben der Playstation sitzt und sich selbst ohrfeigt. Ich sage »Miu miu«. Sie lässt die Hände sinken und weint wie nach einer erschöpfenden Fiebernacht. »Wenn ich so leben soll, kann ich auch gleich in den See steigen«, sagt sie und weint leise weiter. Ich habe mittlerweile den Kontakt zu meinem Körper verloren und sitze nur noch darin wie ein Kind, das sich in einer Statue versteckt. Ich fühle mich schuldig, weil ich es auf eine gewisse Weise anziehend finde, wie sie verzweifelt, weil es das so selten gibt: ein Mädchen, das einen Grund hat, traurig zu sein, und einen Mann, der sie trösten könnte. Aber um sie zu trösten, müsste ich meinen Körper bewegen können. Ich will die Lage nicht ausnutzen. Aber Nichtstun wäre sicher so falsch, als wäre ich damals geradeaus weiter nach Bottrop gefahren. In meinem Augenwinkel bewegt sich etwas. Ein Anglerhut erscheint im Fenster und Hans-Dieters Gesicht darunter. Er macht eine Geste, in der er seine Arme ausbreitet und den Kopf zur Seite legt. Ich denke nicht darüber nach, dass es normal ist, hier in sehr intimen Situationen vom Nachbarn beobachtet zu werden, denn Hans-Dieters Hinweis lässt meinen Körper wieder anspringen und mich allen Ernstes nach vorne zu Caterina bewegen und die Arme ausbreiten. Ich warte darauf, dass sie mir eine pfeffert, und höre Hartmut, wie er in meinem Kopf über Rollenklischees zu sprechen beginnt, aber noch bevor er seinen Vortrag beenden kann, spüre ich ihre feuchten Augen und die süße Spitze ihrer Nase auf meiner Brust, und ihre Arme, die sich um meinen Rücken legen. Mein Herz klopft so stark, dass Caterinas Köpfchen an meinem Brustkorb vibriert wie an der Fensterscheibe eines fahrenden Zuges. Hans-Dieter lächelt hinter dem Fenster und macht Streichelbewegungen mit seinen Händen. Ich streichele Caterina über den Rücken und kann nicht mal mehr atmen. Hans-Dieter variiert seine Pantomime, und ich zögere einen Moment, als ich sehe, was er mir vormacht. Er nickt wie ein Vater, um mir zu sagen, dass es okay ist, und ich mache es nach, meine Hand streichelt wirklich über Caterinas Kopf, ihre roten Haare gleiten durch meine Handfläche, ihre Nase auf meiner Brust, ihre Hände auf meinem Rücken, die nun auch dort ein ganz kleines bisschen zu streicheln beginnen. Ich muss ein schlechter Mensch sein, denke ich, ein wahrhaft schlechter Mensch.

Denn ein Moment, der mit der Traurigkeit eines Mädchens begonnen hat, ist zu dem glücklichsten meines bisherigen Lebens geworden.

DAS BRECHEISEN

»Es sieht ja jetzt so gemütlich aus bei uns! Sooo gemütlich!«, sagt Hartmuts Mutter ironisch und hebt das Weinglas mit ihrem »Ich kann dir sagen«-Blick. Kellner Franz bringt eine neue Runde Bier für die Männer. Zwischen den antiquarischen Möbeln der kleinen Bar tapst Frank Sinatra aus den Boxen. Hartmut hat mich zu seinen Eltern nach Wesel mitgenommen, die gerade umziehen und meine Arbeitskraft mit Restaurantgängen und Besuchen in dieser kleinen Bar bezahlen, die wie ein Antikladen aussieht und »Marlene« heißt. Das Institut muss für ein paar Tage ohne uns auskommen, und sollten in dieser Zeit neue Kunden vor der Tür stehen, sind immer noch Sebastian und Susanne da, um sie zu empfangen. Susanne hat ein exzellentes Händchen für die Einstufung der Klienten entwickelt. Jetzt im Moment bringt sie bestimmt wieder einem diplomierten Maschinenbauer das Schrauben an einer Kawasaki bei. Oder sie trainiert Caterina im Anstreichen, woran ich gar nicht denken mag. Ich frage mich, warum Hartmuts Eltern ausgerechnet jetzt umziehen müssen. Ich denke an Caterina, mein Mädchen vom See. Erst Berlin, jetzt Wesel. Ich will bei ihr sein.

»Aber unser Gast hier hat ja wirklich fleißig mitgeholfen«,

sagt Hartmuts Mutter zu ihrem Schwager und sieht stolz zu mir herüber. »Heute Nachmittag haben sie alle Bücherregale von der Wand geholt. Meine Güte, die sieht jetzt aus.« Hartmuts Mutter schlägt die Hände vor den Kopf und wirkt, als machte der Umzug größte Probleme. Dabei geht alles glatt. Das einzige Hindernis war die Diskussion über die 250 Romane von Willi Heinrich und Johannes Mario Simmel, die Hartmut mit auf den Trödelmarkt nehmen wollte. »Nein, ich stehe zu meiner Vergangenheit«, sagte Hartmuts Mutter und ließ sich nicht erweichen. Ich holte derweil neue Umzugskartons.

»Jetzt haben wir das Problem mit den langen Ösen in den Wänden, wo die Regale draufgeschoben waren«, sagt Hartmuts Mutter, als Sinatra den Raum verlässt und Lionel Richie über die alten Couchen schleicht. »Die kriegst du per Hand überhaupt nicht aus der Wand gedreht.« Hartmuts Mutter sagt jeden dieser Sätze so, als verkündete sie einen 22-stündigen Stau an der italienischen Grenze. Sein Vater sitzt neben ihr und lächelt still in seinen Bart. Schwager und Schwägerin zünden neue Zigaretten an und nicken.

»Archimedes!«, sagt Hartmut plötzlich und hebt ruckartig den Zeigefinger. »Archimedes!«

Er sieht in die Runde und trifft bei seiner Familie auf Unverständnis. Sie sind diese Ein-Satz-Kommentare nicht gewöhnt. Ich setze mein Glas ab, schlucke das kühle Altbier herunter und sage: »Hartmut meint, wir bräuchten bloß einen Hebel, um diese Ösen aus der Wand zu drehen. Eine Brechstange oder so was. Archimedes. Hebelgesetz.«

Die Gesichter erhellen sich. Lionel Richie wechselt in Dur. »Ahhhhh«, macht die Familie.

»Das haben wir doch bei uns im Keller«, sagt Hartmuts Onkel, der einen kleinen spitzen Kinnbart trägt und Black Sabbath hört. »Könnt ihr nachher mitnehmen.«

»Nix nachher, den nehmen wir sofort mit«, sagt Hartmut und springt auf. Seine Eltern sehen ihn an wie einen Deserteur. »Ja, was denn?«, sagt er, »sollen wir die Dinger erst morgen früh aus der Wand drehen? Morgen früh kommt der Möbelwagen, schon vergessen?« Die Mutter zuckt bei dem Gedanken einen Moment zusammen und trinkt einen Schluck Wein. »Wir machen das jetzt sofort eben fertig, dann ist es gemacht. Ihr könnt hier ja schön weiterfeiern. Gebt uns doch eben den Schlüssel, dann holen wir das Brecheisen und bringen ihn zurück.«

»Hier, kannst meinen haben«, sagt Hartmuts Mutter und drückt ihm ein Schlüsselbund mit allen Schlüsseln ihres Schwagers in die Hand. Es ist nichts Ungewöhnliches, dass sie Zugang zu allen Schwagerzimmern hat. Hartmuts Familie hat ein sehr enges Verhältnis. Seine Eltern beziehen jetzt die Wohnung neben Schwager und Schwester. Der Durchbruch durch die Gartenhecke ist schon gemacht. Selbst die Maulwürfe haben ihre Höhlen schon auf beide Gärten ausgebreitet. Hartmut nimmt den Schlüssel, lässt ihn klimpernd in die Tasche gleiten, trinkt sein Bier aus wie ein Manager, der noch eben einen Kaffee aus dem Plastikbecher nimmt, und zieht mich aus dem Ohrensessel der Antikbar. Ich seufze, stehe auf, verabschiede mich und höre, wie Lionel Richie den Raum sanft ausgesteuert Richtung Klo verlässt.

Der Keller von Hartmuts Onkel riecht nach lange abgestorbenen Duftbäumchen, die müde von der Decke hängen. Hartmut nimmt das Brecheisen, wirft es in einer Drehung in die Luft, fängt es wieder auf, klopft einmal damit vor einen alten Schrank und grinst mich an. Wir verlassen das Haus und gehen durch die kopfsteingepflasterte Straße in Richtung Dom. Hartmuts Familie lebt in einer kleinen Straße hinter dem Kornmarkt, Wesels kleinem Marktplatz, um den sich wie in Italien die Kneipen versammeln. Eine Häuserreihe weiter erhebt sich der Dom über den großen Marktplatz, an den ein Grieche, eine Eisdiele und die Nachbildung des alten Rathauses auf übergroßem Stofftuch angrenzen. Es wurde wie fast alles hier im Krieg zerstört. Es hat angefangen zu regnen, und unsere Jacken sind binnen Sekunden durchtränkt. Das Wasser auf Hartmuts Rücken glitzert im Schein einer Laterne.

Ich will vorschlagen, dass wir wieder reingehen, am besten in die Wohnung von Hartmuts Onkel, der sogar eine Playstation 2 besitzt und mit dem wir gestern Abend stundenlang *FIFA 2005* gespielt haben. Als er aufs Klo musste, haben wir kurz durch die Fernsehprogramme gezappt und Mario gesehen. Als Moderator auf Neun Live. »Kommt Leute«, hat er gesagt, »5000 Euro im Jackpot warten nur auf euch. Ein Griff zum Hörer, und das Geld hier gehört euch, wenn ihr wisst, mit wem Jennifer Lopez zuletzt verheiratet war. Alle Leitungen sind ein Treffer, hier kommt jeder durch. Ich glaub das ja nicht, dass ihr euch diese Chance entgehen lasst. Jetzt aber, Leute, greift zum Hörer.« Mario hat gelächelt bei seiner Moderation, aber so, wie die Tänzerinnen in Volksmusiksendungen lächeln, wenn sie in engen Kostümchen zu Marschrhythmen die Beine schwingen und den Rücken dabei gerade halten müssen, während alte Männer sie dabei mustern. Bis Hartmuts Onkel vom Klo wiederkam, hatte niemand unseren Mario angerufen. Ich musste an den Satz aus *Fear And Loathing In Las Vegas* denken. »Dies war das sechste Reich.«

Der Dom ist erleuchtet, und es ertönt leise die Orgel. »So fangen Horrorspiele an«, denke ich, und habe Lust, mich daheim vor die Playstation zu setzen. »Da ist ja Messe!«, sagt Hartmut, strahlt mich kurz an und rennt mit dem Brecheisen in der Hand auf den Dom zu. Ich laufe hinterher und finde Hartmut mit dem Ohr an die hohe, massive Tür gelehnt. »Wieso ist denn da um die Zeit Messe?«, fragt er und deutet mit dem Eisen auf die Tür. »Da muss ich mal gucken!«

»Hartmut«, versuche ich ihn zurückzuhalten, »lass doch die Leute. Da kannst du doch nicht mal eben gucken.«

»Es regnet«, sagt Hartmut und ist schon in das Gotteshaus geschlüpft. Ich schlüpfe nach.

Es ist voll im Hauptschiff. Studienräte in schwarzen Fleece-Mänteln und Omas stehen in den hinteren Bänken, vereinzelt fallen Kinder aus der Reihe und kriechen auf allen vieren zwischen den Füßen der Senioren herum. In dem kleinen Glaskasten, der den Eingang bildet, hängt ein Plakat mit der Aufschrift »Sozial- und Friedenstage«, einige Termine darauf. Der Pfarrer spricht würdevoll. Er sagt: »Daher ist es unsere Aufgabe als Christen, friedlich und entschlossen dem Ungeist entgegenzutreten, der den Gewinn von wenigen über das Wohl von vielen stellt und das Gegeneinander der Gemeinschaft vorzieht. Lasset uns beten in diesen schweren Zeiten, wo immer mehr Menschen sind ohne Arbeit und Brot und Obdach.« Hartmut steht neben den Bänken und starrt gebannt auf das Geschehen. Wie ein Kind, das noch staunen kann. Er tropft. Der Pfarrer bemerkt uns und sagt: »Kommt herein, die ihr seid in Not.« Ein Kind zeigt auf uns, tippt seine Mama an und sagt aufgeregt: »Schau mal da, Arme!« Eine alte Dame winkt Hartmut zu sich hin und nestelt ihre Geldbörse aus der Jacke. Ihre Finger zittern, als sie für uns einen kleinen Schein herausholen will, und Hartmut will ihr dabei helfen und hebt das Brecheisen, um es beiseite zu stellen. Die Rentnerin quiekt und reißt die Arme empor, dem Pfarrer entweicht ein »Großer Gott!« und das kleine Mädchen, das Hartmut eben noch für einen Obdachlosen gehalten hat und jetzt sehen muss, dass er ein Einbrecher oder Schlimmeres ist, schreit auf und versteckt sich hinter seiner Mama. Hartmut wird plötzlich gewahr, was für eine Figur er macht, er setzt ein nervöses Grinsen auf, fuchtelt mit dem Brecheisen herum, als wolle er sagen, dass er dieses Gerät nicht zum Morden in Gotteshäusern mit sich herumtrage, und bleibt mit der gebogenen Spitze in der Manteltasche der Rentnerin hängen. Die alte Frau quiekt noch schriller und dreht sich, Hartmut zieht panisch die Stange zurück, die Oma stürzt seitlich aus der Bank in das Kirchenschiff, wedelt mit den Armen, dreht die Pupillen nach oben und ruft: »Jesus! Jesus!« Hartmut fällt mit, fummelt hektisch sein Brecheisen aus dem Rentnerinnenmantel, blickt kurz wie ein Notarzt auf die klagende Frau, fasst sie einen Moment an den Schultern wie jemand, der sich vergewissert, dass alles in Ordnung ist, springt dann auf und rennt Richtung Tür. »Komm schon!«, brüllt er, und ich wache aus meiner Starre auf und verstehe, dass ein Verbleiben zwischen den Gläubigen ungünstige Konsequenzen haben könnte. Als ich durch die von Hartmut aufgehaltene Kirchentür stürze, höre ich noch, wie der Pastor »Ruft die Polizei!« in die Menge schreit.

Vor dem Dom zerrt mich Hartmut nach rechts, überquert mit mir die Straße und rennt in eine kleine Gasse hinter dem katholischen Krankenhaus. Wir verstecken uns in einer Einfahrt zu einem Hinterhof und atmen erst mal durch. Polizeisirenen ertönen. Die Wache ist nicht weit.

»Was jetzt?«, sage ich.

Statt einer Antwort sucht Hartmut mit den Augen den Hinterhof ab. Ich folge seinem Blick und sehe, wie er an einem abgestellten Opel hängen bleibt. »Wir müssen hier weg«, sagt er, stößt sich von der Wand ab und robbt wie ein Soldat auf das Auto zu. Ich folge ihm in derselben Weise. Es ist Samstag, und ich robbe in einem Hinterhof in soldatischer Deckung auf einen alten Opel zu. Dies wiederum bedeutet, dass ich Hartmuts Umwertung dieses fremden Besitzes in einen potenziellen Fluchtwagen im Geiste bereits mitgemacht habe. Wir liegen auf dem Bauch im Regen vor dem Wagen, und Hartmut rüttelt an der Klinke. Abgeschlossen. Ich deute auf das Brecheisen, ohne wirklich zu glauben, dass ich das tue, doch Hartmut schüttelt mit dem Kopf und zeigt mit der Nase zu einem Fenster über uns. Schalke-Schals hängen dort, Schalke-Glasmalereien, Schalke-Flaggen. Ich sehe ihn fragend an, er deutet wieder zum Wagen, und ich zucke ein wenig zusammen. In dem alten Opel hängt ein Schalke-Teddy, Schalke-Sonnenblenden kleben in den hinteren Fenstern, Schalke-Aufkleber zieren das Heck. »Nein«, zische ich durch die Zähne, doch Hartmut läuft bereits in geduckter Haltung auf die Tür zu, die zum Hof rausführt, und hat allen Ernstes das Brecheisen gezogen. Als Hartmut schon im Hausflur verschwunden ist und sich an der Wohnungstür des Schalke-Anhängers zu schaffen macht, bleibe ich noch einen Augenblick im verregneten Hof stehen. Wir brechen also an einem Wochenende, an dem wir Hartmuts Eltern beim Umzug helfen, in eine Wohnung ein, um dort einen Autoschlüssel zu finden, um nicht in einen Wagen einbrechen zu müssen. Ich muss das nur geistig ein wenig nachhalten, dann komme ich damit auch klar.

Hartmut bricht mit dem Eisen die Tür auf. Der Zweck des Brecheisens ist schon so selbstverständlich in Hartmuts Handlungen übergegangen, dass er daran scheinbar nichts Ungewöhnliches mehr findet. Der Mann ist zum Glück nicht zu Hause, die Wohnung ist wüst und leer, aus einer umgekippten Flasche tropft Hochgeistiges auf den Teppich. Hartmut sucht in Buchklappen, Sammeltassen und Couchritzen nach dem Autoschlüssel. Ich nehme ihn vom Schlüsselbrett und klimpere Hartmut damit zu. Wir treten wieder in den Regen hinaus und ich öffne den Wagen. »Warte, erst schauen, ob die Luft rein ist«, sagt Hartmut, hüpft zur Durchfahrt und streckt den Kopf auf die Straße. Als er zurückkommt, fuchtelt er mit den Händen und ruft: »Sie haben mich gesehen! Sie haben mich gesehen!« Als wir mit dem Wagen aus dem Hof schießen, passieren wir knapp die Traube aus Polizisten, Studienräten, Messdienern und dem Pastor. Im Rückspiegel erkenne ich für einen Moment die Oma mit dem zerrissenen Mantel. Dann biege ich auf die Ausfallstraße Richtung Stadtrand ein und gebe Gas.

Bis zur Rheinbrücke sagen wir nichts. Ich spüre, dass Hartmut mein Schweigen als Vorwurf deutet. Es ist still im Wagen, bis auf das Brummen der alten, stinkenden Lüftung, aber in Hartmuts Kopf sage ich wohl gerade: »Aha. So läuft das also. Nur ein bisschen beim Umzug helfen. Lecker Essen. Antike Weinstube. Und jetzt hängen wir hier in einem gestohlenen Opel und flüchten vor der Polizei, weil sie dich für einen irren Hakenmörder halten, der die heilige Messe stürmt.« Aber das denke ich gar nicht. Ich konzentriere mich aufs Fahren. Ich erinnere mich an die Sommerferien, als wir an den Ruinen der alten Rheinbrücke getrunken haben. Auf der Rheinbrücke sage ich Hartmut, dass er sich festhalten soll, biege am Ende ruppig in einen Kiesweg ein und bringe den Wagen in einer Menge Gestrüpp zum Stehen. »Raus, raus!«, sage ich. Wir verlassen den Opel und hören bereits die Polizeisirenen auf der Brücke. »Wo laufen wir hin?«, jappst Hartmut. »Die alten Brückenpfeiler, weißt du noch?«, sage ich und ziehe ihn an der Jacke weiter. Äste knacken unter unseren Füßen, und der Boden riecht nach Regen und Moder. Die Sirenen nähern sich. »Schnell!«

Wir erreichen den mächtigen, alten Pfeiler und drücken uns an die bemooste Wand, auf die Geräusche der Straße lauschend. Hartmut tippt mir auf die Schulter und flüstert: »Hey, hier ist was.« Ein Flackern wie von Lagerfeuer kommt aus dem Inneren des Pfeilers, und als die Sirenen an dem Kiesweg vorbeirasen und weiter auf der Landstraße Richtung Autobahn verschwinden, hören wir das dicht gepresste Scheppern eines Kassettenrekorders und vereinzelte Stimmen. Ein Schatten erscheint kurz in dem Flackerlicht auf der Mooswand. Dann schlüpft Hartmut hinein.

Ich brauche wieder einen Moment, um zu sortieren, was ich sehe, und spreche es im Stillen vor mich hin. »Okay«, sage ich mir, »da hocken also ein Dutzend junge Leute in schwarzem

Leder mit kalkweißen Gesichtern und schwarzen Augen um ein brennendes Pentagramm herum und schauen zu einem muskulösen Kerl mit langen Haaren, der irgendetwas Blutiges mit einem toten Huhn anfängt. Satanisten halten also eine schwarze Messe im alten Brückenpfeiler. Gut, das habe ich jetzt. Sehen wir weiter. Hartmut steht vor dem verschworenen Kreis wie ein ungeladener Gast vor einer Hochzeitsgesellschaft und wird langsam bemerkt. Der Priester lässt das blutige Huhn sinken und sieht ihn an. Hartmut hält immer noch das Brecheisen in der rechten Hand. Er muss es bislang nicht einmal abgelegt haben. Plötzlich hebt er es wie ein Lehrer seinen Zeigestock, zeigt auf den kreischenden Kassettenrekorder in der Ecke und sagt: »Leck mich am Arsch, das ist die erste Platte von Morbid Angel.« Die Satanisten sehen ihn an, ich sehe ihn an. Keiner sagt etwas. »Ja, Mensch, die erste Morbid Angel. Ich höre nicht oft Black Metal, aber die hatte wirklich ihre Bedeutung! Eigentlich war es aber natürlich Grindcore und Teil einer Bewegung, die mit ihrer Oberfläche von Gore und Splatter nur verstanden werden kann, wenn man versteht, inwiefern diese Effekte als Zeichen eingesetzt wurden, um …«

»Hartmut!«, sage ich.

»Wir feiern hier eine Messe!«, sagt der Priester.

»Ich mein ja nur«, sagt Hartmut.

Wieder schweigen alle.

»Wollt ihr das Huhn auch essen?«, fragt Hartmut.

Ich sehe, wie der Priester unter der weißen Schminke rot anläuft, packe Hartmut und ziehe ihn aus dem Pfeiler. Wir rennen wieder zum Wagen, knallen die Türen zu und sehen uns kurz an. »Wohin jetzt?«, fragt Hartmut.

»Die Bullen sind zur Autobahn gefahren«, sage ich.

»Also wieder zurück in die Stadt?«, fragt Hartmut.

»Wir müssen den Wagen loswerden!«, sage ich.

»Die alte Linde«, sagt Hartmut.

Die alte Linde ist eine verfallene Kneipe kurz vor der Brücke, die von Hausbesetzern bewohnt wird, von denen Hartmut ein paar noch aus der Schulzeit kennt. »Hoffen wir, dass sie da sind«, sage ich und lasse den Motor an.

Sie sind da. Wir dürfen den Wagen gut versteckt hinter dem Haus abstellen, das von ungepflegten Büschen umwachsen ist, diesem Gestrüpp mit den weißen Knallerbsen dran, die nie wirklich knallen und giftig sind, wenn man sie schluckt. Im Inneren des Hauses sind dreckige Matratzen ausgebreitet, und die feuchten Wände riechen nach Schimmel. Bierkästen stehen im Raum, und eine Schreibtischlampe auf der Fensterbank beleuchtet die Poster und wenigen Möbel. Auch hier scheppert ein Kassettenrekorder. U. K. Subs. Die Leute hängen auf der Erde herum und kiffen. Simon, der uns hereingelassen hat, zeigt auf ein paar Kisten und bietet uns Bier an. Ich merke, dass Hartmut sich nicht vorstellen konnte, dass seine alten Kollegen so sehr heruntergekommen sind. Wenn Hartmut ein Haus besetzen würde, würde er es erst mal renovieren. Wir setzen uns und öffnen zwei Flaschen. Das Bier ist gut und kalt. Ich greife in eine herumliegende Tüte Chips, stecke ein paar in den Mund und merke, dass sie einen Pelz haben. Eine Spinne hangelt sich altersschwach die Matratze hoch. Auf der Kassette brüllen jetzt Discharge. Ich kriege langsam Kopfschmerzen.

»Euer Kofferraum steht offen«, sagt Simon, der melancholisch an der Haustür steht und in den Hinterhof guckt. Hartmut und ich reagieren kaum, halten unsere Flaschen in der

Hand und starren auf den Boden. Ich glaube, uns ist langsam alles zu viel. »Soll ich ihn eben zumachen?«, fragt Hartmuts Kumpel, und Hartmut nickt leise. Discharge sind schon wieder fertig, und The Clash spielen »Pressure Drop«. Nach einer Minute erscheint Simon wieder in der Tür, sieht uns an und sagt: »Euch ist schon bewusst, dass bei euch eine Leiche im Kofferraum liegt, oder?«

Eine kiffende Punkerin hebt leicht den Kopf. Sie hat verfilzte Rastas und trägt ein Crass-Shirt mit abgeschnittenen Armen. Mein Blick hält sich an der Wand fest, während ich das Gehörte verarbeite. »Demo am Hauptbahnhof«, steht da auf einem Plakat. Wir haben eine Leiche im Wagen. Hartmut steht seufzend auf, als hätte ihm jemand gesagt, dass der Kühlschrank wieder ausgefallen ist, und geht hinaus auf den Hof. Ich bleibe sitzen und beobachte ihn durch die Tür, sehe, wie seine Silhouette sich über den Kofferraum beugt, er sich wieder umdreht, den Raum betritt, mich ansieht und sagt: »Simon hat recht.« Jetzt stehe auch ich auf und sehe mir das Ganze an. Im Kofferraum liegt ein Mann mit Schnurrbart, eingepackt in Fankluft von Schalke 04, die Augen geschlossen und in eine Decke gewickelt. Der Kofferraum hat innen einen Griff. Der nützt ihm nun auch nichts mehr. »Also, ich will ja nichts sagen«, sagt Simon, »aber wenn die Bullen auf unserem Hof ein Auto mit einer Leiche finden, machen sie uns den Laden hier erst recht dicht ... also, Hartmut ... bei aller Liebe.« Hartmut nickt Simon zu, sagt: »Wir fahren schon«, und winkt mir mit seinem Brecheisen, dass ich einsteigen soll. Die Punkerin sieht von Hartmut mit seinem Brecheisen zum Kofferraum und dann wieder zu Hartmut. Ihre Augen weiten sich.

Wir fahren mit der Leiche aus der Stadt und folgen dem Rhein in die nächsten Nachbarorte. Die Landstraße ist dunkel, die Polizei nicht zu sehen. Wir halten an den alten Brückenköpfen, an denen den Alliierten 1945 der Durchbruch gelungen ist. Es gibt hier keine Laternen, die Wohnhäuser sind fern und schwarz. Ich fahre das Auto rückwärts den Hang hinunter, wir handeln schnell und schweigend, der Ernst der Lage erlaubt es nicht anders. Wir horchen einen Augenblick, um uns zu versichern, dass uns niemand gefolgt ist. Ein Frachtschiff schiebt sich über den Fluss. Wir warten, bis es außer Sicht ist. Dann holen wir die Leiche in den Decken aus dem Kofferraum.

»In den Fluss?«, frage ich.

Hartmut nickt und setzt den Mann ab. »Wir müssen ihn irgendwie beschweren.«

»Aber was ist mit dem wahren Mörder?«, frage ich. Hartmut guckt wie ein Metzger, der seinen Beruf auch nicht toll findet, und sucht nach schweren Steinen. Ich sollte bei Caterina sein. Stattdessen stehe ich mit Hartmut am Rhein und muss eine Leiche verschwinden lassen. Er seufzt und steht einen Moment ratlos am Wasser. Wie beim Umzug. »Hier wurde der Krieg entschieden«, sagt er und sieht mich an wie jemand, der sein drittes Auto reklamiert.

»Ich weiß«, sage ich. »Sie haben die Stadt zu 98% ausgebombt.«

Hartmut hebt den Kopf und guckt wie einer, dem jetzt eh alles egal sein kann. »Ja«, sagt er mit seiner Keckerstimme, »simplify your Wohnraum. Der Trend kommt von drüben.« Ich sehe uns schon im Gefängnis. Wenn Hartmut da so redet, haben wir echt Probleme. Hartmut nimmt einen Stein, als unter der Schalkedecke ein Brummton erschallt. Die Leiche bewegt sich zuckend, dann öffnet sie klebrig die Augen: »Kalt hier! Mann!«

Ich schreie kurz auf, Hartmut macht einen Schritt ins Wasser. Die Leiche rappelt sich ein wenig hoch und dreht sich dann zur Seite in die Embryohaltung. »Sag ihm, ich bin nicht da!«, sagt die Leiche. Dann schnarcht sie.

Hartmut blickt auf den Mann am Rheinufer und hebt seinen Fuß aus dem Fluss. »Der hat in seinem Kofferraum geschlafen«, sagt Hartmut.

»Sachen gibt's«, sage ich.

Wir verlassen das Ufer, gehen eine halbe Stunde spazieren, kehren dann zum Strand zurück, wecken den Mann und fragen ihn, ob alles in Ordnung sei. Er sieht sich um, begreift, wo er ist, schaut auf sein Auto, auf uns, auf die Nacht.

»Haben dich deine Fußballkollegen aber mal ganz schön verarscht, was?«, sagt Hartmut. »Ich kannte bislang nur das Spiel, Besoffene zu dekorieren, aber sie an den Rhein zu legen, das ist neu!« Wir helfen dem Mann auf, und er weiß nicht, ob er den Streich, den ihm seine Freunde gespielt haben, witzig finden soll. Dann bietet er uns an, uns nach Hause zu fahren, aber wir lehnen dankend ab und sagen, dass wir hier oben in Bislich wohnen. Kaum, dass er weg ist, nehmen wir den Nachtbus, fahren in die alte Wohnung von Hartmuts Eltern, drehen die Regalösen aus der Wand und kehren mit dem Brecheisen in die Antikbar zurück. Es ist halb drei. Hartmuts Familie sitzt immer noch um den Tisch herum, Charles Aznavour streckt seinen Kopf aus den Boxen und läuft weich durch die Bar. Wir setzen uns, und Hartmuts Vater bestellt uns zwei Bier.

»Habt ihr's geschafft?«, fragt Hartmuts Mutter.

Hartmut nickt.

»Ach ja«, sagt seine Mutter, »was Stressigeres als so einen Umzug kann man sich überhaupt nicht vorstellen, oder?«

Hartmut bekommt sein Bier, trinkt, leckt sich den Schaum von der Lippe und schüttelt den Kopf.

COUNTDOWN

Ich wache auf und sehe in die grünen Augen von Caterina. Die Sonne scheint in meine zwei Fenster, als hätte ich eine Glasfront in Malibu. Ihre Hand liegt auf meinem Oberschenkel, ihr Kopf in meiner Armbeuge. Ich kann das alles nicht glauben und es ist mir peinlich, dass ich schon wieder so erregt darüber bin, dass sie bloß ihre Hand ein wenig nach links schieben müsste, um unanständigen Tastkontakt zu haben. Ich habe alles vergessen und weiß doch mehr als je zuvor. Ich will ihr sagen, dass ich nicht verdient habe, dass ich neben ihr in meinem Bett aufwache und sie mich anstrahlt. Sie bewegt ihre Hand tatsächlich ein wenig nach links und schließt halb die Augen, um mich zu küssen, als plötzlich draußen vor dem Fenster Wasser aufsteigt, als versänke unser Haus im Meer. Sie bemerkt es nicht, aber das Wasser steigt weiter und weiter, dreckige Strudel tauchen darin auf, ein paar Plastikflaschen und verrottetes Treibgut. Dann sinkt von oben eine Leiche in das steigende Wasser hinab. Das Wasser steigt, die Leiche sinkt, sie trägt Schalke-Klamotten. Caterina gibt mir ihre Zunge, als sei hinter ihr nichts los, die Leiche dreht sich und sieht mich an. Dann wache ich auf.

Ich stehe auf und reibe mir die Augen. Draußen zwitschern Sonne und Vögel und reden einem ein schlechtes Gewissen ein, dass man drinnen herumliegt, auch wenn man frei hat. Ich greife in einen Wäschehaufen und ziehe mir eine halblange Hose aus schwarzem Stoff mit Gummizug über, die nur damals deswegen 55 Mark gekostet hat, weil NOFX vorne draufstand. Die letzten beiden Buchstaben sind abgewetzt, jetzt steht da nur noch NO. Ich sollte meine Garderobe überarbeiten, denke ich mir. Das hier hat eine Frau nicht verdient. Ich kriege wieder Herzklopfen. Ich will wieder ins Bett. Stattdessen öffne ich die selbst gebaute Zimmertür. Im Wohnzimmer steht Bernd, der den Job bei der Lokalzeitung bekommen hat. Er liest Hartmut den Entwurf für einen Artikel vor. Hartmut lauscht, eine Banane in der Hand. »Hör mal, wie findest du das?«, fragt Bernd. »Bei der diesjährigen Jahressitzung des Jugendsportverbandes Rhein-Ruhr betonte Vereinschef Uwe Sandler die immense Bedeutung des Breitensports für den sozialen Frieden in Deutschland und die psychologische Entwicklung der Jugendlichen, die entgegen des sozialdarwinistischen Images des Sports gerade zur Förderung von Kooperation und Miteinander beiträgt.«

»Das ist prima«, sagt Hartmut, Banane kauend. »Für eine Diplomarbeit.« Bernd lässt die Schultern sinken. Dann sagt er: »Vereinssport macht friedlich.« Hartmut steht still, die Banane im Mund. Er grinst. Bernd lernt.

Ich mache mir einen Kaffee und beschließe, in den Garten zu gehen. Ich bleibe barfuß und gehe mit der Tasse in der Hand ums Haus, Kiesel pieksen in meine Füße, aber der Boden ist warm wie ein Körper. Auf dem Weg zum Garten komme ich an der Scheune vorbei. Die Tür steht offen und Susanne übt mit Caterina an einer Wand aus Restholz das Anstreichen von Tapeten. Daneben steht ein alter Heizkörper mit Lack. Ich stehe in der offenen Tür und sage: »Du bist hier ...«

Im Radio läuft Farin Urlaub. »Wir wollten dich nicht wecken«, sagt Caterina und lächelt. Ich möchte ihre Übungswand kaufen und sie ausstellen. Ich mache Laute. Susanne schaut durch die Wand der Werkstatt in die Richtung unseres Gartens. Niemand sagt was. Farin singt: »Es ist egal, was du bist, Hauptsache ist, es macht dich glücklich.« Ich deute zum Garten und sage: »Ich lasse euch dann mal ...« Sie lächeln. Susanne rührt Farbe. Ich laufe an Hans-Dieters Anbau vorbei über den alten Garagenhof zum Garteneingang. An dem halbrunden Bogen über dem Weg hängen schwarze, vertrocknete Ranken. Ein paar Bodenplatten sind unter Moos und Krümeln von den Bäumen zu erkennen, Wurzeln drücken den brüchigen Beton nach oben. Zwischen zwei Kiefern hängt Hartmuts Hängematte. Ich lege mich hinein, trinke den Kaffee und schaue in die Wipfel der alten Bäume. Das Licht bricht sich in ihnen, ich rieche Rinde und Moder. Der Moder kommt aus dem Gartenteich, der mit einer schwarzen Plane abgedeckt ist, die an Streben aus faulem Holz getackert wurde. Ich trinke Kaffee, ohne den Mund zu benutzen, und zucke zusammen, als es auf meinem T-Shirt schwarz und heiß wird. Ich muss an Caterina denken, die dreißig Meter hinter mir in der Scheune eine Übungswand anmalt. Ich sehe den Pinsel in ihrer Hand, ihr Handgelenk, einen winzigen Spritzer Farbe neben ihrer Nase. Was machen wir aus neulich Abend? Was denkt sie gerade? Ich versuche, mich zu entspannen, und will mich mit meinem Blick in den Wipfeln der Kiefer verlieren, aber es verliert sich nichts. Meine Brust ist kaffeefeucht. Plötzlich höre ich Geräusche hinter den Büschen. Es klingt wie ein dumpfes Schlagen, als klopfe jemand mit Stöcken auf harten Boden. Menschen japsen. Mein Herz pocht. Das müssen Halluzinationen sein. Es klopft. Eine Stimme sagt was in einer fremden Sprache. Es ist, als hörte ich Geräusche aus einer anderen Dimension, die in unseren Garten hereinragt. Ich werde starr in der Hängematte, wie ein Brett, das jemand zwischen die Bäume geklemmt hat. Ich stehe auf und gehe auf das massive Gestrüpp zu. Ich atme nur gelegentlich, damit ich mich nicht verrate. Dann schiebe ich das dornige Gebüsch zur Seite und schreie kurz auf.

Im hinteren Teil unseres Gartens wurde das Gewächs entfernt und ein kleiner Acker angelegt. Vier Reihen Erde, geschichtet in kleinen Wülsten. Ein sehr großer Mann mit schwarzen Brauen steht vor mir und kommandiert acht kleine Studenten, die Spargelstechen üben. Ich schiebe den Busch wieder zurück, und der Riese verschwindet samt seiner Sklaven. Ich gehe langsam zum Eingang des Gartens und verdränge das Gesehene, bis ich wieder darüber nachdenke, was ich tun könnte, um zu wissen, ob dieses Mädchen dort hinten in der Scheune mich wirklich möchte oder nicht. Ich schiebe beim Denken meinen Fuß unter das verfaulte Schutzplanenkonstrukt des Teiches und hebe es an. Ein Gestank wie von 2000 Gnu-Kadavern streckt seine langen, wehenden Arme heraus und gibt mir mehrere Ohrfeigen, bis ich die Plane wieder ablasse. Ich lehne mich an eine Kiefer und spiele mit dem Finger in der Rinde herum. Harz läuft heraus und umschließt meinen Finger. Ich komme nicht mehr los und werde rot, weil ich nicht dabei gesehen werden will, wie mich ein Baum gefangen hält. Dann bricht mein Fingernagel ab, und ich zische kurz. Ich gehe langsam wieder zum Haus und warte, ob mir bis zum Scheunentor vielleicht Ideen kommen. Ich sage mir nur, dass ich sie jetzt ohnehin nicht fragen könnte, da sie beschäftigt ist. Ich gehe am Tor vorbei, und die Frauen hocken vor dem Übungsheizkörper, den Caterina rot lackiert. In der Ecke steht ihre eigentliche Staffelei angelehnt, ohne Bild darauf, ohne Leinwand, ohne Kunst, beleidigt.

Jetzt habe ich eine Idee.

Noch zwölf Stunden.

Ich liege auf meinem Bett und piddele mit meinen Fingern an der leuchtenden Kette aus Plastikblumen, stoße sie im Takt gegen die Wand.

Ich habe alles mit Susanne und Hartmut besprochen, alles vorbereitet. Es kostete mich ein Viertel von allem, was noch auf dem Konto war, und somit kostete es auch Hartmut ein Viertel, aber das war okay. Es muss jetzt nur funktionieren.

Noch zwölf Stunden.

Ich stecke meinen Fuß aus der Decke und drehe sie zwischen meine Beine ein, lege mich auf die Seite und presse mein Gesicht ins Kissen. Ich drehe mich wieder auf den Rücken und lege den Kopf schräg nach hinten für maximale Luftzufuhr. Ich zähle alle Straßen in Bochum auf, die mit P anfangen. Ich stelle mir vor, ich sei ein Kumite-Kämpfer in Hongkong und müsste gegen Chong Li antreten. Ich rufe mir den Lageplan von *Dino Crisis* ins Gedächtnis und zähle chronologisch die ersten fünf Jump'n'Runs auf, die für die Playstation erschienen sind. Es müsste mit *Jumping Jack Flash* anfangen. Dann *Rayman*? *Pandemonium*? *Crash Bandicoot*? Ich kriege es nicht zusammen. Und vor allem: Ich werde dadurch nicht müde. Ich lasse die Beine aus dem Hochbett fallen und warte, dass sie meinen Körper hinterherziehen. Ich öffne die Spanholztür zum Wohnzimmer. Es ist still. In der Küche brennt Licht über der Spüle, unsere Notbeleuchtung, die immer an ist, da nachts schon zu viele Knöchel und Jochbeine angeschlagen wurden. Ich gehe ins Bad, lasse ein wenig warmes Wasser ins Becken laufen und fülle Wiesenkräuterduschgel hinein. Ich bleibe ein paar Sekunden mit der Nase über dem Wasser und atme, bevor ich es mir ins Gesicht schaufle. Noch 11 Stunden und 50 Minuten. Es kommt mir alles ein wenig unwirklich vor. Ich habe Hartmut nicht gefragt, ob er einen groben Riesen eingestellt hat, um hinter den Büschen in unserem Garten Spargelstecher zu züchten. Hinter der Tür höre ich, wie Kichern und Flüstern sich mit langem Einatmen abwechselt. Wie ein Morsecode. Kurz, kurz, lang, kurz. Das Einatmen nimmt auf beiden Seiten zu, es ist diese Art von Atmen, die sagt: »Oh, mein Gott, wir tun es wirklich.« Ich lasse das Wasser mit dem Wiesenextrakt ab und gehe in den Flur. Das kann ich mir nicht auch noch geben. Hartmut und Susanne lassen sich Zeit, wenn sie gut drauf sind, und bei meinem Pech sind sie es. In zwanzig Minuten höre ich sie bis in meinen Flügel, und wenn ich Pech habe, treiben sie es gleich mehrfach. Ich nehme mir einen Kapuzenpulli aus dem Haufen neben dem Altpapier und ziehe mir meine Turnschuhe an. Als Kind habe ich mir immer vorgestellt, wie es wäre, wenn man einfach draußen rumlaufen dürfte, wenn man nicht schlafen kann. Jetzt kann ich es. Ich öffne die Tür und schleiche aus dem Haus.

Ich gehe nach links die Wiemelhauser Straße hinunter. Die Luft ist gut und die alten Bäume am Straßenrand geben ihr Aroma. Hinter manchen Fenstern ist noch Licht, aus dem ein oder anderen Garten hört man das Klimpern von Gläsern und leise Musik. Ich passiere die Freie Schule und gehe weiter die Straße hinunter bis zu dem italienischen Restaurant auf der Ecke, in dem ein Rudel Frauen sitzt, die meine Mutter »Clübchen« nennen würde. Ich biege ab und überquere die Königsallee.

An der Tankstelle stehen zwei tiefergelegte Corsas mit Breitreifen vor der Säule mit Luft und Wasser. Ein paar junge Männer stehen daneben. Sie tragen weiße Hosen mit vielen Schlaufen und Kettchen über dunklen Pullis. Ihre Freundinnen sind stark geschminkt, haben Ohrringe, die so weit sind wie Armreifen, und stecken sich Zigaretten in ihre roten Münder. In den Boxen der Corsas klingt gerade ein künstliches Drumbecken aus, bevor mit einem dramatischen Zischgeräusch erneut die Bassdrum einsetzt und sofort vier Töne über das monotone Gestampfe gesetzt werden. Es macht: »Ieeh-iehh-öhh-öhh-ieh-ieh-ieh-ieh-öhh-öhh-ieh-ieh-ieh-ieh-öh-öh-ieh-ieh-ieh-ieh-öh-öh.« Ich überlege einen Moment, ob ich die Straßenseite wechseln soll und sehe beim Laufen auf meine Schuhe. Eine der Geschminkten bemerkt es und ruft zu mir herüber: »Hey, Kleiner, darfst du so spät nachts noch raus?« Ihre Stimme klingt wie eine weggeworfene Dose ohne Pfandwert. Ich ignoriere sie und laufe schneller. »Willst du ficken?«, ruft mir die andere nach, und alle lachen gemeinsam, als sei der Abend gerettet.

Ich passiere die kleine Kneipe, die auf tropisch macht, und sehe ein paar lachende Menschen hinter den Fenstern sitzen, die meinem Chef Stolle ähneln. Es sind keine besonderen Leute, aber ich würde am liebsten hineingehen und sie für ihre bloße Existenz umarmen, weil ich nach solchen Begegnungen wie eben an der Tankstelle immer sehr leutselig werde, sobald mir wieder vollwertige Menschen begegnen. Ich gehe weiter und finde mich neben der alten Mauer wieder, die unten auf der abfallenden Prinz-Regent-Straße am Eingang zur Zeche endet. Ein Windstoß trägt bekannte Geräusche zu mir herüber. Es scheint Betrieb zu sein. Ich gehe einen Tick schneller und finde tatsächlich Menschen auf dem Parkplatz vor dem Konzertbau, während drinnen laute Rockmusik gegen die Wände drückt. Hartmut und ich fahren öfter hier runter, setzen uns auf einen kleinen, ungenutzten Verladevorsprung vom Gebäude gegenüber und sehen uns die Menschen an, die bei den Konzerten aus- und eingehen. Hinter der Zeche öffnet sich der riesige Parkplatz aus Kies und Erde. Ich höre, dass auch dort etwas los ist. Musik und Stimmen, geöffnete Autotüren und VW-Busse, aus denen es bollert, fast wie bei einem Festival, nur ohne Zelte. Ich sehe an der Zeche hoch und finde das Banner, das ich vermutet habe. Heute ist Emergenza, der große Bandwettbewerb. Ich schaue auf meine Uhr. Noch 10 Stunden und 15 Minuten. Ich habe Caterinas Stimme im Ohr. Ich merke, dass ich den Gedanken, vor morgen noch schlafen zu können, schon abgeschrieben habe.

Auf dem Parkplatz stehen Grüppchen von Menschen um ihre Gefährte verteilt, aus den Lautsprechern brüllt sehr verschiedene Musik, aber man kann sie auseinander halten, da sich die

Menscheninseln recht symmetrisch auf dem Platz verteilt haben. Beim Emergenza gibt es kein wirkliches Publikum. Jede Band bringt eine Anhängerschar mit, die bei ihrem Auftritt drinnen herumtobt und später für sie als Sieger stimmt, während sie draußen auf dem Parkplatz herumlungert, wenn die Konkurrenz an der Reihe ist.

Vier junge Männer sitzen aufgereiht auf einer alten Couch vor einem VW-Bus, auf den in Graffitischrift der Name Tonkszpit gemalt wurde. Ihre Ziegenbärte werden von links nach rechts immer länger. Der Mann mit dem längsten scheint der Häuptling zu sein. Er bedient einen Verstärker, an den sie ihren CD-Player angeschlossen haben. Ein winziges, gepiercte s Mädchen mit Nietengürtel drückt mir einen Flyer in die Hand, zeigt auf die Box neben der Couch, aus der eine Oktave tiefer gestimmte Gitarren gurgeln, und sagt: »Das haben die Jungs vorhin drinnen auch schon gespielt, aber es kommt auch noch was Neues. Nächste Woche kannst du sie in Herne-Wanne sehen.« Ich nehme den Zettel und betrachte weiter die Ziegenbärte. Der Barthäuptling befiehlt dem Mädchen mit einer Geste, weiter über den Parkplatz zu gehen, bis sie das Werbematerial los ist. Sie verteilt schnell und lächelnd, dann geht sie zur Couch und setzt sich auf seinen Schoß. Als er sein Kinn auf ihren Kopf legt, verschwindet ihr Gesicht vollständig hinter seinem Bart.

Ein paar Meter weiter sitzen ein paar Jungs, die alle wie fünfzehn aussehen, um das Heck eines Passat Kombi, der mit Aufklebern übersät ist. Ich erkenne die Logos von Pulley, Lagwagon, No Use For A Name, Pennywise und Strung Out, es sieht aus, als würden sich die Sticker wie bunte Masern über das Auto fressen und es eines Tages einhüllen wie die Werbung einen Rennanzug von Michael Schumacher. Das Bier ist von Krombacher, und der Passat sieht sehr neu aus. Der Klang der Boxen verlangt eher nach den Dire Straits als nach dem poppigen Harmoniegebolze, das aus ihnen in Runde drischt und keine erkennbare Wirkung hinterlässt. Die Jungs schauen aus der Wäsche wie Garfield, wenn seine Augenlider auf »halb zu« gezeichnet sind, und wirken so behäbig wie dösende Wasserbüffel, während die Musik wie ein aufgeregtes Frettchen um sie herumflitzt. Ihre Klamotten erinnern mich an meine dreiviertellange Hose, auf der nur noch »No« steht und ich stelle mir wieder vor, mich mit Caterina neu einkleiden zu gehen. Ich sehe mich, wie ich vor ihr in einem guten Laden herumtanze und sie applaudiert. Dann betritt sie die Umkleidekabine, guckt kichernd, ob keiner kommt, und zieht den Vorhang zu. Noch 9 Stunden 50 Minuten. Ich gehe zu der Runde am Kombi, zeige auf den Kasten Krombacher und frage, ob ich ein Bier schnorren darf. Die Kids lächeln, als hätten sie damit nicht gerechnet, und sagen: »Klar können Sie, hier!« Ich nehme die Flasche entgegen und habe ein Sausen in den Ohren. Sie haben mich gesiezt. Ich bedanke mich, gehe ein Stück abseits, stelle die Flasche ab, ziehe meinen Ausweis aus der Tasche und sehe nach, wann ich geboren wurde. Danach trinke ich hastig. Ich sollte doch nicht nachts spazieren gehen.

»Tut uns Leid, wir haben heute nicht so gut gespielt«, ruft einer der Jungs auf der Matratze im Heck zu mir herüber. Er greift darunter, zieht eine schmale, selbst bedruckte CD heraus und wirft sie mir zu. »Hier, können Sie mitnehmen. Klingt besser auf Platte.« Ich fange das Teil und lese den Schriftzug, den sie den Aufklebern auf ihrem Heck nachempfunden haben.

One Size Fits All heißt die Band. Der Häuptling auf der Couch nebenan sieht es, hebt seinen Bart hoch, zieht seine Freundin darunter hervor, stellt sie auf und schickt sie wieder los, um mehr Flyer zu verteilen. »Ich hab ehrlich gesagt keine Auftritte gesehen«, sage ich. »Dann kommen Sie trotzdem mit rein und stimmen für uns«, sagt der Matratzenjunge und schaut auf die Uhr. »Mittlerweile ist freier Eintritt, die letzte Band ist gerade dran. Dann ist Abstimmung. Sollen wir schon mal reingehen?« Seine Gefolgschaft murmelt und bewegt sich. Auch die Männer mit den vier Bartlängen stehen langsam auf. Noch 9 Stunden und 45 Minuten. Wir gehen zusammen zum Eingang, ich fühle mich wie ein Lehrer, der eine Klasse auf Ausflug mithat. Gegenüber der Zeche fällt mir ein rotes Plastikschild neben einer Tür ins Auge, auf dem »House of Joy« steht. Ich sehe genauer hin und entdecke den Untertitel »Werbeagentur«. Das ist neu. Die Tür geht auf, und zwei Frauen mit tiefen Augenringen kommen heraus und stecken sich Zigaretten an. »Wenn wir diesen Pitch gewinnen, fahre ich erst mal in Urlaub«, sagt die eine. Die andere nickt: »Und wenn wir ihn verlieren, erst recht.« Beide kichern hysterisch. Das Mädchen des Barthäuptlings drückt ihnen einen Flyer in die Hand. Die Frauen sehen das Papier an wie ein Profischreiner das Schnitzwerk eines Fünfjährigen.

Ich frage mich, was ist, wenn es heute Nacht noch regnet, und ob ich meinen Plan dann noch durchführen kann. Ich denke daran, wie Caterina sich freuen wird. Ich sehe die Sonne auf ihrem Gesicht. Es muss gut gehen.

»Was ist, kommen Sie jetzt mit rein?«, fragt ein Junge aus meiner Klasse, und ich beuge mich zu ihm, nehme ihn hoch, schüttele ihn strahlend wie einen Teddy und sage: »Weißt du, dass das Leben schön ist, Junge?« Dann setze ich ihn wieder ab, und sie laufen zügig vor. Sehr zügig. Ich gehe ihnen trotzdem nach und betrete die Zeche. Die Luft ist schon nach Hause gegangen, man atmet stattdessen Bier, Schweiß und Qualm. »So, und das ist unsere letzte Nummer für heute«, sagt ein Mann auf der Bühne, »das ist für all unsere Fans hier vorne und das heißt ›Arrival of the savage beast!‹« Ich lehne mich etwas nach vorne, um gegen das 80er-Jahre-Metal-Riff, das mir entgegenschlägt, anlaufen zu können und sehe ungefähr hundert Leute, die in mehreren wie mit dem Winkel gezogenen Halbkreisen vor der Bühne stehen und sich gegenseitig die Arme über die Schultern gelegt haben. Sie tragen Nietenarmbänder, die bis zum Ellbogen reichen, mit Stickern benähte Jeansjacken oder schwarze Ledermäntel, die wie Fakirbetten mit Stacheln übersät sind. Einer ist groß wie ein Baum, oben rum nackt und trägt einen Wikingerhelm mit Hörnern. Am rechten Rand steht eine Ritterrüstung. Als das Schlagzeug den Rhythmus loshämmert, fangen die im Halbkreis aufgestellten Gestalten an zu headbangen. Alle gleichzeitig. Die Köpfe und Leiber schwingen auf und ab, es entstehen Winde, die Hörner des Wikingerhelms schlagen dem Vordermann auf den Hinterkopf, bis Blut spritzt. Die Darbietung irritiert mich. Wenig später ist die Bühne leer, die Halle hat sich mit allen Menschen vom Parkplatz gefüllt, und man schreitet zur Abstimmung. Die Wikinger gewinnen. Sie führen Freudentänze auf. Die Jungs von meiner Klasse nehmen es gelassen und machen Garfieldaugen. Der Häuptling von Tonkszpit brüllt etwas von wegen »Nicht zum Spaß hier« und »Rechnungen bezahlen«, und sein Bart zittert dabei. Meine Klasse sammelt sich wieder um mich, und wir gehen zurück auf den Parkplatz. Am Bus von Tonkszpit legt einer der Kurzbärtigeren Jazz auf, um den Abend ausklingen zu lassen. Der Barthäuptling gibt ihm eine Ohrfeige und wechselt die CD, ihre eigene Musik bellt wieder über den Hof, und das Mädchen muss weiter Flyer verteilen, auch wenn jeder hier schon einen hat. Sie geht zu ein paar älteren Herrschaften in Mänteln und Pullis, aber die wollen keine Flyer, sondern sammeln Flaschen vom Boden auf. Manchmal, wenn zwei zugleich ein Stück Leergut erspähen, hasten sie darauf zu und schlagen sich gegenseitig auf die Finger. Ihre Nägel sind sauber. Meine Klasse bietet mir einen Klappstuhl an und schaltet auch wieder ihre Musik ein, jemand singt »You say, you're a super hero, a fuckin zero, trying to save the world«, und ich habe schon wieder ein Bier in der Hand. Ich muss an Caterina im Auto denken und will The Police hören. Ich denke an Caterina im Schloss Ringenberg und wie sie mir das ein oder andere Kunstwerk erklärt hat, manchmal auch, indem sie eben nichts sagte und meinte, ich solle es einfach nur ansehen und zwar länger als fünf Sekunden am Stück. Das würde meine Klasse hier nie verstehen. Noch 9 Stunden und 5 Minuten. Tonkszpit drehen ihren Verstärker lauter, und ein geslappter Bass schießt der Musik meiner Schüler dazwischen. Auch im Passat wird ein wenig lauter gedreht, man sieht, wie die Boxen in der Seitenverkleidung arbeiten. Ein Junge wirft seine Bierflasche hinter sich, die älteren Herrschaften stürzen sich darauf wie ein Taubenschwarm. Ihre Mäntel flattern. Der Häuptling nebenan macht schmale Augen und dreht noch lauter. Vor seiner Box werden ein paar Kiesel über den Platz gefegt, als käme Wind auf. Mein Klassensprecher seufzt, macht Garfieldaugen und greift auf der Matratze liegend hinter sich zum Regler. Jetzt zittert der ganze Passat, nicht nur die Innenverkleidung.

Ich sitze in meinem Klappstuhl und sehe es mir an wie den Verkaufskanal auf Programmplatz 34, den ich schon lange löschen wollte. Die älteren Herrschaften finden in einem Gebüsch eine große Colaflasche. Die hat dreimal so viel Pfandwert wie eine Bierflasche. Sie stürzen sich auf sie, das Getümmel ist groß, ein Mantel reißt. Einer der Männer erinnert mich an meinen Großvater. Mir ist flau. Ich will zu Caterina. Ich will, dass es endlich hell wird. Der Häuptling kriegt immer kleinere Augen, bald sind es nur noch schwarze Stecknadeln in seinem Kopf. Er dreht noch lauter. Der Bass pumpt durch unsere Klappstühle, einer davon bricht samt Jungen zusammen. Der Klassensprecher greift nochmal hinter sich, und ich fühle mich wie damals als kleiner Junge an Silvester, wenn mein Onkel den Kanonenschlag D anzündete und ich mir die Finger in die Ohren presste. Hier kann ich nicht pressen, das wäre peinlich. Die Boxen des Passats reißen das Maul auf und übersteuern, das schnelle Gitarrengeschrubbe wird zum einförmigen Rauschen von Flugzeugdüsen, die Musik auf dieser Seite ist rein strukturell für einen solchen Wettkampf nicht geeignet. Der Häuptling nebenan hat den gleichen Gedanken, und seine Augen wirken siegessicher. Er zieht einen Mundwinkel hoch, als er seinen Verstärker an die Grenzen bringt. Der Groove von Bass und Schlagzeug lässt den Parkplatz erzittern. Ich spüre, wie in meinem Körper augenblicklich Milz und Blinddarm getauscht werden. Meine Lunge versteckt sich, die Gitarren sind so tief gestimmt, dass sie den Sauerstoff aus der Luft ziehen. Ich will dem Klassensprecher noch sagen, dass er aufhören soll, diesen Quatsch mitzumachen, aber er könnte mich eh nicht hören und dreht auch auf unserer Seite nochmal nach. Das Turbinenrauschen wird so laut, dass den Flaschensammlern eine Plastiktüte reißt. Am Nachthimmel sehe ich, wie ein Ufo wieder abdreht. Die Knöchelchen in meinem Ohr knacken wie eine Holzbrücke, die durchhängt, im Höllenlärm zwischen Düsenantrieb und Dinosaurier-Groove sehe ich feiernde Wikinger aus der Zeche kommen, und bevor ich mich fragen kann, ob junge Menschen stabiler sind, breche ich mit zwei Wikingerhörnern und dem stechenden Blick des Barthäuptlings vor Augen zusammen.

Bevor ich ganz aufwache, höre ich Stimmen hinter meinen Augenlidern.

»Ob er tot ist?«

»Nein, die Brust bewegt sich noch.«

»Ist ganz schön dreckig, was? Hat bestimmt Flaschen gesammelt.«

»Ja, die Armut im Land nimmt ja auch zu.«

»Ob er auf Hartz ist?«

»Was sollen wir machen? Ihm ein Praktikum in der Agentur anbieten?«

»Da kriegt er auch nicht mehr als bei Hartz.«

»Stimmt. Aber er muss doch nicht hier liegen. Es gibt immer noch Notschlafstätten.«

Ich schlage die Augen auf und sehe die beiden Frauen aus der Agentur über mich gebeugt. Ihre Augenringe sind pechschwarz geworden, als hätten sie gebrannt. Der Himmel ist blau. Vögel zwitschern. Ich stöhne.

»Sollen wir Ihnen helfen?«, sagt die Werbefrau so betont, als sei ich ein begriffsstutziger Bulgare aus einer Polizeireportage.

»Wie spät ist es?«, frage ich. Kiesel kleben an meiner Haut. Ich fühle mich, als hätte ich eine Trinkgut-Filiale ausgesoffen.

»8.30 Uhr«, sagt die Werbefrau.

»Feierabend!«, sagt die andere. Dann lachen sie beide irrsinnig.

Ich reiße die Augen auf. Die Nacht ist rum. In 90 Minuten will ich mit Hartmut alles vorbereiten. Ich sehe aus wie ein Lappen aus einer Autowerkstatt. Dass aber auch immer alles so schnell gehen muss.

Die Steigung der Prinz-Regent-Straße kommt mir vor, als müsse ich die Dolomiten erklimmen. Kies und Schmutz haben unter meinen Klamotten Ritzen gefunden, die ich an meinem Körper nicht vermutet hätte. Zwischen meinem Hirn und der Schädelplatte haben sich dünne Autobahnen gebildet, auf denen Elektrobuggys hin- und herrasen. In vier Stunden werde ich es tun. In vier Stunden könnte es sein, dass Caterina sagt, ich sei ein unheimlich netter Kerl, aber es tue ihr furchtbar Leid. Oder aber auch nicht. Was dann passieren könnte, ist so aufregend, dass es nicht zu dem Wrack passt, das sich hier die Straße heraufschleppt und wieder die Tropenkneipe und die Tankstelle passiert, beide im Schlummer des Sonntagmorgens, an der Tankstelle ist nur ein kleiner Mann in glänzendem Jogginganzug, der einen 3er-BMW saugt. Auch beim Italiener auf der Ecke ist es still. Die Frauen vom Clübchen schlafen noch oder setzen für ihre Familien Kaffee auf. Ich lehne mich kurz an die Mauer und lese die Speisekarte hinter der Scheibe des weißen Blechkastens. Pizza und Pasta gelangen in mein Hirn, werden aber sofort von den Buggys platt gefahren. Die frische Luft riecht so gut, wie sie noch nie gerochen hat, und ich stelle mir vor, dass die Mauer des Italieners und der weiße Kasten schon zu meinem neuen Leben gehören, das heute beginnen kann, wenn alles gelingt. Wiemelhausen liegt so klar vor mir wie bei einem kurzsichtigen Teenager, der das erste Mal durch eine Brille schaut, aber mein Körper ist so müde, dass ich mich an der Tür der Pizzeria festhalten muss. Auf einem Balkon steht ein Mann und raucht.

Als ich vor unserem Haus angekommen bin, gehe ich fast auf allen vieren, wie bei steilen Wendeltreppen, die auf Wassertürme oder Burgen hochführen. Hartmut steht mit einem Joghurtbecher auf der Vortreppe und lässt den Löffel fallen. »Wie siehst du denn aus???« Er stellt den Joghurt ab, würde einen Mantel um mich legen, wenn er einen hätte, und schiebt mich hinein. »Was hast du denn gemacht? Ich hab dich schon gesucht. So können wir doch nicht den Plan durchziehen.«

»Hartmut, ich bin so furchtbar müde«, sage ich, »ich muss vorher noch eine Runde schlafen, sonst versaue ich es.« Hartmut überhört das, führt mich geradeaus ins kleine Bad und schließt die Tür ab. Ich ziehe mein Oberteil aus wie ein Verwundeter, unter dessen Uniform das klebrige Blut zum Vorschein kommt, und überlege mir schon, welches Duschgel ich nehmen kann. Ich eile Hartmut gehorsam voraus, was soll er auch sonst tun als Freund, er wird mich zum Duschen zwingen und einen starken Kaffee machen. Die Buggys sausen in meinem Kopf. »Willst du mitduschen?«, frage ich und meine es diesmal ironisch. Früher haben wir es häufig getan. Wir haben uns zusammen auf die breite Kante in der Dusche gesetzt, das Radio angemacht, zwei Bier mit hineingenommen und das heiße Wasser auf uns herabregnen lassen. Es klatschte uns auf die Haut und machte »plong plong« auf den Bierdosen wie auf einem Wellblechdach im tropischen Dschungel. Als Susanne einzog, haben wir nach und nach damit aufgehört. Hartmut verlor das Interesse daran, und außerdem kam das Dosenpfand, und Glasflaschen ergeben keinen Wellblechdachsound. Hartmut lässt mich allein, und ich dusche heiß, was meinen Körper noch müder macht. Kalt traue ich mich nicht, es gibt Dinge, in denen bin ich nicht so hart wie am Fließband, selbst Martin duscht bei UPS immer warm. Ich sehe zwischen den Dämpfen Caterina auftauchen, ihre Haare sind nass und der Tropenregen tropft auf ihren Körper, die Buggys ziehen kurzzeitig aus dem Hirn ab und rasen in einem geschlossenen Konvoi in einen anderen Bereich meines Körpers. Die Tür geht auf und Sebastian will zum Klo, quiekt kurz auf und verschwindet wieder.

Als ich sauber und angezogen bin, drückt Hartmut mir in der Küche den Kaffee in die Hand. Er ist so stark, dass ich mir kurz vorstelle, wie ich in Nicaragua meine Zähne direkt in die Kaffeepflanze ramme. Buggys fahren über ihre Blätter. Yannick hüpft auf die Spüle und hat im ersten Moment drei Ohren. Es geht meinem Körper nicht gut. Hartmut fragt, ob ich mein Handy dabeihabe.

Wenig später stehen Hartmut und ich am Ufer der Kemnade und haben alles vorbereitet. Ein paar frühe Jogger sehen zu uns herüber.

»Es wird alles gut werden«, sagt Hartmut, fasst mich an der Schulter und sieht auf unseren Aufbau. »Das ist total romantisch«, sagt er, ohne mich dabei anzusehen. Dann schweift sein Blick über den See. »Das ist so schön, da möchte man glatt die Postmoderne vergessen.« Dann sieht er mir wieder in die Augen: »Besser geht's nicht, Mann. Wer da nicht schwach wird, hat kein Herz.« Er blickt auf seine Uhr. »Jetzt musst du nur zwei Stunden Geduld haben.« Ich nicke und bin ihm dankbar, ein paar Vögel flattern aus einem Busch auf. Dann läuft er los, damit der Zeitplan aufgeht.

Ich setze mich ins Gras und sehe auf die sachten Wellen, die ans Ufer patschen. Steine schimmern im flachen Wasser. Die Geräusche sind so zart, dass sie das Piepen in meinen Ohren Schicht für Schicht abtragen, bis nur noch das Geplätscher übrig ist. Da ist es also so weit, denke ich. Ein neues Leben. In zwei Stunden könnte ich hier stehen und sie küssen. Keine Vorstellung mehr. Realität. Ich will um den See rennen, wie kann ich ruhig sitzen bleiben? Mein Oberkörper lässt sich ins Gras sinken, das Ufer ist angenehm steil. Ich schließe die Augen und höre dem Wasser zu. Ich wusste nicht, dass man voller Adrenalin und trotzdem müde sein kann. Ein neues Leben, denke ich, und es wird dunkel.

Einen Augenblick später tapst etwas auf meiner Brust herum. Es fühlt sich an wie die Pfoten von Yannick, aber so, als hätte er sich Gummilappen umgeschnallt. Ich schlage die Augen auf und sehe in zwei eng zusammenstehende Augen, zwischen denen ein oranger Schnabel auf mich zeigt. »Quak«, macht es, und die Ente bleibt auf meiner Brust sitzen. »Quaaaaak.« Sie stupst mich mit dem Schnabel an. Wieder eine dieser tierischen Erfahrungen, die von den Lexika und Natursendungen für unmöglich erklärt werden würde. Ich sehe auf die Uhr und stelle fest, dass Hartmut und Susanne Caterina jeden Moment hier herlotsen dürften. Keine Stunde mehr, keine halbe Stunde mehr, nur noch Minuten. Ich bin in keiner guten Lage für eine Liebeserklärung. Die Ente schließt kurz die Augen und zittert, dann dreht sie ab und hüpft von meinem Brustkorb. Auf Bauchhöhe bleibt ein weißes Häufchen zurück. Die Ente hat gekackt. Ich wische den Entenkot weg, und es bleibt ein Fleck, der bei einem Rendezvous so niemals stehen bleiben kann. Ich ziehe hastig das T-Shirt aus und frage mich, was ich machen soll. Mein Handy klingelt dreimal. Das verabredete Zeichen. Die Buggys sind jetzt in jeder Blutbahn, ich will Hurra schreien und zugleich weglaufen, meine Hände sind Eisklumpen, ich renne das Ufer hoch wie ein Besessener. Oben am Weg kommt das Dreiergespann anspaziert. Caterina sagt: »Du hier??? Die beiden sagten, du hättest Wochenendschicht!« Sie sieht Hartmut und Susanne an, die zucken mit den Schultern. »Und warum bist du oben rum nackt?« Ich erinnere mich daran, dass sie Recht hat, ein paar Buggys finden eine gemeinsame Stelle im Sprachzentrum, und ich sage: »Ich war eben schwimmen.« Dann grinse ich wie auf der Arbeit, wenn wir uns gegenseitig unseren Bizeps zeigen. »Ich bin eine harte Sau!«, sage ich. Sie lacht. »Komm mit, wir wollen im Bootsrestaurant zum Brunch.« Hartmut nickt.

»Ja«, sage ich, »aber warte, ich muss noch meine Sachen unten holen. Wobei … komm mal mit, ich muss dir eben was zeigen.«

Caterina guckt wacher. »Wie? Mir was zeigen?«

»Ja. Komm mit.« Ich halte ihr meine Hand hin. Als sie sie nimmt, breche ich fast zusammen. Susanne sagt: »Wir gehen schon mal vor und sichern einen Tisch.«

Ich führe Caterina den Hang hinab und halte ihre Hand in meiner. Ich wünschte, dass sich das Ufer bis Neuseeland erstreckte, damit ich diesen Weg länger gehen kann. Egal, ob sie gleich Nein sagt oder nicht – dieser Weg mit ihrer Hand in meiner ist real und würde ich gleich einen Herzinfarkt kriegen, könnte ich schon beruhigter sterben. Vor dem Busch werde ich langsamer, drehe mich um und sehe sie an. »Grün«, sagt mein Mund und ich falle in ihre Augen, während sie unsicher lächelt, dann konzentriere ich mich und sage: »Ich habe eine Überraschung für dich.«

»Eine Überraschung?«, sagt sie.

Ich nicke.

Ich spüre, dass man manchmal nicht viele Worte braucht, und führe sie ohne ein Weiteres langsam um den Busch herum, sodass sich die Staffelei mit der frischen Leinwand und den Materialien auftut.

Sie schlägt die Hände vor das Gesicht, als sie das sieht. Sie schluchzt. Ich weiß nicht, ob das gut ist. Sie könnte schluchzen, weil sie weiß, dass sie einem Jungen wie mir, der all das eingerichtet hat, jetzt einen Korb geben muss. Sie könnte schluchzen, weil ich als Trainer für Dequalifikation ihre Kunstleidenschaft anstachele und das ausgerechnet, wo ich genau weiß, dass sie gerade einfache Anstreicherin werden muss. Sie könnte schluchzen, weil sie vielleicht schon mal ein Mann so überrascht hat und die Beziehung in die Brüche ging. Sie könnte schluchzen, weil sie mir nicht wehtun will und mir einen Korb geben muss. Doch während ich so überlege, warum sie alles schluchzen könnte, stelle ich mir plötzlich vor, bereits ihre warmen, zarten Lippen auf meinen zu spüren und imaginiere, wie wir beide so langsam, wie es irgend geht, mit unseren Zungen nacheinander suchen, während wir eng umschlungen das Herz des anderen an unserer Brust rasen hören. Ich stelle mir vor, wie unsere Herzen in dem Moment, wo unsere Zungen sich finden, die Grenze zwischen unseren Körpern aufheben und sich gegenseitig zwischen uns umarmen, und mir wird unglaublich schwindelig, da sich diese Vorstellung so real anfühlt.

Dann lässt Caterinas Zunge von meiner ab, und sie tritt einen Hauch zurück, als wolle sie sagen, dass sie sich hier in aller Öffentlichkeit noch zu etwas Unvernünftigem hinreißen lässt, wenn wir uns noch eine Sekunde länger küssen. Erst in dem Moment verstehe ich, dass meine Vorstellung von eben real war.

»Hallo«, sagt sie, spricht dabei mit einer niedlichen Stimme und strahlt mich mit ihren grünen Augen an.

»Hallo«, sage ich und weiß, dass es ab sofort das schönste Wort meines Lebens sein wird.

Dann falle ich in den See.

KLEMMBRETTER

Ich habe gerade den Vertrag unterzeichnet, als Hartmut und die Frauen hinter mir auftauchen und »tu's nicht!« rufen. Der junge Mann hinter dem Stand nimmt schnell das Blatt, steckt es in seine Mappe und lächelt meine Gefolgschaft an, als wollte er sagen: »Zu spät, Leute!« Für einen kurzen Moment sieht er aus wie die hinterlistigen Figuren in schlechten Stephen-King-Verfilmungen. Ich schäme mich ein bisschen. Das Formular ist weg.

»Warum machst du denn so was?«, fragt Hartmut, und die Frauen sehen mich an wie einen Jungen im Kindergarten, von dem man sich trotz aller Genderaufklärung wünscht, er möge sich langsam mal als Cowboy statt als Ballerina verkleiden. »Für die Kinder«, sage ich, wie es eben auch die junge Frau gesagt hat, die mich zu ihrem Kollegen am Stand und zur Unterschrift lockte. »Nur ein paar Sekunden für die Kinder«, hat sie gesagt. »Ein paar Sekunden werden Sie wohl doch haben?« Gerade hat sie eine Dame mit Halstuch angehalten und deutet schon hinter sich auf den Stand. Wenn die Dame mitgeht, wird sie unterschreiben. Jeder unterschreibt, der einmal am Tisch steht. Jeder. Ich deute zu ihr hin: »Wir haben uns unterhalten, und irgendwie kamen wir auf die Playstation, und dann meinte sie, dass die meisten Kinder in Krankenhäusern nicht mal Bilderbücher hätten, geschweige denn eine Playstation.«

»Wieso Krankenhäuser?«, fragt Caterina.

»Bei diesen Organisationen liegen Kinder immer nur in Krankenhäusern«, sagt Hartmut. Die junge Frau hat die Dame mit Halstuch erfolgreich zum Stand gelockt. Der Mann hinter dem Stand blättert vor ihr ein Fotoalbum durch und redet dabei schneller als ein Rapper.

Hartmut schüttelt den Kopf und Susanne seufzt. »Ich falle schon lange nicht mehr darauf rein«, sagt sie. Die Dame mit dem Halstuch unterzeichnet und bekommt zu ihrem Beleg ein Tütchen mit Buttons, Luftballons und Faltblättern, das sie fuchtelnd annimmt. »Sie spielen mit der Gutmütigkeit der Menschen«, sagt Caterina, krabbelt mir im Nacken und sieht mich an wie einen Bernhardiner. Ich ärgere mich einen Moment, weil mich hier alle behandeln, als wäre ich gerade geschlüpft, aber dann habe ich sofort ein schlechtes Gewissen, sehe Caterina an, sehe, wie die Sonne einen Looping durch ihr rotes Löckchen fährt und dann ihre grünen Augen glitzern lässt, und küsse sie sofort und ohne Vorwarnung wie ein Wilder. Sie sieht mich an, ich sage »Miu miu«, und Hartmut und Susanne lachen. Wir sind als Paare unterwegs.

Ich habe Caterina an meiner Seite.

Das Leben ist geil.

Wir verteilen uns in der Mayerschen Buchhandlung, Susanne sucht nach Bildbänden über Motorradumbau, Caterina wühlt draußen in reduzierten Kunstbänden, ich nehme einen Prospekt über aktuelle Romane in die Hand und beobachte aus dem Augenwinkel, wie Hartmut versucht, sich aus dem Gratisspender Wasser in ein dünnes, dreieckiges Trinkhörnchen abzufüllen. Dann blättere ich wieder und sehe im Impressum, dass bei Layout der Name von Mario steht. Ich schaue nach, wo das Ding gedruckt wurde. Frankfurt. Er wird dort Freunde haben. Als ich das Heft wieder senke und nach draußen schaue, ist der Stapel mit den Kunstbüchern verlassen, und Caterina lehnt gegenüber an einem Tapeziertisch vom Tierschutzbund. Ich lege Asterix ab, gehe hinaus, stelle mich hinter sie und sage: »Aha!« Sie dreht sich um, macht ein süßes »Erwischt!«-Gesicht und sagt mit ihrer Kleinmädchenstimme: »Für die Tiere!« Ich sehe ein paar wuschelige Küken, einen Affen mit Dioden im Kopf und eine Rinderhälfte. Hartmut und Susanne kommen aus der Buchhandlung, bemerken, was passiert ist, und halten die Hände vor das Gesicht. Der Mann hinter dem Stand faltet das Formular zusammen und klappt seinen Fotoband zu.

Bis zum Ende der Fußgängerzone versuchen es bei uns noch der NABU, der Bund für Umwelt- und Naturschutz, Greenpeace, der Arbeiter-Samariter-Bund, der Verein St. Martin, die AWO, das DRK, amnesty international, die Caritas und die Falun-Gong-Sekte. Hartmut und Susanne haben Caterina und mich zwischen sich eingeklemmt, um die Flanken gegen die Angriffe zu verteidigen, doch selbst sie werden mit der Zeit immer schwächer. Man kann förmlich sehen, wie sich das schlechte Gewissen in ihre Körper frisst, die Ablehnung wird gegen Ende hin immer schwieriger, und schließlich ist es Susanne, die mit uns zusammen sogar Hartmut davon abhalten muss, bei amnesty eine Ausnahme zu machen. Jetzt sitzt er mit uns zusammen vor dem Brauhaus Rietkötter und wirkt, als käme er langsam wieder zu Bewusstsein. Er schaut zurück zur Fußgängerzone wie zum Eingang einer Schlucht, in der die Geister hausen. Der Kellner bringt die Getränke, Caterina und ich ziehen die Belege unserer Mitgliedschaften aus der Tasche und sehen nach, wie viel wir nun eigentlich zahlen müssen. »Na ja, fünf Euro im Monat kann man verkraften«, sage ich und hebe mein Bier zum Anstoßen, als am Nebentisch ein kleiner Mann in Tränen ausbricht. Er sitzt alleine vor einem Stück Apfelkuchen, legt den Kopf in die Hände und sieht mit schiefer Brille zu uns herüber: »Ja, fünf Euro im Monat kann man verkraften, das habe ich mir auch immer gesagt!« Er schluchzt ein paar Sekunden weiter, sein Körper und Tisch zittern und die Kuchengabel klappert leise gegen den Teller. Dann sieht er uns wieder an: »Immer wieder habe ich mir das gesagt. Bei jeder Unterschrift. Und jetzt?« Er zeigt auf das kleine Stück Kuchen und die Tasse Kaffee. »Ein Stück Kuchen und einen Kaffee im Monat, das ist alles, was ich mir noch an Luxus leisten kann. Überall hab ich unterschrieben. Überall. Und ich bin auf Hartz!« Er öffnet eine alte Aktentasche aus knitterigem Leder, die neben ihm steht, und zieht einen Büschel Mitgliedsbelege heraus. »Hier, sehen Sie, ich habe die Formulare immer dabei, um mich daran zu erinnern, dass ich nirgendwo mehr unterzeichne!« Er wimmert. Hartmut nimmt sie entgegen und blättert sie durch. Ich habe nicht gewusst, dass es so viele wohltätige Vereine gibt. Der Mann sieht geradeaus ins Leere und zitiert: »Das tut doch keinem weh. Ein Bier ist heutzutage teurer. Würden Sie nicht auch wollen, dass Ihnen in der Not geholfen würde?« Dann lässt er seinen Kopf wieder gen Tischplatte sinken. Kurz, bevor seine Stirn aufschlägt, sieht er uns nochmal an: »Wussten Sie, dass der Sozialbereich in Deutschland 55 Milliarden Umsatz im Jahr macht? 1,3 Millionen Menschen arbeiten da. Die sind nicht auf Hartz …« Hartmut addiert mit sich bewegenden Lippen die Summe der Dauerspenden zusammen und lässt die Belege des Mannes sinken. Er sieht ihn an, das Häufchen Elend über dem Apfelkuchen, Mitglied überall. »Das geht so nicht«, sagt er. »Das geht so nicht.« Dann springt er auf, und wir wissen, dass ihm wieder eine Idee gekommen ist.

Eine Woche später stehe ich mit Hartmut hinter dem Stand, den wir am Ende der Fußgängerzone angemeldet haben, und schenke dem kleinen Mann einen Kaffee ein. Der kleine Mann heißt Norbert und unterstützt uns bei unserem Vorhaben. Die rechte Seite unseres Standes ist sogar mit einer Tafel ausgestattet, auf dem Norberts Schicksal steht. »Sie nutzten seine Gutmütigkeit aus« steht dort. »Jetzt lebt er in einer Sozialwohnung und kann sich nur noch einen Apfelkuchen im Monat leisten.« Darunter ein Überblick über seine Mitgliedschaften und die addierte Summe. Caterina nimmt gerade eine Unterschrift entgegen, Hartmut und Susanne drehen eine Trainingsrunde. Es tummeln sich eine Menge Menschen vor unserem Stand. Viele kommen freiwillig, wir müssen sie kaum überreden. Hartmut steht mit einem neuen Kunden in der Menschenmenge und winkt mir zu. Ich frage Caterina, ob ich sie mit Norbert allein am Stand lassen kann, sie sagt »Nein!« und knutscht mich. Ich gehe zu Hartmut, der mich einem jungen Mann vorstellt.

»Das ist Björn, und Björn ist daran interessiert zu lernen, wie man sich gegen die Überzeuger wehrt«, sagt Hartmut und knufft mir in die Seite. »Mein Mitbewohner hier hat es auch erst seit kurzem drauf. Komm, zeig unserem Klienten mal, was du gelernt hast.« Ich mosere ein wenig und sträube mich, aber Hartmut schiebt mich bereits zu einem Stand irgendwelcher Rettungssanitäter. Sofort stürmen zwei Promoter auf uns zu, sie wissen nicht, dass wir die Männer von der Überredungsabwehr sind, die unten am Ende der Hohen Straße ihren Stand aufgemacht hat. Sie kriegen nichts mit. Schnell haben sie mich und Björn eingekreist und ihre Rede begonnen. Ich warte, bis sie eine halbe Sekunde Luft holen müssen, strecke die Arme nach oben und rufe laut und deutlich: »Bei mir hat es keinen Zweck, ich bin seit zwanzig Jahren Mitglied!« Die Männer mustern mich. Ich sage: »Meine Mutter hat mich eingetragen, als ich eingeschult wurde.«

»Mich auch«, schiebt Björn hinterher. Sie blinzeln misstrauisch, dann schiebt Hartmut uns weiter.

»Das ist die einfachste Taktik: ›Danke, ich hab schon!‹«, erklärt er. Björn scheint noch nicht so ganz überzeugt. Wir laufen ein paar Schritte und sehen die nächsten Überreder auf uns zukommen, weiße T-Shirts mit Logos auf der Brust, ein Klemmbrett in der Hand. »Okay«, sagt Hartmut zu mir und sieht schnell zu Björn. »Eine Stufe anspruchsvoller. Armut.« Dann klopft er mir auf die Schulter wie ein Trainer, der seinen Stürmer auf den Platz schickt.

»Ich kann mir momentan keine Mitgliedschaft leisten«, sage ich, als der Klemmbrettmann seine Rede begonnen hat. Er zieht die Augenbrauen hoch und legt den Kopf zurück. »Kommen Sie, die paar Euro im Monat kann sich jeder von uns leisten. Das ist gerade mal ein Bier in der Disco.« Mein Hirn sucht nach einer Antwort, und Hartmut kneift mich, damit ich mich konzentriere. Ich stottere ein wenig, dann sage ich: »Wissen Sie eigentlich, wie arm ich bin?« Der Klemmbrettmann zögert einen Moment, dann lächelt er freundlich und fragt: »Nein?« Ich schweige und denke an meinen Job bei UPS, an unsere große Wohnung und die Tatsache, dass wir 350 Playstationspiele haben. Ich sehe afrikanische Kinder vor mir und deutsche Obdachlose, die Titel der 350 Spiele schwirren durch meinen Kopf, ich schäme mich unter den Augen des Klemmbrettmannes, die auf meinen gelogenen Armutsbericht warten. Hartmut greift ein: »Der Mann ist so arm, dass er im Supermarkt freiwillig nach der schlechten Wurst fragt, die sie sonst heimlich nochmal verkaufen.« Der Klemmbrettmann sieht Hartmut an wie einen Anwalt, der sich in den Fall nicht einzumischen hat. Hartmut macht weiter: »Dieser Mann hier ist so arm, dass er die Stoffbezüge von Sperrmüllstühlen schneidet und sich daraus Socken strickt! Dieser Mann ist so arm, dass er bei McDonald's wartet, bis jemand aufsteht, und dann schnell die Reste vom Tablett isst!« Ich werde wieder wach und füge hinzu: »Drei Tablettreste sind schon 1300 Kalorien, das hat im Krieg auch reichen müssen, sagt mein Opa!«

Der Klemmbrettmann schüttelt den Kopf und wendet sich ab. Hartmut lächelt. Björn mustert uns wie faszinierende Raubtiere. Kaum, dass der Typ weg ist, steht ein kleines, hageres Mädchen mit roten Flecken im Gesicht und einem T-Shirt mit einem Storch darauf vor uns. »Mann, Mann, Mann, das geht ja Schlag auf Schlag«, murmelt Hartmut, und ich sehe, wie um uns herum immer mehr Menschen in weißen T-Shirts schnell und zielstrebig in den Besucherstrom vorstoßen und neue Mitglieder herausreißen. Hartmut sieht sich das Getümmel ebenso an, und kaum haben wir drei Sekunden geträumt, steht Björn auch schon am Stand eines Naturschutzverbandes und beugt sich über eine Fotomappe. Ich reiße die Augen auf und zeige Hartmut das Übel, der stürzt hinterher und sieht Björns hilflosen Blick. »Lassen Sie Ihren Freund doch einfach eigene Entscheidungen treffen«, sagt der Naturschützer hinter dem Tisch, als er sieht, wie Hartmut Björn etwas ins Ohr flüstert. Dann richtet Björn sich unsicher auf und legt den Stift ab. Der Naturschützer nimmt den Block, verdunkelt für eine Nanosekunde seine blauen Augen, setzt dann wieder ein Lächeln auf und hält Björn den Block hin: »Sie haben nur noch die Unterschrift vergessen.« Björn lächelt verlegen, zuckt mit den Schultern und wird rot. »Herrgott, er kann nicht schreiben!«, sagt Hartmut, und sieht den Naturschützer an wie einen Analphabeten-Diskriminierer. »Wie?«, fragt der Naturschützer und Björn blickt plötzlich wie ein Irrer und sagt: »Kinshasa.« Hartmut gerät ein wenig in Hektik und zieht Björn von dem Stand weg. Der Naturschützer sieht Björn noch einmal forschend in die Augen und sagt: »Sie müssen nicht darauf hören, was Ihr Kumpel sagt. Sie sind doch ein selbständiger Mensch!« Björn erwidert nur »Kinshasa! Kinshasa!«, und Hartmut flüstert ihm zu: »Nicht alles durcheinander. Ich hab gesagt, *entweder* den Analphabeten *oder* den Verrückten spielen!«

»Kinshasa! Kinshasa!«, sagt Björn.

»Also gut, dann eben nicht!«, frotzelt der Naturschutzmann und wirft sein Klemmbrett in einen Proviantkorb mit Snickers und Plastikbechern. Kaum, dass wir uns gedreht haben, kleben drei neue Promoter an uns. Wir ziehen sie auf uns wie das Feuer die Soldaten auf der Playstation, es ist keine Deckung in Sicht. »Nur ein paar kurze Fragen für die Kinder, mein Herr!«, ruft die junge Frau, die mir schon letzte Woche eine Mitgliedschaft angedreht hat. »Fünf Minuten für die Tiere!«, schreit ein Mann. »Einen kleinen Augenblick für die Bäume!«, drängelt sich ein anderer vor. Es sieht aus, als wären wir Stars und stünden vor einem Schwarm Journalisten. Wir versuchen zu entkommen, aber die Fußgängerzone ist voll von Passanten, und die Menschen nutzen die Chance, dass die Aufmerksamkeit der Promoter momentan auf uns gerichtet ist, um schnell an der kritischen Stelle vorbeizuhuschen. Einige schaffen es. Die meisten werden ein paar Meter weiter abgegriffen. Drei oder vier können gerade noch in einen Laden stürzen, am Hemdzipfel des Letzten bleibt ein kleiner Junge von Attac hängen und wird erst in der Tür zum Geschäft abgestreift.

»Die Kinder!«, schreien die Promoter um uns.

»Die Tiere!«

»Das Waldsterben!«

»Ich hasse Kinder!!!«, brüllt Hartmut auf einmal, und die Überzeuger sind augenblicklich ruhig. Die ganze Fußgängerzone kommt für einen Moment zum Stehen. Ein Flugzeug hinterlässt einen Streif am Himmel. Eine Popcornmaschine wird abgeschaltet.

»Und Tiere hasse ich auch!«, fügt Hartmut hinzu. »Beides zusammen ist dann noch am schlimmsten. Ich sehe die kleinen Fratzen vor mir mit ihren Goldhamstern. Schrecklich!«

Die Promoter für Kind und Tier weichen einen Schritt zurück, nur der Baumschützer bleibt stehen. Hartmut sieht ihn an: »Und das Waldsterben ist auch eine Lüge!« Ein erschrockenes Raunen geht durch die Menge, eine Frau schüttelt den Kopf, es ist die Dame mit dem Halstuch von letzter Woche. »Der Wald wächst wieder. Das können Sie in jeder Forststatistik nachlesen!«, sagt Hartmut und wendet sich nun allen Menschen zu. »Aber diese Leute hier trauen ihren Theorien mehr als ihren Augen. Weil nicht sein darf, was nicht sein kann!« Der

Baumschützer weicht nun auch vor Hartmut zurück wie vor dem Leibhaftigen. Eine Mutter hält ihrem Kind die Hand vor die Augen. »Glaubt ihm nicht!«, ruft plötzlich der Junge von Attac herüber, der sich im Eingang des Ladens wieder aufgerappelt hat. »Er ist von der Industrie gekauft!« Dann hebt er seine kleine Hand zur Faust: »Solidarität!!!« Hartmut wendet sich zu ihm um wie ein Kriegsgott und erhebt die Stimme. »Ich hege ein tiefes Misstrauen gegen jede Anthroposophie«, sagt er. »Die besten Absichten mündeten in die schlimmsten Verbrechen!« Die Menge wogt hin und her. Alle wollen ein Ohr auf Hartmut werfen. »Was hier in Wahrheit hinter den Klemmbrettern steckt, ist eine Welt, in der jeder seinen Müll trennt und alle um vier Uhr morgens den Tag mit dynamischer Transzendentalmeditation beginnen, bevor sie ihre ungespritzten Pflanzen aus dem Garten zupfen.« Ein Trinker, der mit losen Zähnen in der Menge steht, muss lachen. Die Mutter hält ihrem Kind nun auch die Ohren zu. »Aber was ist mit Ihnen, die Sie lieber mit dem Auto fahren, weil Sie in der S-Bahn Angst haben und sich so sicherer fühlen? Was ist mit Ihnen, die Sie Ihr Bierchen und Ihre Currywurst einfach brauchen, um glücklich zu sein?« Die Menschen sehen sich an, ein paar nicken. »Mit Ihnen, die jeden zweiten Tag ein umweltbelastendes Vollbad nehmen? Was ist mit Ihnen in der Welt des allumfassend Guten? Na? Was wird man mit Ihnen machen?« Die Menge ist still, die Mutter trägt ihren Sohn schnell aus der Fußgängerzone, Augen und Ohren des Kindes vermummend. »Diese Leute hier wollen uns in eine Diktatur des Guten führen!«, ruft Hartmut abschließend, und der Mann vom Baumschutz hebt wütend sein Klemmbrett und schreit: »So ein Unsinn, wir wollen bloß viele Mitgliedschaften verkaufen, das ist alles!!!« Die Menschen drehen sich von Hartmut weg zu ihm hin und sehen ihn mit großen Augen an. »Ich meine, also, ich wollte sagen …«, stottert der Mann, und Hartmut lächelt wie Michel Friedman, wenn seine Gegner in Einzelteilen vor ihm auf dem Diskussionssessel liegen.

Gegen Abend hat unser Verein für Überzeugungsabwehr 220 neue Mitglieder. Wer bei uns Mitglied wird, bekommt eine Broschüre über die besten Anti-Rhetorik-Tricks, einen kostenlosen Eintrag in den Newsletter und mindestens ein persönliches Training in der Fußgängerzone seiner Wahl. Nach vier Wochen ist der Verein auf 900 Mitglieder angewachsen, und ich muss Hartmut daran erinnern, dass unser eigentliches Geschäft darin besteht, Leute zu dequalifizieren, damit sie einen Job bekommen. Er sieht mich an, klopft mir auf die Schulter und sagt: »Der Verein ist nur ein Übergangsstadium. Wenn die Köpfe erst mal befreit sind, wird er sich von selbst aufheben.«

Und so kommt es.

Nach einiger Zeit lehnen die Menschen die Mitgliedschaft an unserem Stand mit genau den Tricks ab, die wir ihnen beigebracht haben. Kündigungen der Mitgliedschaft flattern ins Haus. Die Fußgängerzone wird leerer. Norbert gönnt sich jetzt zwei Apfelkuchen im Monat, wir haben ihn massiv an den Mitgliedsbeiträgen beteiligt. Die Promoter sind in die kleineren Städte ausgewichen, ins Bergische und ins Sauerland. Wir treffen sie manchmal, wenn wir zu Dequalifizierungs-Klienten fahren, die sich die Anreise nicht leisten können, und sehen uns an, wie sie die Leute überreden. Wir greifen nicht ein. Wir können nicht jeden emanzipieren und ein bisschen Geld brauchen die Vereine auch noch, falls Hartmuts Forststatistik mit dem Waldsterben doch nicht stimmt. Wir selbst haben sogar eines Nachmittags bei amnesty unterschrieben. Hartmut, Susanne, Caterina und ich. Sie hatten die Klemmbretter abgeschafft und gewartet, bis wir von selber an ihren Tisch kamen. Außerdem schien die Sonne.

GROSSER LÄRM

Sebastian hat den Job beim Bau. Es ist 6.30 Uhr, und zum Blubbern der Kaffeemaschine hämmern Pantera ihre brutalen Metal-Riffs durch die Wohnung, während er mit Rasierschaum auf den Wangen beiläufig durch den Flur läuft, anstatt sich zu Bach konzentriert vor dem Spiegel zu rasieren. Ich sprühe mir gerade Deo unter die Achseln und habe immer noch kleine Augen, meine nackten Füße stehen knöcheltief im Flokati des Wohnzimmers. Caterina geht draußen mit Susanne am Fenster vorbei Richtung Scheune und schüttelt den Kopf, als wollte sie sagen: Die wollen nur spielen. Die CD wechselt zu Born From Pain, es ist mein Morgenmix, es bringt mich in die Stimmung zu schwerer Arbeit. Die Gitarren klingen wie Flakfeuer, das Schlagzeug tackert wie eine Stanzmaschine, der Sänger brüllt wie ein Mörder. Sebastian grinst, wackelt mit dem Kopf, kratzt sich am Sack und steckt sich dann einen Keks in den Mund. Er hat sich wahnsinnig gut entwickelt. Wir bringen mittlerweile immer mehr Klienten in Arbeit. Bernd etabliert sich langsam bei der Lokalzeitung, seit er die kurzen Sätze drauf und sich die Frage nach dem »Warum?« abgewöhnt hat. Wir haben Sprechwissenschaftler zu Ausbildern im Callcenter gemacht, Romanisten zu Animateuren auf Mallorca und Medientheoretiker zu Anzeigeneinkäufern beim örtlichen Radio. Der menschliche Geist kann vieles vollbringen, und gegen letzte Widerstände hat Hartmut Susanne einen Tresor bauen lassen, in den die Akademiker ihre Bücher wegschließen müssen. Wir löschen ihnen alle Sender außer RTL II, DSF und MTV. Sie wissen nicht, wie man sie wiederkriegen könnte. Wir verbieten ihnen, in den Cafés rumzuhängen, in denen *Die Zeit* oder *Cicero* als Leseexemplare ausliegen, und schicken sie stattdessen in den 99-ct-Discostadl oder auf die Kirmes. Irgendwann sind sie bereit für bezahlte Arbeit.

Der Kaffee ist fertig, und auf meiner »Hallo-wach-CD« kommt Such a Surge. Es klopft an der Tür, und Martin kommt herein.

»Was machst du denn hier?«, frage ich, während dumpfe Riffs wie Presslufthämmer durch die Wohnung rütteln.

»Wollte diesem alten Haudegen hier zu seinem neuen Job gratulieren!«, grölt Martin und umarmt Sebastian, von dessen Wangen der Rasierschaum abspritzt. »Wusste doch, dass aus dir noch ein Malocher wird!« Sebastian lächelt und weiß nicht, ob er es als Kompliment nehmen soll. Seine Klassik-CDs sind im Tresor eingeschlossen. Such a Surge brettern und nageln. Hartmut steht in der Tür zum großen Bad und sieht sich die Zusammenkunft des Proletariats in seinem Flur an. Er geht in die Küche, gießt sich einen Kaffee ein, macht schmalere Augen und legt die Ohren zurück, was bei ihm meistens heißt, dass ihm die Musik zu laut ist oder dass er sie nicht mag. Ich gehe ihm nach, während Martin weiter Sebastian im Flur umherwirft und mit Komplimenten überschüttet.

»Ich weiß nicht mehr, ob das alles so richtig ist«, sagt Hartmut und sein Gesicht spiegelt sich im Glas der Kaffeekanne.

Ich sage nichts, Hartmut trinkt, Such a Surge bolzen.

»Ich meine, Romanisten auf den Ballermann, Linguisten ins Callcenter. Bernd hat früher über Adorno geschrieben. Und Sebastian …« Hartmut sieht in den Flur hinüber, wo Martins breite Arme aus Freude mit Sebastian jonglieren. »Hier steht er morgens in der Unterhose und hört sich Machogebretter an, bevor er mit haarigen Männern auf die Baustelle geht.« Ich deute mit der Kaffeetasse zur Stereoanlage und sage: »Das sind keine Machos. Die Texte sind sogar gegen Sexismus.«

»Ja ja, gegen Sexismus«, sagt Hartmut, während Such a Surge mit einem Bulldozer-Gitarrenriff unsere Couch zu Klump fahren. »Da kannst du genauso gut deinen dicken Schwengel rausholen und mit ihm auf den Sexismus einschlagen, bis er um Gnade winselt.« Die Couch ist platt, Such a Surge machen drei Sekunden Pause, dann laden sie wieder ihre Gitarren und feuern den Korbsessel in Fetzen.

Vor der Tür hupt es, und Sebastian, Martin und ich machen uns auf den Weg, um die Beute für den Tag einzuholen. Sebastian wirft seine orange Straßenarbeiterweste über und ich ziehe meine Handschuhe an, wie ein Agent seine Waffe lädt. Wir sind eine Armee. Aus dem LKW, der Sebastian abholt, bollert Rammstein. Zwei Bildzeitungen liegen auf der Ablage, ein Mann isst Stullen aus einer Brotbox. Sebastian springt in den Wagen, Martin und ich laufen zum Bus. Hartmut steht in der Tür und sieht uns lange nach.

Als ich nach Hause komme, freue ich mich auf mein Bad. Hartmut hat den ersten Teil seines Versprechens wahr gemacht und das beste japanische Badeöl bestellt, das es auf dem Markt gibt. Für die römischen Thermen ist halt noch keine Zeit. Ich werfe meine Sachen ins Zimmer, ziehe meinen Bademantel über und gehe ins große Bad. Ich mache den Rekorder auf der Ablage an und lege eine CD ein, die wirklich »Music For A Relaxing Bath« heißt. Ganz leichte Stücke von Bach und anderen Komponisten sind darauf, extra ausgewählt nach Maßstäben der Entspannung. Das Cover zeigt eine Frau in einem bunten Arrangement aus Badeschaum, Blumen, Kerzen und Weingläsern. Es ist gezeichnet wie eine lieb gemeinte Werbung im Gartencenter, welche die achtjährige Tochter vom Besitzer gemalt hat. Es ist so abseitig, so süß, ich liebe es. Das Wasser läuft und ich gieße das Öl hinein, das wie Honig glitzert. Ich seufze. Dann ziehe ich mich aus und steige hinein. Ich nehme mir ein Buch und erschrecke mich fast, als es plötzlich auf der Ablage »Bumm« macht. Yannick ist zu mir raufgesprungen, ich hatte nicht mitbekommen, dass er im Bad ist. Die Türen sind geschlossen. Er reibt sich mit dem Köpfchen an meiner Stirn, und ich mache gurrende Geräusche. Dann setzt er sich neben den Rekorder und hört der Musik zu. Nach zwanzig Minuten richte ich mich ein wenig auf und beginne, meine Haut mit dem Schwamm abzureiben. Bei diesem Öl macht es sogar Spaß, sich zu waschen, und nicht bloß im Wasser zu liegen, bis die Bröckchen an die Oberfläche steigen. Meine Haut glänzt golden und ich fahre mir mit dem Finger über den Bizeps. Ich muss aussehen wie ein Schnappschuss für Playgirl. Die CD geht zu Ende, und ich höre Geschnatter hinter der Tür zu Hartmuts Zimmer. Ruckartig lasse ich von meinem Arm ab und ducke mich hinter den Wannenrand. Wasser spritzt heraus und auf den Boden. Das Gekicher wird lauter. »Rauskommen!«, rufe ich, und es springt tatsächlich die Tür auf und ein Schwarm junger Teenagermädchen stürmt kichernd an mir vorbei in den Flur. Das Rudel hat die Lautstärke einer Gänsefarm, und als das letzte Gefieder an der Wanne vorübergerannt ist, betritt Mathelehrer Hans das Bad und setzt wieder zur Entschuldigung an. Ich unterbreche ihn: »Wird das jetzt zur Regel?«, frage ich. Er schweigt. Ich unterstreiche mein Geschimpfe mit cäsarischen Gesten. »Erst Jungs, dann Mädchen. Schulklassen in meinem Bad. Wird das jetzt zur Regel?«

»Ich halte in Susannes Zimmer Übungsunterricht ab. Hartmut sagt, ich sei langsam bereit für den normalen Schuldienst. Obwohl, wir haben gerade wieder über Paradoxien geredet. Die fragen mich halt immer ›warum?‹, und da muss ich doch eine Antwort geben.«

Ich sehe ihn an, weil das noch keine Antwort war. Er deutet mit dem Daumen hinter sich und sagt: »Ich hab hinten noch mehr. Die paar waren mir nur entwischt.«

Das war weniger als eine Antwort. Das ging schon in den Minusbereich.

»Ich glaub, ich raste aus«, sage ich. Hans' Bartzipfel senken sich nach unten. Dann röhrt im Flur ein Schlagbohrer. Yannick springt in Panik von der Ablage und rennt im Sprint in Richtung Flur, weil Hartmuts Zimmertür wieder zugegangen ist und er durch den Bohrlärm hindurch in den Westflügel flüchten muss. Ich stoße einen grollenden Schrei aus, der aus Tiefen kommt, die ich selbst nicht in mir vermutet hätte, und steige aus der Wanne. Die liebe CD, das japanische Badeöl, alles wertlos. Nur noch Rage. Jetzt reicht's. Im Flur steht ein junger Mann mit trägen Augen und vollkommen lustloser Bekleidung auf einem Hocker und bohrt mit dem größten denkbaren Kaliber ein Loch in die Wand. Er kann mich natürlich nicht hören, und so öffne ich eine Schublade an unserem Flurboard, nehme willkürlich raus, was ich finden kann, finde einen Kubikwürfel und werfe ihn dem Typen mit voller Wucht gegen den Steiß. Der junge Mann lässt den Bohrer fallen, dreht sich um und traut sich nicht, mit Meckern zu beginnen. Stattdessen fällt ihm der Unterkiefer herunter und er starrt mich an. Ich kann es ihm nicht verdenken. Vor ihm steht ein muskulöser UPS-Packer, vollkommen nackt und golden glänzend vor Badeöl, die Muskeln vor Wut zitternd. Ich stelle mir vor, wie der junge Mann mir erklärt, dass er Germanist ist und nur einen Abschluss von 3,6 hat, und dass das Bohren zu seiner Dequalifikation gehört, aber bevor er mir das alles sagen kann, gehe ich zu ihm, grunze, packe ihn ungeschickt an der Hose und werfe ihn mit grober Kraft auf die Ablage unter der Pinnwand. Es knallt fürchterlich, und wir spüren beide, dass menschliche Körper in echt schwerer sind als in den Actionfilmen. Meine Wut ist noch nicht verraucht, und so nehme ich einen Besen, tunke ihn in den Putz und Staub, den das Bohrloch schon auf den Boden gerieselt hat, hebe ihn an und laufe damit auf den Studenten zu, der die Arme hochreißt, weil er denkt, dass ich ihn mit dem Gerät erschlagen will. Ich hole aus, stoppe kurz vor seinem Gesicht ab und schüttele unter Grunzen und Raunen den kompletten Staub über seinem Gesicht aus, bevor ich den Besen exakt einen Zentimeter neben seinen Beinen auf dem Board in Stücke schlage. Das Merkwürdige ist, dass ich mir bei alldem zusehe. Es ist ja nichts Alltägliches, was ich hier mache. Der Student hustet und spuckt. Hans und die Mädchen stehen in der Küchentür und fragen sich, wann es aufhört. Dann lasse ich die Trümmer sinken, die mit einem hölzernen Klimpern auf den Boden fallen, und sehe, wie Yannick in der Ecke sitzt und den Kopf zwischen die Pfoten gesteckt hat. Ich beuge mich zu ihm und will mich entschuldigen, dass ich ihn so erschreckt habe, aber er hat gar keine Angst vor mir, sondern augenscheinlich Ohrenschmerzen. Das Bohren hat ihm einen Knacks versetzt. Diese elenden Reformen. Dieses verdammte Institut. Ich gehe ins Bad, werfe mir den Bademantel über, steige in meine Schlappen, nehme Susannes Autoschlüssel vom Brett, Yannick in den Arm und gehe hinaus. Ich drehe mich noch einmal kurz zu dem Studenten, der zusammenzuckt. Dann steige ich in Susannes Golf, der auf der anderen Straßenseite steht, und fahre zu unserem Tierarzt.

Dr. Slepitzka hat seine Praxis in Düsseldorf, aber der Weg von Bochum lohnt sich, weil er der beste Tierarzt ist, den man sich vorstellen kann. Yannick und ich werden ruhiger, als wir auf der Autobahn sind. In unserem Auto können nicht plötzlich Studenten auftauchen oder Türen geöffnet werden. Die Lüftung rauscht, und ich mache ein wenig das Fenster auf der Beifahrerseite auf. Yannick miaut, stellt sich mit den Vorderpfoten auf den Türgriff und lässt den Windzug durch seine Öhrchen fahren. Er freut sich. Es ist schon passiert, dass er nur simuliert hat, um mal wieder zum Doktor zu kommen. Ich sehe ihn von der Seite an. Er schaut aus dem Fenster, aber ich spüre, wie er schmunzelt.

»Alles klar, Ihr Kater hat keine bleibenden Schäden am Trommelfell erlitten«, sagt Dr. Slepitzka eine Stunde später und krault Yannick an den Ohrhärchen. Der Kleine drückt sich in die Hand des Doktors und schnurrt, die Geräusche der Stadt krabbeln als winzige Zwerge an der Außenwand herum. Die Praxis liegt bloß zwei Minuten vom Hauptbahnhof entfernt, und draußen suchen schwitzende Jugendliche, Mütter,

Stadtstreicher und Geschäftsleute nach Wegen aneinander vorbei, während Ampeln klicken und die Luft auf dem Asphalt flimmert. Hier drinnen beim Doktor ist es kühl, und eine leise Musik sitzt auf den alten Möbeln, von der man nicht weiß, ob man sie sich einbildet oder ob er irgendwo ein Radio anhat. Alles ist alt hier, aber nichts veraltet. Ein Raum aus Vertrauen. Auf dem Schrank steht ein Glas, in dem ein blau-roter Schleierfisch seine Runden dreht.

»Das ist Ludwig«, sagt Dr. Slepitzka und lässt Yannick los, der auf den Tisch gegenüber springt und sich anschaut, wie Ludwig seine Runden dreht.

»Sie operieren auch Fische?«

»Manchmal. Ist ein schwieriges Unterfangen. Aber das Geheimnis ist Zeit und Ruhe.«

Der Doktor spricht langsam, räumt dabei sein Ohrgerät ab und schlägt das Buch mit den heutigen Aufgaben auf. Sorgfältig trägt er etwas ein. In Schönschrift. Als gäbe es nichts Unwichtiges, auch nicht die Schrift, die man benutzt, um sich Notizen zu machen.

»Sie sehen gestresst aus«, sagt der Doktor und sieht mir in die Augen. Ich habe rote Flecken im Gesicht und eine Schramme von der Arbeit. Ich habe vor 90 Minuten einen Studenten quer durch unseren Flur geschleudert und fast auf dem Sideboard zerschmettert. Und vor allem: Ich trage immer noch lediglich einen Bademantel über öliger Haut und Schlappen an den Füßen.

»Na ja«, sage ich.

Der Doktor geht in einen Nebenraum und setzt einen Tee auf. Yannick folgt den Runden des Schleierfisches wie Zuschauer einem Tennisspiel. Der Fisch erinnert mich an die Vereinsfarben von Bayer Uerdingen. Irgendwie ist es pervers, wie wir die Welt einteilen.

»Wer Tee trinkt, vergisst den Lärm der Welt«, sagt der Doktor.

»Bitte?«

»Wer Tee trinkt, vergisst den Lärm der Welt. Das ist ein guter Spruch. Es bringt nichts, wenn Sie sich aufreiben.«

»Aber ich ... mein Mitbewohner macht sogar Anti-Stress-Beratung. Also, im Moment gerade nicht, weil wir ...«

»Hier, bitte.« Der Doktor reicht mir den Tee. Ich trinke hastig und verbrenne mir die Zunge.

»Nein, stopp, halt«, sagt der Doktor und hält sich die Tasse unter die Nase. »Riechen Sie mal.«

Ich zögere.

»Na los. Riechen Sie!«

Ich rieche und atme tief ein. Es macht etwas in meinem Kopf. Es erinnert mich daran, wie ich als Kind am Holz gerochen habe, im Wald.

»Wann haben Sie das letzte Mal etwas gerochen?«, fragt der Doktor.

Ich sage nichts. Der Doktor geht mit seiner Tasse wieder nach nebenan, wo Ludwig stoisch seine Runden dreht. »Ich weiß noch genau, wie ich anfing, in Museen zu gehen. Ich habe diese Schildchen gelesen, Einordnung in die Kunstgeschichte. Irgendwann habe ich das gelassen, bin vor einem Bild stehen geblieben und habe es mir einfach angeschaut. So richtig. Zehn Minuten lang. Eine halbe Stunde. Jeden Strich, jeden Farbton.«

Ich weiß, worauf er hinauswill. Ludwig dreht im Trikot von Bayer Uerdingen seine Runden. Yannick spornt ihn dabei an.

»Wir sollten niemals die Ruhe verlieren. Sorgen Sie für

Ruhe«, sagt der Doktor und lächelt. »Ach, verdammt, ich klinge wie ein Eso-Onkel.«

Seine Frau streckt ihren Kopf durch die Tür, stockt kurz, als sie mich in meinem Bademantel sieht, und sagt: »Entschuldige, aber wir sollten jetzt mit Marcello anfangen.«

Marcello ist eine Zwergmaus, und als das Tier Yannick sieht, das Slepitzkas Frau in einer kleinen Kiste vor ihrer Brust hält, bricht seitens des Mäuserich ein quiekender Aufstand los, während unser Kater sich wieder abwendet und weiter Ludwig zusieht, wie er seine Runden dreht. Am Boden des Glases weht ein wenig Gras im Fluss des Wassers.

»Yannick, Schatz, wir müssen jetzt gehen. Der Doktor muss eine Maus operieren.« Yannick faucht, als ich mich ihm nähere und legt die Ohren zurück. Ich nehme die Hände nach oben und er schaut wieder zu Ludwig, wie der Doktor vor seinem Gemälde im Museum, wenn er nicht gestört werden will. »Äh, Yannick ...«

»Schon gut, schon gut. Lassen Sie ihn. Sie können noch bleiben«, sagt Doktor Slepitzka und bereitet den OP-Tisch vor. Dann berührt er den Mäuserich und macht irgendwelche Geräusche, sodass das Tier ruhig wird und sich die winzige Narkose setzen lässt. Er ist ein Tierflüsterer. Der Doktor setzt eine Lupenbrille auf und macht sich langsam wie ein Mönch an die Arbeit. Da stehe ich nun, neben meinem Kater, der sich einen blau-roten Fisch beim Im-Kreis-Schwimmen ansieht, und einem Arzt, der die Ruhe weg und eine so sichere Hand hat, dass er sogar Mäuse operieren kann. Ich erinnere mich daran, dass ich mir den ganzen Institutsstress nur antue, um irgendwann einmal in die römischen Thermen zu können, und dass ich sehr wohl bewusst riechen kann. Ich kann fantastisch riechen, Badeschäume zum Beispiel, aber man lässt mich ja nicht. Man lässt mich ja nicht.

Nach 14 Runden von Ludwig werden die Geräusche der Stadt, die bislang nur als Zwerge am Haus entlang krochen, schlagartig zu Riesen, die mit Stahlhämmern auf die Außenhülle einschlagen. Der Doktor erschreckt sich und nimmt gerade noch rechtzeitig das Operationsbesteck hoch. Yannick geht sofort in Angriffsstellung und der Fisch unterbricht nach Tausenden von Kreisen seine Runden und macht ein empörtes Gesicht. Dann kracht es wieder, so gewaltig, als würde man Düsseldorf komplett auf einer Erdplatte unter Köln schieben wollen.

»Grundgütiger!«, sagt der Doktor.

Ich hebe die Hand, stehe langsam auf und sage: »Sie sagten, man müsse für Ruhe sorgen. Warten Sie.«

Dann gehe ich durch den Hausflur nach draußen, blicke links und rechts die Straße hinunter und sehe an einer Ecke ein riesiges gelbes Baugerät, das mit einem monströsen Bohrer die Straßendecke aufbricht. Zwei bullige Malocher stehen daneben, und ein junger Mann mit einem T-Shirt von Rhapsody. Sebastian. Ich gehe auf die Baustelle zu. Mein Bademantel weht im Wind, der durch den Straßenzug fegt. Staub bleibt im Frottee hängen und auf meiner öligen Haut. Ich bleibe vor dem riesigen Bohrer stehen, sehe dem Täter darauf in die Augen und hebe meine Arme wie ein Priester. Die Menschen halten am Straßenrand an. Da stehe ich nun. Ein Mann im Bademantel gegen die Megamaschine. Sebastian läuft zu seinem Kollegen, springt auf das Gerät, legt ihm die Hand auf den Arm und flüstert ihm etwas zu. Dann steigt der Mann von seinem Bock. Ich sage: »Macht Mittag!«, und höre mir selbst dabei zu. Es klingt endgültig. Die Männer nehmen die Helme ab. Als ich wieder zurückkehre, ist Marcello fertig, und Ludwig schwimmt wieder.

»Ich habe für Ruhe gesorgt«, sage ich. Dann setze ich mich neben Yannick, trinke Tee und gehe erst, als Ludwig weitere 100 Runden absolviert hat.

Daheim gehe ich baden.

Ich muss ja nur den Mantel ausziehen.

KUGELSCHREIBER

»Ich hab Scheiße gebaut!«, sagt Jörgen und steht mit hängenden Armen in unserer Haustür. Er war schon länger nicht mehr hier, der alte Kiffer, aber es scheint sich nicht viel verändert zu haben. Seine Augen stehen vor wie eh und je und schauen in die Welt, als wollten sie sagen: »Am Ende sterben wir alle, also warum vorher anstrengen?« Seit Hartmut neulich nach der simulierten Schlägerei zu ihm geflüchtet ist, hat er sich nicht mehr gemeldet, aber das muss bei ihm nichts heißen. Einmal hatte er einen Job in Venezuela, irgendein krummes Ding, so halbkrumm, eher exotisch. Meistens aber sitzt er daheim und repariert Playstations. Ich habe eine Tasse Gemüsebrühe in der Hand und frage mich, ob er sich dequalifizieren lassen will. Es würde bedeuten, dass er sich neuerdings um reguläre Lohnarbeit bemüht, und das wiederum ist bei ihm mehr als unwahrscheinlich. Ich winke ihn herein und weise ihm einen Platz am Küchentisch zu.

Eine junge Frau kriecht auf dem Boden herum und wienert. 15 Semester vergleichende Textilwissenschaften. Bislang Freiberuf. »Ja, Freiberuf!«, hat sie bei ihrer Einstufung gesagt. »Optimal ist das. Man ist völlig frei von Beruf!« Dann hat sie gegackert. Jörgen schaut sich die Frau an und sieht dann zu mir, die Augenbrauen kräuselnd. Ich weiß nicht, ob ihm klar ist, dass wir hier ein Institut in Betrieb haben. Vielleicht denkt er, er hat uns immer unterschätzt oder im Drogenrausch nicht mitbekommen, dass wir die letzten Machos sind, die Frauen auf Knien für sich putzen lassen.

Ich hole Hartmut von der Playstation weg und er stellt auf Pause und kommt herüber.

»Jörgen!« sagt er.

Der sieht ihn kurz an, als überprüfe er, ob es wirklich Hartmut ist, schaut dann wieder zu der Frau, die zwischen seinen Füßen herumwischt, und schüttelt seine Verwirrung ab wie eine Staubflocke.

»Hier!«, sagt er und legt ein paar schlecht gedruckte Kataloge und Ringhefter auf den Tisch.

»Was ist das? Fanzines?«, fragt Hartmut und nimmt eines in die Hand, ohne dass seine Augen einrasten. Jörgen schüttelt den Kopf und hält eine Anzeigenseite aus der Zeitung in die Höhe. Ein Angebot ist mit gelbem Stift markiert.

Heimarbeit! 1000 Euro/Tag und mehr von zu Hause aus. Kugelschreiber zusammenbauen, Briefbögen falten etc. Concept Info unter 0190–6322263.

»Da hab ich angerufen«, sagt Jörgen und senkt den Kopf wie ein Mann, der wieder in die Spielhalle gegangen ist.

»Nein!«, sagt Hartmut.

»Doch!«, sagt Jörgen.

Ich schiele ins Wohnzimmer, um nachzusehen, was Hartmut gespielt hat. Es war *Rayman*. Die kleine Figur steht im finalen Level auf der vorletzten Plattform, es ist noch ein Leben übrig, ein Feuerball fliegt auf das Männchen zu und ist auf Pause eingefroren. Yannick springt auf den Wohnzimmertisch, schnüffelt an dem abgelegten Joypad, hebt sein Pfötchen und drückt auf den Startknopf. Die Pausenfunktion löst sich, der Feuerball trifft. Das Spiel dudelt die »Game Over«-Melodie. Hartmut verzieht in der Küche kurz das Gesicht.

»Als Erstes kam dieser Brief, in dem ich aufgefordert wurde, für dreißig Euro einen Katalog zu bestellen«, sagt Jörgen und zeigt ihm ein grünes Blatt.

»Das kenn ich, da bin ich auch mal drauf reingefallen!«, sagt die Textilwissenschaftlerin und gießt im großen Bad das Putzwasser in die Wanne. »Eine Schande, dass sie nicht mal Gardinen haben«, murmelt sie. Hartmut konzentriert sich wieder auf die Hefte.

»Da stimmen ja nicht mal die Absätze«, sagt Hartmut und gibt es ihm zurück. Jörgen wird rot. Er sieht kurz aus dem Fenster zu den Nachbarn und tippt dann auf eines der Ringbücher auf dem Küchentisch: »Daraufhin kam das hier«, sagt er. Hartmut blättert in dem Ding herum und sieht nach fünf Sekunden wieder auf: »Sag mir Jörgen, steht hier wirklich nur drin, mit was man angeblich alles von zu Hause Geld verdienen kann?«

Jörgen wird dunkelrot und nickt. Hartmut blättert weiter. Ich sehe Zeichnungen in grauenhaftem Layout, eine Art Bastelanleitung für Briefbögen und: Kugelschreiber. Hartmut sieht wieder auf. »Kugelschreiber zusammenbauen. Per Hand. Jörgen, dir ist aber klar, dass wir in einer Zeit leben, in der sogar Stufenhecklimousinen fast ganz alleine von Maschinen gebaut werden?« Jörgen sucht Löcher im Boden. »Da steht keine Adresse dabei«, sagt Hartmut. Jörgen wird braunrot. »Um die zu bekommen, musste ich noch mal zehn Euro im Kuvert einschicken«, sagt er. Hartmut sieht ihn an wie ein Vater seinen Sohn, der sein ganzes Sparbuch, auf das die geschwächte Oma seit dessen Geburt die Hälfte ihrer kleinen Rente eingezahlt hat, bei einem bulgarischen Gebrauchtwagenhändler in Kreuzberg für einen Mercedes mit Achsenbruch auf den Kopf gehauen hat. »Und dann?«, fragt er. Jörgen wird braunschwarz. »Dann kam ein Schreiben von der Kugelschreiberfirma, in der sie mich aufforderten, dreißig Euro Bearbeitungsgebühr zu zahlen, um mir ausführlichere Informationen zu schicken.« Bevor Hartmut etwas antworten kann, verkriecht Jörgen sich unter dem Küchentisch.

»Hast du das gemacht?«, fragt Hartmut.

Man vernimmt ein leises Wimmern von unten.

Hartmut sieht ein wenig genervt geradeaus zum Perlenschnurvorhang ins Wohnzimmer und tritt ziellos unter dem Tisch herum, bis er Jörgen trifft. »Jööörgen, hast du das gemacht?«

»Ja!!!«, schluchzt der Getretene, streckt seine Hand nach oben und tippt auf einen weiteren mies gedruckten Katalog auf dem Tisch, auf dem Clipart-Kugelschreiber abgebildet sind und vier verschiedene Schriftarten allein für das Titelblatt benutzt wurden. Hartmut blättert hinein und sagt nach fünfzehn Sekunden, den Blick immer noch geradeaus und die Füße mit Jörgen-Kontakt: »Hier steht essenziell nichts weiter drin, als dass man zu Hause Kugelschreiber zusammenbauen soll, oder?« Jörgen bleibt unter dem Tisch zu Hartmuts Füßen und spricht weiter, bevor er wieder angestupst werden kann: »Ja. Die verlangten dann nochmal fünfundzwanzig Euro, um mir dann eine Adresse zu geben, von wo ich die Kugelschreiber-Zutaten geliefert bekommen würde.« Hartmuts Bein holt instinktiv aus, dann hält er inne und fragt: »Und?«

»An dem Punkt habe ich aufgehört. Wirklich!«

»Also sind wir bei siebzig Euro?«

»Hundert«, jammert Jörgen unter dem Tisch. »Ich hab doch zu Anfang diese 0190er-Nummer angerufen.«

Hartmut macht schmale Lippen, dann taucht er ab und zieht Jörgen am Kragen unter dem Tisch hervor. Er sieht ihm in die Augen und schüttelt den Kopf. »Was ist bloß mit dir los, Jörgen?« Yannick kommt aus dem Wohnzimmer, läuft unter den Tisch, klettert über den an Hartmuts Händen hängenden Jörgen wie über eine Brücke auf Hartmut zu und springt über dessen Schulter auf das kleine Regal mit dem Radio. Hartmut lässt Jörgen aufstehen, ich setze heißes Wasser auf. »Erst mal Tee trinken«, sage ich.

»Nix Tee trinken!«, sagt Hartmut und steht auf. »Wir holen jetzt Jörgens Geld zurück!« Er wühlt hastig in den Katalogen und Umschlägen und sucht nach der Adresse, von der aus der Betrug seinen Anfang genommen hat. Fünf Minuten später sitzen wir in Susannes Auto.

Die Adresse der Firma ist in Duisburg-Hafen. Es ist eine schmale Straße in einem Viertel, das ein wenig wie ein Campingplatz aussieht. Nur dass die Wohnwagen eben Häuser sind, flach und groß. Wir steigen aus und gehen zu einem blassen Eisentor. An der Klingel steht kein Name, im Zeitungskasten schwimmt stinkendes Brackwasser. Hartmut drückt auf den Knopf, und wir hören ein blechernes Krächzen von drinnen. Die Klingel funktioniert. Niemand öffnet. Hartmut klingelt wieder. Ein Vogel fliegt aus der Regenrinne. Hartmut klingelt nochmal. Die Regenrinne bricht ab, hängt an einer Ecke herunter und ergießt dickflüssige Soße auf ein Fenstersims.

»Was machen die denn hier, das war nicht abgemacht!«, ruft plötzlich ein adretter junger Mann im Anzug. Er hat schwarze, gut frisierte Haare und seine Haut sieht unwirklich perfekt aus, was daran liegt, dass ein Filmscheinwerfer ihn ausleuchtet. Eine Steadycam schwebt über ihm, und ein Regisseur sitzt in einem Rollstuhl, Kabelträger, Maskenbildnerin und Praktikanten um sich. Auf dem Mikroschutz in der Hand des jungen Mannes ist das Logo von Pro Sieben abgedruckt. Er wedelt mit dem Stab und dreht sich nochmal zu seinem Team um: »Es war nicht abgemacht, dass hier noch andere Teams rumflitzen! Nicht ab-ge-macht!!!« Ein dünner Mann mit schwarzer Brille und Quiksilver-T-Shirt hetzt auf uns zu: »Seid ihr die von RTL II?«, fragt er und mustert uns. »Wo ist eure Ausrüstung?«

Hartmut deutet auf sein Auge und sagt: »Implantate. Die Aufzeichnung geht direkt in einen eingebauten Biochip.«

Der junge Mann sieht ihn an, als überlege er, ob Hartmut ihn verarscht oder seine Redaktion den neuesten Trend aus Japan verpasst hat. Immerhin gab es vor ein paar Jahren auch noch nicht kleine Speicherstifte, auf denen man 60000 Lieder mit sich herumtragen konnte. Der Moderator mit den schwarzen Haaren sieht ungeduldig zu uns herüber. Hartmut drückt sich an dem Quiksilver-Mann vorbei und sieht ihn an. »Ich stehe eurer verkürzten Wirtschaftskritik sehr misstrauisch gegenüber!« Jörgen lässt wieder die Arme hängen. Mit Hartmut unterwegs zu sein, kostet Zeit. Der Moderator starrt ihn an und runzelt die Stirn. Hartmut zeigt auf das Haus und sagt: »Habt ihr schon versucht, hereinzukommen?«

Der Moderator schüttelt den Kopf.

»Keiner da«, sagt der Quiksilver-Mann. »Wahrscheinlich eine Briefkastenfirma.«

Hartmut nickt, wendet sich ab und zieht Susannes Autoschlüssel aus der Hose. Wir wenden uns zum Gehen. »Wartet!«, ruft der Moderator. »Wie wär's, wenn einer von euch den Betrüger mit den Kugelschreibern spielt? Er müsste sich nur hier in den Garten stellen und sagen, dass wir verschwinden sollen und er seinen Anwalt ruft. Oder vor die Kamera kommen und ein Interview verweigern. Ihr kennt doch unsere Sendung. Dann sind wir nicht umsonst hergefahren.« Hartmut dreht sich noch einmal zu dem Mann um wie John Wayne zu einem Gringo, der die Mühe eines kompletten Umdrehens nicht wert ist. Dann schüttelt er den Kopf und lässt das ProSieben-Team stehen. Hätte er einen Zahnstocher im Mund, würde er darauf kauen. Eine alte Zeitung weht über die Straße.

Daheim sitzt Susanne vor der Playstation und hat den kleinen *Rayman* wieder bis in den letzten Level vorgekämpft. Sie stellt auf Pause, als wir im Vorhang zum Wohnzimmer stehen, und fragt, wo wir mit ihrem Auto gewesen sind. »Wir waren bei einer Scheinfirma und haben vor verschlossenen Türen die Redaktion von *Young Business* verarscht, weil Jörgen sich für siebzig Euro Kataloge zur Kugelschreibermontage bestellt hat«, sage ich. »Aha«, sagt Susanne, legt das Joypad auf die Couch und holt sich einen Tee aus der Küche. Yannick nestelt am Kabel herum, das Pad fällt auf die Seite mit den Knöpfen, und das letzte Leben der Figur ist wieder ausgehaucht. Er sieht mich frech an und nickt mit dem Kopf in Richtung Küche, wo Susanne noch nichts ahnt. Ich schüttele tadelnd den Kopf. Er miaut. »Wir wollten Jörgen seine siebzig Euro zurückholen«, sagt Hartmut. »Stattdessen haben wir fünfzehn Euro Sprit verfahren«, sage ich. »Diese Leute findet man nicht«, sagt Jörgen, setzt sich wieder an den Küchentisch und hebt die Kataloge wie tote Fische an. Susanne gießt sich den Tee ein und sagt: »Wenn der Prophet nicht zum Berg kommt, kommt der Berg eben zum Propheten.« Hartmut schaut auf. »Wie meinst du das?«, fragt er. »Ich meine, dass man so was da auch noch selber gedruckt kriegt. Verkauft doch selbst ein paar Kataloge.« Sie lacht, dann nippt sie an ihrem Tee, geht ins Wohnzimmer, sieht auf den Bildschirm und sagt: »Och, nein!« Hartmut lässt sein Hirn laufen, die Wohnungstür geht auf, meine Caterina kommt farbverschmiert vom Malen aus der Scheune, wir küssen uns und stehen Arm in Arm vor dem Board mit der Sandwichmaschine. Als sie ihre Zunge aus meinem Mund nimmt, ist Hartmuts Denkvorgang abgeschlossen. Sie schaut auf seinen Kopf, zeigt darauf und sagt: »Da drin ist gerade ein Plan entstanden.«

Nach wenigen Tagen stehen wir in der Scheune und alles ist vorbereitet. Ich bin sauer auf mich, weil ich mich nicht gewehrt habe und Hartmut gewähren ließ. Ich kann nicht mehr baden, das Haus ist voller Dequalifikanten, ich muss arbeiten, ich kann kaum mit Caterina kuscheln, ohne dass irgendwelche neuen Klienten ans Fenster klopfen. Doch Hartmut ist das egal. Hartmut fragt sich nicht, ob man bereits genug zu tun hat. Hartmut tut, was ein Hartmut tun muss.

Also hat er die Regale im hinteren Teil der Scheune platziert, im Partyraum, einmal um die Tischtennisplatte herum. Die Platte selbst dient vorübergehend als Versandtisch. In den Regalen liegen fein säuberlich gestapelt Briefe und Kataloge. Mit jeder Sendung steigert sich der Gesamtwert. Jörgen ist bei siebzig Euro ausgestiegen, aber wer sagt, dass das alle tun? Hartmuts Katalogkette geht weiter, viel weiter. Er hat die Kataloge für die höheren Werte nur geringfügig verändert. Alle wurden hastig am Computer entworfen, wie die, die Jörgen geschickt bekommen hat. Beim Sprung von 150 auf 220 Euro hat Hartmut sogar genau dieselbe Datei verwendet und lediglich die Seitenfolge ausgetauscht. Er glaubt, dass Menschen mindestens bis 200 Euro bestellen, wenn nur die Anschreiben zwischendurch autoritär genug formuliert sind. Er redet vom Milgram-Experiment, wo Menschen Probanden tödliche Stromstöße gaben, bloß weil ein Arzt im Kittel ihnen den Befehl dazu gab. Ich muss mit ihm reden. Ernsthaft. So kann das nicht weitergehen.

»Und bei welcher Summe willst du aufhören?«, hat Jörgen ihn gefragt. »Das werden wir sehen«, antwortete Hartmut, »das werden wir sehen.«

Susanne und Caterina arbeiten nebenan im Hauptraum an einer Honda und einem Gemälde, als Jörgen und ich die ersten Sendungen verpacken. Eigentlich müsste Caterina sich auf Anstreicherjobs bewerben, aber sie verbraucht erst mal das Material, das ich ihr geschenkt habe. Sie muss malen. Sebastian ist auf dem Bau.

Es haben sich schon ein paar Dutzend Leute auf die Anzeige im Reviermarkt gemeldet, eine 0190er-Nummer haben wir uns gespart, bei uns kann man direkt bestellen. Nach vier Tagen gehen die ersten Kunden zur Bestellung des Katalogs über, drei Tage später gehen die zweiten Anschreiben raus, dann der nächste Katalog. Hartmut macht eine Liste der höchsten Summen auf der Kreidetafel hinter der Bar, beim Eintüten der Kataloge hören wir Emerson, Lake & Palmer auf den alten Plattenspielern hinter der Theke. Als die ersten Kunden Jörgens Grenze von 70 Euro überschreiten, lebt er wieder auf. Er ist doch nicht die dümmste Sau in NRW. Enthusiastisch klebt er die Pakete mit dem dritten Katalog zu, auf den das vierte Anschreiben folgen wird. In diesem Stadium werden die Anfragen über Postfächer zu uns geleitet, sodass die Kunden glauben, sie würden immer einer anderen Firma schreiben. Doch die erste Sendung, die sie von uns bekamen, trug den echten Absender. Unsere Adresse. Mit Hausnummer und Zusatz »Anbau hinten«.

Sie können uns finden, wenn sie wollen. Hartmut will wissen, wann sie aufhören, uns Geld für Müll zu schicken. Hartmut will wissen, wer außer Jörgen noch darauf reinfällt. Der Berg soll zum Propheten kommen. Die Adresse ist echt.

Der erste Kunde steht nach knapp drei Wochen in der Scheunentür. Er wirft einen Schatten wie ein riesiger Oger, ist tätowiert und trägt ein T-Shirt, auf dem »Felsen« steht. Nur der Anblick von Susanne, die mit verschmierten Armen eine Suzuki repariert, lässt ihn für einen Moment vergessen, dass er eigentlich die Scheune zu Klump schlagen wollte. Wir fragen ihn, wie viel Geld er insgesamt geschickt hat und geben es ihm aus der Kasse unter den Platten zurück. Wir beglückwünschen ihn, dass er ausgestiegen ist und holen ein Bier aus dem Kühlschrank unter der Theke. Er fragt, ob wir außer dem Hippiekram auch gute Mucke im Partyraum haben. Hartmut legt Motörhead auf. Der Mann ist glücklich.

Der zweite Kunde, der unsere Scheune findet, ist Jochen. »Ach, du Scheiße, jetzt weiß ich, warum mir die Adresse bekannt vorkam«, sagt er und wird ungefähr so rot wie Jörgen, als er Hartmut von seinem Missgeschick beichten musste. Nur dass Jochen erst bei 220 Euro ausgestiegen ist, als der Katalog kam, bei dem bloß die Seitenreihenfolge ausgetauscht wurde. »Mario hat gleich gesagt, dass es Betrug ist«, sagt er.

»Es kann selbst die engsten Freunde treffen, was?«, lacht Susanne und wirft einen Kolbenschlüssel auf die Werkbank. Caterina kichert und trägt neue Farbe auf. Yannick sitzt auf dem Boden. Sein Kopf folgt den Bewegungen ihres Pinsels.

Am Abend sitzen wir vor der Playstation und sehen Susanne und Hartmut dabei zu, wie sie endlich *Rayman* ans Ziel bringen wollen, bevor Yannick es unterbinden kann. Kurz vor dem letzten Level wippt Caterina herum, als könne sie etwas nicht abwarten und fragt mich: »Soll ich dir was zeigen?« Ich nicke. Sie nimmt meine Hand und öffnet die Tür. Dann gehen wir aus dem Haus, einmal herum und zur Scheune. Sie öffnet das Tor, und das Licht geht von selbst an, auch eine von Susannes Erfindungen. Mein Blick fällt auf das schwarze Motorrad neben der Werkbank und die Versandhüllen mit den Katalogen zur Kugelschreibermontage. Dann drückt Caterina einen Lichtschalter für ein paar Extrastrahler, und in der anderen Ecke der Scheune erscheinen zwei fertige Bilder, gemalt auf den Leinwänden, die ich ihr geschenkt habe. Klare Linien teilen die Bildfläche in farbige Felder ein, über die im Vordergrund Blätter hinabrieseln. Sie sind einzeln auf die Leinwand gebracht, aber es wirkt, als würde man sie tatsächlich sanft zu Boden schweben sehen. Ich habe keine Ahnung von Farbenlehre, aber die Flächen sprühen nur so vor Frische und sind zugleich so friedlich, dass man vor ihnen meditieren könnte. Ich habe keine Ahnung von Komposition, aber die Bewegung der Blätter vor diesem Hintergrund wirkt einfach toll. Caterina sieht mich von der Seite an. Meine Augen bleiben auf den Bildern kleben. »Und?«, fragt sie. Ich weiß nicht, was ich sagen soll, weil ich keine Ahnung habe. Sie hat Kunst studiert. Ich finde die Bilder großartig, aber vielleicht offenbare ich mich als untauglich, wenn ich zu begeistert bin. Vielleicht waren es nur Fingerübungen für sie. Was sage ich bloß? »Hallo? Bist du verstummt?«, fragt Caterina und wischt mit ihren Händen vor meinem Gesicht herum. Ich sehe sie an. »Ich weiß nicht, wie ich es beschreiben soll«, sage ich. »Ich bin kein Kunstexperte.« Caterina wirft die Arme hoch, als wäre das das Blödeste, was ich hätte sagen können. »Darum geht es doch nicht!«, sagt sie. »Sag mir, was du empfindest.« Ich sehe wieder die Bilder an. »Ganz laienhaft?«, frage ich leise und sehe sie an wie ein Maulwurf. »Ganz laienhaft«, sagt sie. Ich sage: »Früher, als wir noch am Niederrhein lebten, bin ich oft mit dem Rad rausgefahren. Andere haben Pilze gesucht oder Rehe, die sie mit dem Fernglas beobachten konnten. Aber ich suchte was viel Selteneres. Einen Moment. Den Moment, wenn ein ganz bestimmtes Licht zu einer ganz bestimmten Tageszeit auf einen ganz bestimmten Ort fällt. Auf den Zwischenraum von Feld, Waldrand und Himmel, wo Blau, Braun und Gold sich treffen. Die fünf besten Minuten am Rheinufer, wenn der Sonnenuntergang noch nicht angefangen hat und alle Farben und Formen glasklar sind. Dazu dann die Geräusche des Wassers oder eben der fallenden Blätter. Im Gras liegen. Und wissen, dass es nicht kitschig ist, auch wenn es sich jetzt so anhört, sondern die tollsten Momente des Lebens sind, weil man friedlich ist und zugleich voll da. So empfinde ich diese Bilder …« Caterina steht neben mir und sieht mich an. Sie hat feuchte Augen. Um Himmels willen, denke ich, was habe ich jetzt gesagt. Ich fuchtele mit den Händen in der Luft herum und räuspere mich: »Okay, das war vielleicht etwas blöd formuliert. Was ich eigentlich sagen wollte ist, dass das Zusammenspiel von Geometrie und Blattform, von Bewegung und Statik besticht, wie, wie …«, ich suche nach Worten, »wie die Natur selbst schon chaotisch scheint, aber doch perfekte Formen schafft, die …« Sie legt mir ihre kleine Hand auf den Mund. »Halt die Klappe!«, sagt sie, als hätte sie schon geweint, »was du eben gesagt hast, war das Schönste, was mir je einer zu meinen Bildern gesagt hat.« Ich sehe sie an. »Ehrlich?« Sie nickt und küsst mich. Lang. Sehr lang. Auf diese Art, dass ich jeden Millimeter meines Körpers so sehr spüre, als würden die winzigsten Pinsel aus dem Kunstbedarfsladen ganz sachte darüber streichen. Wir umarmen uns, und sie beginnt, mit den Händen an Orte zu wandern, vor denen früher vor der Hochzeit gewarnt wurde. Ich will sie ein wenig zurückschieben, weil ich es aufdringlich finde, was sich dort augenblicklich zwischen uns an sie drückt, als hätte es ein ganzes Leben lang auf diesen Augenblick gewartet. Sie spürt es, aber zieht mich nur noch fester an sich heran. »Ist da jemand aufgeregt?«, fragt sie und ich sage »ilidegrüuüalledi«, was »Ich liebe deine grünen Augen und überhaupt alles an dir« heißen soll. Dann gehen auch meine Hände auf die Reise und wir setzen den Kuss von eben fort, für den das Wort »Kuss« ohnehin eine Untertreibung darstellt. Wir schaffen es nicht aus der Scheune heraus und es ist uns auch klar, dass die Tür offen steht. Sie hört einen Moment auf und sieht mir tief in die Augen: »Ich werde keine Anstreicherin«, sagt sie.

»Ich weiß«, sage ich.

Dann wird die Scheune für uns beide endgültig zum schönsten Ort, den es in der ganzen Milchstraße geben kann.

Zwei Wochen später sind Caterinas Bilder und Susannes Motorräder sorgsam abgehängt. Der Hauptraum der Scheune ist mit Girlanden dekoriert und auf dem Plattenteller im Partyraum dreht sich Bob Marley. Die Kreidetafel ist in der Mitte des Raumes aufgestellt und verzeichnet die Bestenliste unserer Kugelschreiber-Montage-Kataloge-Kunden. Der Zweitplatzierte ist mit faszinierenden 480 Euro dabei, der Dritte mit 410. Auch die Bezahler der kleineren Summen sind alle gekommen, ungefähr vierzig Leute, die alle den Weg zur Wiemelhauser Straße gefunden haben, um ihr Geld zurückzuholen. Hausfrauen und Opelfahrer, Arbeitslose und Modellbauer, Studenten und Kleingärtner. Es wird getanzt und gelacht, die Regale sind leer, und alle haben ihre Kataloge wieder mitgebracht. Die, die bei niedrigeren Summen ausgestiegen sind, lassen sich zeigen, was man beim Stand von 400 Euro geschickt bekommt und müssen lachen. Die Kataloge für diese Höhe hatte Hartmut hastig nachproduzieren müssen und auf den letzten Seiten nur noch Nonsens abgedruckt, u. a. eine Komplettlösung von *Rayman* mit Zeichnungen aller Plattformen und eine Bauanleitung für ein M60-Gewehr mit 400 Schuss Munition. Die Menschen tanzen, Caterina und ich knutschen hinter der Bar, und Jörgen trinkt mit Jochen Küstennebel. Dennoch schauen alle immer wieder ungeduldig zur Tür und fragen sich, ob *er* wirklich kommen wird: Der Mensch, der mit 550 Euro der klare Sieger des Experimentes ist und auf seine telefonische Beschwerde hin um 22 Uhr an diesem Samstagabend in die Wiemelhauser Straße zitiert wurde, um sich endlich die Kugelschreiber abholen zu können. Die Menge tanzt, der Küstennebel fließt in Strömen, und AC/DC stimmen gerade »It's a long way to the top« an, als um 22.01 Uhr die Tür aufgeht und ein kleiner Mann mit großen Augen in der Scheune steht und auf die Menschenmenge blickt, die ihn mit Getröte, Konfetti und Glückwünschen empfängt. Er bekommt sein Geld in Fünf-Euro-Scheinen zurück, die in einen Kranz aus Kugelschreibern gesteckt wurden, in jedem Schreiber einer, er darf sie zu Hause auseinander montieren. Die Party wird lang.

Am nächsten Morgen wecken mich die raue Zunge von Yannick und das Zwitschern der Vögel. Ich liege auf dem Boden der Scheune, neben mir leere Plastikbecher mit Resten von Küstennebel. Susanne und Caterina stehen in der Tür zum Partyraum und haben Kaffeetassen in der Hand. Hartmut deckt für die Frauen die Motorräder und Bilder wieder auf. Jochen sammelt Becher ein. Jörgen sortiert Platten. »Kann mich nicht mal einer wecken?«, sage ich und richte mich stöhnend auf, Konfettischnipsel und Bierflecken am T-Shirt. Während ich mich aufsetze, bleibt Yannick auf meiner Brust sitzen und hakt sich ein. Ich kneife die Lippen zusammen.

»Du hast so schön geschlafen«, sagt Caterina.

»Ja«, sagt Susanne, »ganz drollig!«

Ich stehe auf, fummele Yannick aus meinem Brustfleisch und setze ihn auf den Scheunenboden. Mein Blick fällt auf den Boden am Rand der Scheune, unter Caterinas Staffelei. Eine dünne Linie zeichnet sich dort ab. Quadratisch und stellenweise zugewachsen wie eine Ritze, die man notdürftig geflickt hat. »Was ist das denn?«, frage ich und Sebastian erkennt, was ich meine, und scharrt mit den Füßen über den Rand. »Das ist eine

Klappe im Boden«, sagt Caterina. In der Tat. Die ist uns noch nie aufgefallen. »Macht mal auf«, sagt sie. Wir stellen die Staffelei zur Seite und stemmen die Klappe auf. Wir brauchen ein Brecheisen, und als mir Hartmut das seines Onkels gibt, denke ich an die Nacht am Rhein und dass ich Caterina noch nichts davon erzählt habe. Es fühlt sich an, als müsste man ein 3000 Jahre festgepapptes Pharaonengrab aufreißen. Mit einem Knacken löst sich das Holz von seiner festgewachsenen Umgebung, und ein paar Asseln hasten verschreckt zur Seite. Ich lehne die Klappe an die Wand. Wir schauen von oben auf den alten Ölkessel in der Kellerwohnung, der jetzt hinter einer künstlichen Wand versteckt ist, vor der Sebastians Computerschreibtisch steht. »Jetzt wissen wir also, wie er da reingekommen ist«, sagt Susanne. Wir stehen einen Moment ratlos herum, weil wir eigentlich gar nicht an den Kessel mit Altölresten erinnert werden wollten. Wir hatten ihn schon vergessen, dort, hinter seiner Wand. Sebastian macht die Klappe zu und lächelt. Hartmut sagt: »Tja …« Yannick miaut mit zurückgelegten Ohren, weil er was zu essen haben will. Dann hält mir Jochen einen blauen Sack hin, und wir räumen weiter auf.

Als ich den zerfledderten Katalog mit der Bauanleitung für das M60-Gewehr in Jochens Müllsack werfe, blickt er auf und schaut wie Hartmut, wenn er einen Plan hat. »Sagt mal, habt ihr eigentlich mal darüber nachgedacht, was bei den echten Heimarbeitsfirmen am Schluss kommt? Ganz am Ende, wenn eine gewisse Summe bezahlt ist? Ich meine, da wird ja wohl kaum eine Geld-Zurück-Party veranstaltet, oder?«

Hartmut hält inne, eine tropfende Flasche Küstennebel in der Hand. »Das ist mal eine wirklich gute Frage«, sagt er und wippt nachdenklich mit dem Kopf auf und ab. »In der Tat«, sagt Jörgen und blickt von den Platten hinter der Theke auf. Susanne geht zu der Schublade ihrer Werkbank, zieht sie auf, krault mit der linken Hand Yannick und wirft Hartmut ihren Autoschlüssel zu. »Hier. Ich kenne euch doch. Seht nach!«

Zwei Stunden später stehen wir wieder vor dem Haus ohne Namen in Duisburg-Hafen. Das Team von Pro Sieben ist nicht zu sehen. Eine zerzauste Amsel sitzt auf dem Rasen. Wir klingeln noch einmal zum Alibi, dann gehen wir zur Haustür. Es ist ein schwarzer Rahmen mit Milchglas. Die untere Scheibe ist zersplittert, neben dem Eingang liegt stapelweise alte Post. Eine große Schabe kommt aus dem Haus, sieht zu uns hoch und geht weiter. »Der ist geflohen«, sagt Jochen. Hartmut streckt die Hand durch die zerbrochene Scheibe und öffnet von innen die Tür. Wir gehen hinein, die Sohlen knirschen auf Splittern. Rechts eine Küche, alter Kaffee im Filter, weißlich verwachsen. Links eine brüchige Treppe. Jörgen hält sich die Nase zu. Wir finden ein großes Büro mit Regalen, in denen die Kataloge liegen. Wie bei uns in der Scheune. Es sind Zettel darangeheftet, bei welcher Summe die Kunden bereits sind. Man kann den Gang wie ein Archiv abschreiten. Es ist dunkel. »Heiliger Bimbam«, sagt Jochen und fährt mit dem Finger über die Regale wie ein Archäologe. »Zu was Menschen für Geld fähig sind, was?«

Am Ende des Ganges fällt ein Lichtstrahl durch ein kleines Fenster auf das letzte Regal. Hier enden alle Summen. Hier liegt das Finale. Ein paar kleine Briefbögen, rot bedruckt. Hartmut nimmt einen und liest vor: »Herzlichen Glückwunsch, dass Sie bis hierher gekommen sind. Nun sehen Sie, wie viel Geld Menschen bereit sind, für die Hoffnung auf 1000 Euro am Tag durch das Zusammenschrauben von Kugelschreibern zu investieren. Und jetzt können Sie sich sicher auch denken, worin unsere *eigentliche* Idee besteht, die Ihnen *tatsächlich* 1000 Euro am Tag einbringen kann, wenn Sie hartnäckig dabei bleiben. Machen Sie einfach mit, verschicken auch Sie Kataloge und werden Sie Multi-Level-Marketer unserer Geschäftsidee. Das Material dazu können Sie bei uns erwerben, für nur 999 Euro bekommen Sie die Druckvorlagen der Kataloge und Anschreiben für Ihren PC. Und Ihrer neuen Existenz steht nichts mehr im Wege.« Hartmut lässt das Blatt sinken.

»Faszinierend!«, sagt Jochen. »Der Kreis schließt sich.«

Hartmut sieht ihn an.

»Selbstreferenz«, sagt er.

»Autopoesis«, sagt Jochen.

»Perpetuum mobile«, sagt Hartmut.

»Die Rückkehr zur Quelle«, sagt Jochen.

»Die ewige Wiederkehr des Gleichen«, sagt Hartmut.

»Das ist ganz große Kunst!«, sagt Jochen.

»Die letzte wahre Kapitalismuskritik«, sagt Hartmut.

»Kunst in der Praxis«, sagt Jochen.

»Mit dem Leben verwoben«, sagt Hartmut.

Jörgen, Sebastian und ich sehen zwischen ihnen hin und her wie beim Tennis. Zwischen Hartmut, der immer noch Philosophie studiert, und Jochen, der Aufsätze über postmoderne Selbstverweisungsstrategien in C-Actionfilmen schreibt.

Auf dem Heimweg fahre ich. Hartmut macht sich Notizen. Er hat endlich eine Idee für seine Magisterarbeit. Der Titel:

»Heimarbeit oder Die Wiederkehr von Situationismus und Kommunikationsguerilla ohne Künstler und Absicht.« Ich sehe ihn im Rückspiegel, wie er hastig Notizen macht. Mit einem winzigen Bleistiftstummel, den wir im Haus gefunden haben. Kugelschreiber gab es nicht.

SCHWERTRANSPORT

Da steht er.

Vor unserer Haustür, in der anbrechenden Dämmerung.

Sebastian sieht ihn als Erster und bleibt auf dem Kopfsteinpflaster unserer Straße stehen, die Tüte mit dreimal Pommes Spezial in der Hand, die wir Männer uns genehmigen wollten, während die Frauen noch in der Scheune zu tun haben.

Koslowski

Vom Bauamt.

Er ist allein. Ein sanfter Wind lässt den Gürtel seines schwarzen Mantels wie eine dünne Flagge wehen.

»Guten Abend«, sagt er, schaut kurz auf Sebastians Tüte, als wäre bereits darin ein Indiz für eine Verfehlung zu entdecken und sieht uns dann wieder an. Er lächelt ein wenig gezwungen, als wäre es ihm unangenehm, uns zu dieser Zeit zu stören. »Gutes, ungesundes Essen«, scherzt er, und Hartmut lacht ihm zum Gefallen. Sebastian schließt die Tür auf.

»Darf ich reinkommen?«, fragt Koslowski. Er macht kein Pokerface. Er droht auch nicht. Wenn das ein Test ist, ist es ein guter. Hartmut nickt. Wir gehen durch das leicht müffelnde Treppenhaus zur Wohnungstür.

»Warum essen wir nicht bei Ihnen?«, fragt Koslowski Sebastian und deutet auf die Kellertür. Sebastian sucht den Blick von Hartmut, der eine Sekunde überlegt und dann nickt. Ein Weberknecht sitzt auf dem Türrahmen, seine Beine sind zu lang für den schmalen Steg. Sebastian öffnet kurz die Wohnungstür, macht Licht im Flur und greift den Schlüssel zum Keller heraus. Ich sehe auf die schöne Tüte fettiger Pommes in seiner Hand. Koslowski hat »wir« gesagt. Von meinen Pommes kriegt er nichts.

Wir können froh sein, dass Susanne so gute Arbeit geleistet hat, denn Sebastian wohnt wirklich hier unten in der simulierten Wohnung. Gut, morgens wäscht er sich oben bei uns und hängt häufig bis Mitternacht mit mir vor der Playstation, aber er schläft hier, und das Wochenende verbringt er schon mal komplett in den Katakomben. In seinem Flur steht immer noch das Telefon auf einem Rüschendeckchen. Im Raum, in dem sich hinter der künstlichen Wand der alte Ölkessel verbirgt, stehen ein Sessel und zwei Stühle gegenüber dem Schreibtisch mit dem PC. Hier habe ich Sebastian schon erwischt, wie er heimlich *Die Sims* gespielt hat und sich virtuell wieder ein Leben als Altphilologe und Musiker aufbaute. Seine Figur war schon fast Komponist. Koslowski setzt sich ungefragt in den Sessel, und Sebastian packt auf dem Schreibtisch die Pommes aus. Was will der Mann hier?

Hartmut greift in seine Schale, und ich sehe, dass er nachdenkt. Koslowski fragt, ob er etwas abhaben kann. Er kaut und zieht sich den Mantel aus. Dann seufzt er und sieht an den Wänden entlang. Ich schaue schnell, ob es wirklich keine Nahtstellen gibt, aber das ist ein Frevel. Wenn Susanne etwas baut, gibt es keine Nahtstellen. Wir essen und wissen nicht recht, was wir sagen sollen. Eben ist man noch bei den Jugoslawen und freut sich auf einen Privatabend, und jetzt sitzt man in Sebastians Illusionswohnung und hat das Amt in seiner Mitte. Es will aber auch niemand fragen. Man weiß nicht, wie man mit der Situation umgehen soll. Koslowski fragt, ob wir auch Bier da hätten.

Als die letzte Pommes gegessen ist und wir merken, dass man Plastikschalen nicht essen kann, beendet Koslowski bereits sein erstes Bier, stößt dezent auf, hält sich die Hand vor den Mund, lächelt in die Runde, lehnt sich wieder zurück und sagt: »Ach ja. Ich war ja auch mal jung.«

Wir scharren mit den Füßen. Sebastian packt den Müll weg.

Koslowski steht auf und geht ein wenig umher, als brauchte er Bewegung. Ich achte auf seine Blickrichtung. Er will uns überführen. Er denkt, er hat uns auf dem falschen Fuß erwischt.

»Ja«, sagt Sebastian nach ein paar Minuten des Schweigens und Scharrens. »Ich mach dann mal Musik an.« Er fährt seinen Computer hoch und klickt Joe Cocker an, um Koslowski nicht zu belästigen. Der schreitet den kleinen Flur auf und ab, wirft am Ende einen kurzen Blick in das Schlafzimmer, in dessen Kleiderschrank sich die Baustempel verbergen, und kommt wieder zurück. »Schriftsteller haben wohl viele Klamotten«, sagt er, und Sebastian braucht ein wenig lange, bis er merkt, dass er gemeint ist. »Was? Ach. Ja, der Schrank war günstig«, stottert er. »Groß und günstig. Günstig groß. Ähem.« Hartmut verliert ein Nasenhaar. Wir werden nervös. Koslowski wackelt mit der Flasche: »Habt ihr noch eins für mich? Ich darf euch duzen, Jungs? Ich bin Hermann.« Hartmut gibt ihm ein neues Bier. Ich frage mich, ob das Bauamt seine Bediensteten seit neuestem in fortgeschrittener Psychologie ausbildet. Hermann steht im Rahmen zu Sebastians Computerwohnzimmer und lehnt sich an, wie jemand, der verschnaufen muss. »Ach ja, es wird immer schlimmer mit der Welt«, sagt er und schaut dabei wie abwesend auf die Wand hinter dem Schreibtisch, die den rostigen Ölkessel verbirgt. »Habt ihr die Nachrichten gesehen? Jetzt ist vor Kanada wieder ein Öltanker havariert. Hunderttausend tote Fische und Vögel. Eine Schande ist das, eine Schande.« Er schüttelt den Kopf, und ich sehe, wie Hartmut versucht, sich nichts anmerken zu lassen. Sebastian drückt in den Musikdateien auf seinem Computer herum. Seine Hände zittern. Er verklickt sich und es kommt AC/DC. »Sorry«, sagt er, aber Hermann winkt mit der Hand und sagt: »Nein, lass das, das ist gut, das ist die Musik meiner Jugend.« Er groovt auf der Stelle herum und trinkt. Dann fragt er, ob er noch ein Bier haben kann. Ich merke, dass ich ihn anstarre, als er mich ansieht. Er hat Reste zwischen den Zähnen und grinst. Er steht Stunden nach Dienstschluss in unserem Keller, trinkt Bier und erzählt von verklebten Ölpestvögeln.

Er weiß es.

Er weiß es und genießt, wie wir zappeln. AC/DC spielen »Highway to Hell«.

»Darf ich mal eben aufs Klo?«, fragt Hermann, und Sebastian, der sich immer noch bemüht, seinen glühenden Kopf auf den Bildschirm zu richten, nickt beiläufig. Hermann stellt sein Bier ab und geht nach nebenan in das getürkte Bad. Als die Tür zuklickt, fährt Sebastian herum: »Er weiß es. Großer Gott, er weiß es!«

»Sei ruhig!«, zischt Hartmut. »Er hört es doch.«

»Aber er weiß es«, jammert Sebastian und ich sehe ihm an, wie er sich fragt, ob es im Gefängnis noch schlimmer ist als am Fließband.

»Und wenn. Er muss es erst mal beweisen«, sagt Hartmut. »Also haltet die Klappe und trinkt.«

Das Klo nebenan spült, und ich höre die dünne Wand klappern. Gut, dass Susanne in dem Hohlraum mittlerweile einen Eimer montiert hat, den man bei Bedarf ausleeren kann, damit sich die Schweinerei vom letzten Mal nicht wiederholt. Hartmut fand es übertrieben. Frauen haben immer recht. Sebastian klickt auf dem Bildschirm herum, und es kommt Iron Maiden: »The Number Of The Beast.«

»Ja!«, johlt Hermann und stürzt in den Raum. »Heavy Metal! Wie lange hab ich das schon nicht mehr gehört! Meine Frau erlaubt es mir nicht!« Leise fügt er hinzu »Meine Frau erlaubt mir gar nichts …«, und fängt plötzlich an, in dem Raum herumzuhüpfen wie beim Altherrenpogo. Er lacht und kichert wie eine Geisel, die nach Jahren doch noch freigekommen ist, springt in dem kleinen Raum herum und bollert dabei mit dem Rücken gegen die falsche Wand, die zum Kessel führt. Es dröhnt hohl, wenn er dagegen bollert, und Sebastian dreht schnell die Musik lauter. Koslowski hüpft und knallt gegen die Wand, tanzt um Hartmut herum, sieht ihm in die Augen, die wie zwei irritierte Erbsen zwischen den Koteletten kleben, und schubst ihn, die Bierflasche in der Hand. »Komm, Pogo!«, gackert er. »Kennt ihr jungen Leute das nicht mehr. Ja, das gab es auch schon zu meiner Zeit.« Dann hebt er die Bierflasche in die Luft und singt mit Eierkneiferstimme den Refrain mit: »Six! Six! Six! The Number Of The Beast!!!«

Ich sitze an einem Donnerstagabend in einer aus Kulissen

erbauten Kellerwohnung und beobachte einen deutschen Staatsbeamten, der uns das Du angeboten hat, wie er beschwipst vor einer falschen Sperrholzwand herumhüpft und Iron Maiden nachkreischt, als hätte man ihm Hochtöner eingebaut. Als das Lied zu Ende ist, kommt ein wenig Bluesrock, und er sinkt wieder in den Sessel und keucht. »Hach ja«, sagt er nur. »Hach ja …«

Wir schweigen wieder, und nur der Blues erfüllt den Keller. Ich schiele zu der von Hermann strapazierten Wand, aber sie scheint zu halten. Er sieht auf die Flasche in seiner Hand und wartet noch einen Moment. Dann steht er auf: »Es tut mir Leid, Jungs, ich will euch nicht länger belästigen. Ich bin aber auch ein aufdringlicher Mensch.«

Wir murmeln etwas zwischen »Ach, was!« und »Kein Problem!« und »Nein!«. Er lächelt, als wollten wir ihm schmeicheln, stellt die Flasche ab und lehnt sich ein letztes Mal in den Türrahmen. Dann schaut er wieder durch die Wand hindurch wie ein melancholischer Student und sagt: »Der Rock 'n' Roll hat all die Ölkatastrophen auch nicht verhindern können. Aber er tut gut.« Er schaut wieder zu uns, als erwache er aus einer Trance, und gibt uns die Hände. »Nein, danke, ich finde schon raus«, sagt er und ist über die Treppe verschwunden.

»Er weiß es«, sagt Hartmut, ist zwei Sekunden still, und zieht dann sein Handy wie ein Agent, dem eine Idee gekommen ist.

Zwei Stunden später erfüllt das Urgrollen des Universums unsere holperige Straße, und Scheinwerfer schieben eine Lichtflut vor sich her, die sämtliche Nachbarn aus den Betten werfen müsste. Die Frauen kommen aus der Scheune gelaufen und stehen mit offenen Mündern vor einem Ungetüm von Tieflader, aus dessen Cockpit Kiffer Jörgen seine Glupschaugen streckt und winkt. Der Motor verstummt gurgelnd.

»Hartmut hatte wieder eine Idee«, sagt Susanne.

»So sieht es aus«, sagt Caterina.

Jörgen steigt aus dem Cockpit. Hinter dem Laster hält ein kleiner Jeep, aus dem Jochen herausspringt, eine Videokamera in der Hand. Er strahlt die Frauen und mich an und sagt: »Ich habe alle Schwertransportreportagen auf Video. Da lasse ich mir doch nicht entgehen, selber eine zu drehen.«

Jörgen trägt orange Kleidung, die er sich vom Trödelmarkt zusammengekauft hat. Er sieht aus wie ein städtischer Angestellter. Man weiß nicht, wo er den Truck herhat oder diese Klamotten. Man sollte auch nicht fragen. Jörgen könnte niemals morgens um sechs aufstehen und einer geregelten Arbeit nachgehen, aber wenn Sie mal mitten in der Nacht einen Tieflader brauchen oder in den Zentralcomputer des Pentagons einbrechen müssen, dann ist er der richtige Mann. Es ist nicht so, dass er das übt oder so was. Man muss ihn nur fragen, dann geht es auch schon los.

»Wir müssen an die Klappe in der Scheune«, sagt Hartmut und die Frauen seufzen. Selbst Caterina fragt schon nicht mehr, warum. Man gewöhnt sich schnell an das Leben mit Hartmut. Es härtet ab. Ich stelle mit Caterina vorsichtig ihre Staffelei zur Seite und tausche einen hungrigen Blick mit ihr aus. Leider kann ich ihn heute Nacht nicht einlösen. Heute Nacht muss ich mithelfen, einen alten Ölkessel verschwinden zu lassen. Susanne schiebt eine Maschine weg. Wir öffnen die Klappe und schauen von oben auf den Kessel, wie er in seinem von Susanne erschaffenen Hohlraum steht. An seiner Oberseite ist eine Öse. »Wusst ich's doch!«, sagt Jörgen, verschwindet aus der Scheune und bittet uns im Hinausgehen, die Tore ganz zu öffnen. Man hört, wie auf der Straße ein Motor anspringt, und wenig später rangiert Jörgen rückwärts den Jeep in die Scheune, lässig aus dem Fenster gelehnt, die Glupschaugen wie bei einem Chamäleon rotierend, einen Joint im Mundwinkel. Er stellt den Jeep ab, steigt aus, wuchtet ein großes Brett von der Ladefläche und lässt es schräg in den Keller hinab, sodass es für den Kessel eine Rampe bildet. Dann legt er sich auf den Boden, beugt sich in die Tiefe und zieht das Stahlseil einer Winde, die am Jeep angebracht ist, durch die Öse am Kessel. Er ist schnell, und seine Muskeln spannen, während der Joint in seinem Mundwinkel hängt, als wäre er so normal wie ein Pickel. Susanne sieht ihm mit gewissem Respekt zu. Der Mann hat Lösungen. Er wirkt wie diese Onkel oder Schwager, die früher in die Wohnung kamen, wenn Rohrbruch war, und dann genau wussten, was zu tun ist. Hartmut fragt ihn, ob es nötig ist, bei diesem Einsatz zu kiffen, aber das ist so, als würde man Oliver Kahn fragen, ob es nötig ist, während eines Fußballspiels Kaugummi zu kauen. Jochen filmt bereits und macht eifrige Geräusche dabei, als Jörgen die Winde befestigt hat, in den Jeep steigt, uns ansieht und sagt: »So, jetzt Daumen drücken, dass das Ding nicht beim Hochziehen platzt und wir die Ölseuche kriegen.« Susanne wird ein wenig blass. Caterina scheint sich einen Moment zu fragen, ob wir ihr nicht vielleicht doch fremd sind. Die Scheune riecht langsam nach Dope. Hans-Dieter und Kirsten stehen verschlafen im Tor und fragen, was los ist.

Fünfzehn Minuten später ist der Kessel draußen und liegt seitlich in unserer Scheune. Sebastian tippt vorsichtig mit dem Daumen auf die rostigen Stellen und formt mit den Lippen ein O. Hartmut hat in der Zwischenzeit Hans-Dieter und Kirsten erklärt, was wir hier tun. Hans-Dieter schweigt, Kirsten scheint skeptisch. »Wo bringt ihr ihn hin?«, fragt sie.

»Wo er hingehört«, antwortet Hartmut. »Zur Sondermülldeponie.«

»Mitten in der Nacht?«

»Morgen kann es schon zu spät sein. Koslowski kann hier mit einem Bataillon vom Bauamt anrücken, das die falsche Wand aus dem Keller reißt.«

»Aber nachts haben die doch zu«, sagt Kirsten ein wenig verwirrt. »Das weiß ich«, sagt Hartmut und lächelt wie ein Cowboy, als er sich gegen den Kessel lehnt, da wir jetzt anfangen müssen, das Ding von hier bis zum Tieflader zu rollen. Jörgen hat den Jeep wieder zur Straße gefahren, kommt zurück und legt auch seine Hände auf den Kessel. Kirsten schaut ängstlich. Als Polizistin müsste sie uns melden. Aber auch sie will hier wohnen bleiben. Sie hat die Terrasse nicht umsonst geopfert.

Wir rollen den Kessel langsam aus der Scheune und über den Weg zur Straße. Der Stahl knirscht auf dem Asphalt, und man spürt, wie die Ölreste in dem Ding immer wieder zurückfließen wie in einer halb vollen Wasserflasche, die man über den Tisch rollt. Im Haus nebenan geht das Licht an, und Herr Häußler steht im Schlafzimmerfenster.

»Was ist das denn für ein Lärm mitten in der Nacht?«

Jörgen dreht mit halb zugekniffenen Augen den Kopf nach

oben und winkt: »Alles in Ordnung. Sollte schon heute Nachmittag geschehen, aber ein anderer Auftrag hatte Verspätung. Das muss heute noch weg, sonst müssen diese Kunden hier wieder einen Monat warten. Beschwerden bitte ans Umweltamt. Mein Boss kann großzügig sein.« Er spricht beiläufig und schwer zugleich, sehr männlich. Herr Häußler mustert seine Uniform und den riesigen Truck. Er weiß nicht, was er sagen soll. Erst jetzt fällt mir auf, dass auf dem Jeep ein Blaulicht montiert ist. Ich denke an George Clooney in From Dusk Till Dawn. Oberste Priorität: Nicht auffallen.

Häußler macht wieder sein Fenster zu. Der Kessel ist am Tieflader angekommen. Wir stellen ihn auf, und Jörgen hakt ihn in eine größere Winde ein, die das Ungetüm auf den Laster wuchtet, wo es in einer Fassung aus Halbkreisen zu liegen kommt. Jochen filmt und sucht nach einem Moderator. Hartmut schaut in die Kamera und sagt: »Der Kessel muss auf dem Tieflader gut befestigt werden. Ein Hinabrollen auf der Autobahn wäre ein Horrorszenario.« Über der Pommesbude geht in einem Fenster das Licht an, und ich sehe einen der Veteranen im Unterhemd, wie er eine Schrotflinte unter dem Bett hervorholt. Dann Gefuchtel von Frauenhänden. Dann sinkt das Gewehr.

»Autobahn?«, fragt Susanne und Hartmut dreht sich von der Kamera weg.

»Ja. Wir müssen nach Köln.«

»Nach Köln? Warum nach Köln?«

»Weil sich kein Schwertransport lohnt, wenn man damit nur eben über den Nordhausen-Ring zum USB fährt.«

Susanne sieht ihn an. Das war wieder so ein Satz, bei dem man nicht weiß, was man zuerst erwidern soll.

»Warum zur Hölle macht ihr überhaupt einen Schwertransport daraus?«, zischt Kirsten, die schon ihre ganze Polizistenkarriere gleich mit endgelagert sieht. Sie schaut nervös die Straße hinauf, und ihr Gesicht beginnt zu blinken, als Jörgen auch noch das Blaulicht auf dem Jeep anstellt. »Howard Marks«, sagt er und zieht an seinem Joint, »der wichtigste Dope-Dealer aller Zeiten.«

»Was ist mit dem?«, fragt Kirsten, und Jörgen lässt sich mit der Antwort so viel Zeit, als stünden wir hier nicht mitten in der Nacht beim illegalen Abtransport eines Ölkessels, sondern als ist und bleibe es am wichtigsten, ein ruhiges Leben zu führen. Irgendwann spricht er weiter: »Howard Marks schlief einmal in einem Hotelzimmer bei offener Tür ein, während ein Koffer voller Millionen mitten im Zimmer stand. Der Koffer wurde nicht geklaut.« Jörgen zieht an seinem Joint. Der Nachtwind spielt leise mit dem Wipfel des Baumes vor unserem Haus wie mit den Fingern einer Freundin. »Das beste Versteck ist genau vor der Nase der Leute.« Dann tippt er seinen Joint aus, wirft ihn auf die Straße, sieht in Jochens Kamera und in die Runde und fragt: »Können wir?«

Wir können.

Wir fahren mitten in der Nacht über die A1 nach Köln, mit einem simulierten Schwertransport samt Heizkessel aus dem Wandhohlraum einer simulierten Wohnung. Hartmut und Sebastian fahren mit Jochen im Jeep, und Jochen filmt aus dem Fenster. Ich sitze bei Jörgen im Cockpit und werde ganz dösig von seinem Gekiffe. Er erzählt mir von der Maut und dass er, wenn er überhaupt jemals arbeitet eben LKWs fahre. »Sie sind wie ich. Langsam und schwerfällig, aber sie schaffen alles«, sagt er, als er den gigantischen Tieflader am Ziel in die Einfahrt schraubt. Im Scheinwerferlicht erscheint Wilhelm, unser ehemaliger Brückenbauer, wie verabredet. Er hat einen Schlüsselbund in der Hand. Er kannte jemanden. Wir sind in Köln.

Eine Woche später steht Herr Koslowski wieder in der Tür. Diesmal hat er den Kollegen Grün dabei und macht keine Anstalten, uns zu duzen, bis er Grün zur Inspektion in den Garten schickt und sich nach vorne beugt, als dürfe niemand das Folgende hören: »Tut mir wirklich Leid, dass ich mich neulich einfach so aufgedrängt habe, aber …« Er druckst herum und ist wieder Hermann, diesmal aber ohne List in den Augen, einfach ein Mann wie du und ich. » … na ja, ich hatte mich mit meiner Frau zerstritten, war unterwegs und wusste nicht, wo ich hinsollte … jedenfalls, danke. Ihr seid klasse!« Bevor wir etwas erwidern können, kehrt Grün zurück und sagt, dass der Garten so nicht bleiben kann.

»Sie haben es gehört«, sagt Koslowski, und wir nicken und sagen, dass wir den Garten auch noch machen werden. Die Beamten wechseln drei, vier Mal das Standbein, nicken und gehen zu ihrem Wagen. Grün fährt. Bevor Hermann Koslowski die Beifahrertür schließt, streckt er noch einmal die Hand heraus und wedelt mit einer Zeitung: »Haben Sie das auch gelesen? Mit dem Ölfass-Skandal in Köln? Das muss wieder der Trienekens gewesen sein! Streitet alles ab! Aber na ja, denen da oben kann der kleine Mann eh nicht trauen.«

Koslowski lacht.

Wir stehen auf der Vortreppe und schauen wie Hunde.

Dann tippt er sich an die Stirn, winkt und schließt die Tür.

Grün gibt Gas.

DAS TOR

Es ist nicht so, dass Sebastian und ich was gegen das Institut hätten. Ohne das Institut hätte Sebastian nicht mal seinen Job. Das Einzige, was wir verlangen, ist ein wenig Ruhe nach Feierabend. Eine Wanne mit bestem Badeöl im menschenleeren Bad. Eine doppelte Pommes in einem Wohnzimmer ohne Klienten, die schrauben, putzen, drehen, texten. Doch als wir am Nachmittag von der Arbeit heimkommen, ist daheim schon wieder die Hölle los. Im Hausflur stehen junge Menschen mit zu weiten Hosen, das Foyer der Wohnung ist voll mit schnatternden Teenagern auf der Grenze zur Zwanzig. In der Küche sitzt Hartmut am Tisch und versucht, die Schlange der Neukunden abzuarbeiten. Sebastian und ich quetschen uns an den Menschen vorbei, die schimpfen, weil wir noch nicht dran seien. Wir sagen ihnen, dass wir hier wohnen und sie sehen uns an, als wunderten sie sich, dass dies eine private Wohnung ist. »Jetzt kommen sie schon direkt vom Gymnasium!«, klagt Hartmut und hebt die Hände. »Sie wollen Spargelstechen lernen. Oder Entbeinen.« Ich frage mich, ob ich mir den Spargeltrainer im Garten doch nicht eingebildet habe. Vielleicht habe ich ja auch in die Zukunft gesehen.

»Entbeinen?«, fragt Sebastian.

»Ja. Für die Jobs in den Schlachthöfen.«

Ich runzele die Stirn.

»Ich habe ihnen schon gesagt, dass hier nicht entbeint wird!«, sagt Hartmut, der Vegetarier, und guckt ein wenig vorwurfsvoll, welchen moralischen Verfall ich ihm zutraue. »Wir brauchen neue Seminarräume«, sagt er und Sebastian deutet, einen Apfel essend, nach oben. »Was ist denn mit der leer stehenden Wohnung?«

»Leer stehende Wohnung?«, fragt Hartmut. Er erinnert mich an seinem Schreibtisch an diese Postbeamten bei Lucky Luke, die mit den Schirmmützen, die haben meistens auch Koteletten, klein und körnig gezeichnet.

»Im ersten Stock«, sagt Sebastian. »Steht leer seit allen Zeiten. Sogar schon, als Hans-Dieter hier einzog. Hat er mir neulich erzählt. Ihr kennt auch euer eigenes Haus nicht.«

Stimmt.

Die leere Wohnung.

Man verdrängt so schnell.

»Das sehen wir uns nachher an«, sagt Hartmut. Dann helfen wir ihm dabei, die Horden von Gymnasiasten abzuarbeiten.

Am frühen Abend gehen wir die Treppe hinauf, wir alle, die gesamten Hausbewohner. Wir wollten es den anderen nicht vorenthalten, wenn wir das erste Mal seit Urzeiten die Wohnung öffnen. Es ist wie eine Expedition. Hartmut führt sie an, es fehlt ihm nur eine Fackel. Vor der Tür zieht er einen Dietrich und sieht sich noch einmal zu uns um, als wollte er sagen: »Falls mich der Tentakel dort drin als Erster erwischt, war es schön, euch gekannt zu haben.«

Kirsten guckt wieder ein wenig skeptisch. Erst musste sie einen illegalen Schwertransport durchgehen lassen, jetzt wohnt sie streng genommen einem Einbruch bei. Hartmut nestelt mit dem Dietrich im Schloss herum, und die Tür springt auf.

Er geht hinein, und wir warten noch einen Moment. Dann hören wir von drinnen ein leises, heiseres »Wow«, als hätte er den heiligen Gral entdeckt. Wir gehen ihm nach. Was wir sehen, ist unglaublich.

Wir stehen in einer komplett eingerichteten Wohnung, die still da liegt, als wäre sie eben erst verlassen worden. Es hängen Bilder an der Wand und Leuchten an der Decke. Kleine Läufer setzen Akzente auf dem Parkett. Lampen stehen auf antiken Möbeln. Auf der Spüle der kleinen, in das Wohnzimmer eingelassenen Küche stehen saubere Tassen auf dem Kopf in einer Reihe, keinen Millimeter voneinander versetzt. An den Wänden Bücherregale, überall. Sie ziehen sich durch die ganze Wohnung und sparen nur die Fenster aus. Die Buchrücken öffnen erstaunt ihre müden Augen. Sie hätten nicht gedacht, dass jemals einer wiederkommt. Ein halb volles Glas Wein steht auf dem Esstisch neben einem Teller, auf dem ein schwarz gewordenes, halbes Omelett liegt. Das Omelett ist der einzige Zeuge des Verfalls, sonst gibt es nichts. Keinen Schimmel, keine Feuchtigkeit, keinen Schwamm in den Wänden, nicht einmal Spinnennetze. Nur einen drei Zentimeter dicken Film von Staub, der sich wie feiner Schnee über alles legt und den Ton zu dämpfen scheint. Es sieht aus wie ein Schleier, der die Konturen weichzeichnet und den man nur noch abnehmen muss, damit hier alles wieder ist, wie es war. Alle schweigen. So etwas hat noch keiner gesehen.

»Als wenn er einfach so verschwunden ist«, sagt Hartmut

und berührt das Weinglas auf dem Tisch, vorsichtig wie eine Geistererscheinung. »Oder sie«, sagt Susanne.

»Und hier hat wirklich nie jemand gewohnt, seit ihr hier seid?«, fragt Hartmut in die Runde. Kirsten schüttelt den Kopf. Hans-Dieter schweigt, fährt mit dem Finger an den Büchern entlang. »Ich bin 1977 eingezogen«, sagt er. »Das muss seitdem verlassen sein.«

»Das gibt's doch nicht«, sagt Hartmut wieder. An einem Stück freier Wand gegenüber den Regalen steht ein Schreibtisch mit einer Feder darauf. Man kann nicht mehr sagen, ob sie bloß Dekoration war oder ob er wirklich damit geschrieben hat. Ein Computer ist jedenfalls nicht zu sehen, ebenso wenig wie eine Schreibmaschine. Auch einen Kühlschrank gibt es nicht.

Susanne drückt auf die Tapete über der Spüle. Sie gibt nicht nach.

»Als wenn er gleich wiederkommt, oder?«, sagt Pia mit einem Glänzen in den Augen, wie man es in den ersten Minuten eines Gruselfilms bekommt.

»Unter dem Staub muss das die sauberste Wohnung im Ruhrgebiet sein«, sagt Caterina.

Wir schweigen einen langen Augenblick, wie bei einer Gedenkminute. Dann klopft Sebastian in die Hände und sagt: »Ich hole die Putzeimer.«

Das schwarze Omelett beseitigen wir zuerst. Wir losen aus, wer es vom Tisch entfernen muss. Dann putzen wir. Ich habe die Hälfte des Schreibtisches fertig, sitze in der Hocke über dem Eimer und schaue zu, wie der Putzschaum kleine Kontinente und Inseln auf der Oberfläche bildet. Ich atme den Wasserblumenduft ein, als Pia vor den Regalen auf und ab läuft und sagt: »Ist euch schon aufgefallen, dass der Typ ein Mystery-Freak war?« Ich sehe zu ihr hinüber, sie nimmt ein Buch aus dem Regal. »Hier ist was über Ufos und Vertuschungen.«

Jetzt fangen auch die anderen an zu stöbern.

»Kornkreise!«, sagt Frank, und Caterina findet einen Band über die Rosenkreuzer. Hans-Dieter klappt seinen Anglerhut ein wenig hoch, liest den Klappentext eines Buches und teilt uns mit, dass Einstein unrecht hatte und Zeitreisen möglich sind.

Hartmut sagt blätternd: »Hier steht, dass die Götter Außerirdische waren«, und Susanne neckt ihn und will ihm das Buch wegnehmen. »Nein, wirklich«, albert Hartmut, »wie erklären sich sonst die alten Hochkulturen? Oder die Schöpfungsmythen, die antiken Sagen, die Bibel? Warum haben Menschen das damals alles so aufgeschrieben? Vielleicht sind das ja doch keine Metaphern oder Wunder, und sie haben wirklich was gesehen!« Er schaut auf und sieht uns an, als würde er glauben, was da steht. Er kann das gut, es ist so, wie wenn er abends Monster-Truck-Rennen einschaltet und einem weismacht, dass er es wirklich gucken will. Er tippt mit dem Zeigefinger in das Buch. »Hier steht, dass es in der altindischen Literatur nur so vor Hinweisen wimmelt, die wir nicht mit unserem heutigen Verständnis von Geschichte in Einklang bringen können. Götterkriege könnten wirkliche Kriege gewesen sein. Unter Aliens. Stell dir vor, der Himmel brennt ...«

»Der Jüngste Tag hat längst begonnen!«, ruft Sebastian und wedelt mit einem anderen Buch. »Die Wiederkehr der Götter ist längst geplant. Wer weiß, vielleicht sind sie nach ihrer Zeitrechnung nur einmal um den Block.«

Alle lachen. Hans-Dieters Anglerhut wackelt. Ich will mitlachen, aber das Putzmittelwasser macht mich müde. Die anderen greifen weiter in die Regale, als wären sie auf dem Trödel.

»Die Lügen des Vatikans!«

»Das Geheimnis von Stonehenge!«

»Illuminaten!«

Sebastian bleibt am Ende der Bücherwände stehen, streckt sich nach oben, geht in die Hocke: »Das ist nur so ein Zeug. Nichts anderes.«

Ich hocke weiter über meinem Eimer mit Wasserblumenduft und fühle mich irgendwie schwer. Als säße ich in einem heißen Whirlpool vor einer Blockhütte in Kanada, den Kopf in der kalten Nachtluft, ein dichter Kiefernwaldrand gegenüber, Vollmond, Käuzchen. Die Bewegungen der anderen zwischen den Regalen scheinen sich zu verlangsamen und für Momente wieder zu beschleunigen, als hätte man sie ein Bild lang festgehalten und sie im nächsten Moment in ihre neue Position zischen lassen. Meine Ohren sausen ein wenig, ich versuche mich mit Händen und Augen am Eimer festzuhalten. Der Wasserblumenduft erfüllt meine ganze Nase, dickflüssig und süßlich, ich kann ihm nicht ausweichen.

»Was machen wir mit all den Büchern?«, höre ich Sebastian sagen und ich sehe kurz Susannes Füße. Sie läuft umher und spekuliert über den Wert der Möbel. Ich erinnere mich daran, dass man auch durchatmen kann, aber meine Lungen sind voller Wasserblumenextrakt. Ich kann nicht aus dem heißen Pool steigen in der kanadischen Nacht. Die Eulen rufen unter dem Mond.

Mein Blick fällt auf ein Stück Papier, das aus einer Ritze unter dem Schreibtisch hervorlugt. Ich hebe den Arm, und er fühlt sich erst so schwer an wie das Rennen in diesen Träumen, in denen man nicht vorankommt, doch als der Traum merkt, dass ich nach dem Zettel greifen will, gibt er den Arm frei, und der schießt wie durch ein Luftloch zur Ritze am Schreibtischfuß und zieht vorsichtig an dem Papier. Der Zettel ist lang und wird immer länger, wie eine Zunge in einem Horrorfilm, die endlos aus einem Maul hervorrollt. Im Augenwinkel sehe ich die Schatten der anderen, die sich bewegen wie ferngesteuerte Puppen. In meinem Ohr macht es »Fupp«, und die Töne treten in die Ferne. Ich ziehe und ziehe und muss plötzlich aufhören, da ich das Bedürfnis habe, mich umzusehen.

Irgendwas ist anders.

Hartmut steht vor der Bücherwand und schweigt auf eine Weise, wie er es sonst nicht tut. Ich sehe seinen Hinterkopf vor dem gemaserten Holz der Regale. Die Maserung hat viele kleine Augen. Müde, flache Augen und spitze, böse, die wie Flammen aussehen. Sie rahmen Hartmuts Kopf, und bevor ich mich bei dem Gedanken ertappen kann, dass Hartmut sich umdrehen und vielleicht gar kein Gesicht mehr haben könnte, beginnen die Augen, sich zu bewegen und die Wand aus Büchern zu verändern. Die Reihen der Buchrücken flimmern, so als wäre das Regal unter Wasser und man hätte einen Stein hineingeworfen, der kleine, kreisförmige Wellen losbricht. Die Maserung flimmert mit und wirkt unheimlich, es dürfte eigentlich gar keine Maserung geben, ich spüre wieder das heiße Wasser des Pools, der mich nicht entspannt, sondern weichkocht, und kriege das Bild des nächtlichen Waldes nicht aus dem Kopf.

»Mein Gott«, flüstert Hartmut, »was passiert hier?«

Es ist keine Frage von der Art, auf die man eine Antwort erwartet, und natürlich bekommt er auch keine – und selbst wenn, hätte er sie vermutlich nicht einmal gehört. Langsam drehen sich nun auch die anderen zu ihm herum, mit leeren Augen, fast so, als wäre es eine Pflicht. Das Wasser wird heißer und ich sehe den Kiefernwald und Hartmuts Hinterkopf. Ich blicke wieder unter den Schreibtisch, ich muss den Zettel hervorziehen, ich darf es nicht vernachlässigen. Mein Kopf sitzt mir auf dem Hals wie eine Billardkugel auf der Feder eines Kulis. Ich zerre weiter an dem Papier, und in dem Moment, als es vollständig unter dem Schreibtisch erscheint, vergrößert sich der schimmernde Wasserkreis, in den sich die Bücherwand verwandelt hat. Er wird oben und unten in die Länge gezogen, verliert seine runde Form und bildet ein Tor. Die anderen machen leise »Oh«. Ich höre, wie die Regale knistern, als würde ihr Inneres seine Zusammensetzung verändern. Mein Herz schlägt plötzlich langsamer, aber so schwer, dass ich jeden einzelnen Schlag bis in die Fingerspitzen fühle, und meine Sinne scheinen mit einem Male mit dem Vielfachen ihrer normalen Schärfe zu arbeiten. Ich sehe, höre und empfinde alles mit einer nie gekannten, fast schon quälenden Intensität und kann mich zugleich kaum bewegen in dem heißen Wasser, das mich umfängt und immer stärker zu brodeln beginnt. Ich falte den langen Zettel auf und sehe meine eigenen Arme, wie sie das Papier aus dem Pool in den kanadischen Nachthimmel strecken. Das Tor schimmert wilder, als käme das Wasser in Bewegung. Hartmut streckt vorsichtig seinen Zeigefinger aus und berührt die Oberfläche.

Ich lese den Zettel.

Was dort steht, in kleiner, sorgfältiger Handschrift verfasst, lässt mir den Atem gefrieren. Es ist eine Liste von Daten, beginnend mit Julius Cäsar, Jesus Christus, Mohammed und Karl dem Großen. Doch obwohl ich die Liste jetzt von Anfang an lese, habe ich beim Aufklappen bereits einen Blick auf ihr Ende geworfen wie jemand, der es nicht lassen kann, zuerst die letzte Seite eines Buches aufzuschlagen. Und was ich dort gesehen habe, ist zu unglaublich, als dass ich es sofort verkraften könnte. Also lese ich die Liste von vorne, während sich aus dem, was an ihrem Ende steht, eine Erkenntnis in meinen Geist frisst, welche die Welt der Logik und des Erklärbaren endgültig hinter sich lässt. Die Hitze des Wassers kriecht in meinen Armen empor, und heißer Dampf steigt vor dem Geschriebenen auf, hier, hinter allen Wäldern, wo mich keiner finden kann. Ich drehe meinen Kopf schwer wieder zu Hartmut, dessen Hand ungehindert durch das gleitet, was vorhin noch eine massive Bücherwand gewesen ist.

»Das ist unglaublich«, flüstert Caterina, und Frank und Pia halten sich an den Händen. Sie sind weit weg. Ihre Stimmen dringen durch mein zugeklapptes Trommelfell wie durch Watte. Wenn ich mich nicht konzentriere, verschwinden sie ganz und klingen nur noch von außen gegen den Nachthimmel, wie Rufe aus fernen Galaxien.

Ich lese weiter in den Daten auf dem Zettel. Ich strenge mich an.

Die Kreuzzüge.
Die Entdeckung Amerikas.
Der Dreißigjährige Krieg.
Die Unabhängigkeitserklärung.
Die Französische Revolution.
Die Deutsche Revolution.
Der Erste Weltkrieg.

In der Wirbelwand entsteht ein Sog, und Hartmuts Koteletten beugen sich nach vorne wie dünne Arme, die nach etwas greifen. Halb zieht es ihn, halb beugt er sich freiwillig in den Strudel, noch bevor Susanne »Nein!« rufen kann. Sein Kopf verschwindet, und ich stemme das Papier gegen die Hitze, die aus dem Pool zu meinen Handgelenken krabbelt.

Der Zweite Weltkrieg.

Die Gründung der Bundesrepublik.

Die Ermordung Kennedys.

Watergate.

Der Deutsche Herbst.

Die Ermordung John Lennons.

Hier müsste die Liste enden, denn zu dieser Zeit ist der, der sie geschrieben hat, verschwunden, und nie mehr in diesem Haus aufgetaucht. Aber die Liste geht weiter. Ich lese atemlos, während nun auch Hartmuts Oberkörper in der Öffnung verschwindet und meine Hände sich aufheizen.

Die Wiedervereinigung.

Das Ende des Kalten Krieges.

Der Erste Golfkrieg.

Das Ende der Ära Kohl.

Der 11. September.

Der Zweite Golfkrieg.

Und dann, ganz am Ende, am Rand der Seite: Hartz IV.

Er hat es gewusst.

Deshalb ist er verschwunden.

Das Omelett lag noch auf dem Tisch, seit 29 Jahren.

Hartmut beugt sich immer tiefer in das Tor, den Durchgang zu … ja, wohin eigentlich? Ich sehe, wie der Vollmond über dem Kiefernwald eine Delle bekommt, und sich auf mich zubiegt, als würde etwas anderes sich durch das Firmament zu drücken versuchen, und will den Zettel zusammenfalten, als ich den winzigen Pfeil am rechten unteren Rand entdecke, der darauf hindeutet, dass es auf der Rückseite weitergeht. Hartmut steckt bis zum Bauch im Tor. Meine Hände brennen. Der Vollmond kommt näher und spannt sich auf dem Himmel wie eine Zeichnung auf einem Ballon, der sich knirschend auf mich zudrückt.

Ich drehe hastig den Zettel um und sehe in der linken Spalte weitere Jahreszahlen, beginnend mit 2007, die Hitze wird unerträglich, und der Vollmond berührt bereits die Spitzen der Kiefern, als Hartmut von der anderen Seite des Tores »Au!« schreit, als hätte ihn jemand gestochen. Ich knülle hastig den Zettel zusammen, weil ich nicht wissen will, was die Zukunft bringt und weil es aufhören muss, und in dem Moment, wo sich das Papier zusammenfaltet, knittert auch das Tor zu, der Nachthimmel schießt samt aufgemaltem Vollmond zurück, und ich schreie fast, als der Zettel in meiner Hand zu brennen beginnt. Hartmut erscheint im Raum, ein wenig zerzaust und mit großen Augen.

»Leute, geht da nicht durch!«, sagt er und atmet erschöpft aus. Ich bin wieder hier und werfe den Zettel in den Putzeimer, bevor ich sehen kann, ob er nur über dem Pool in Kanada oder auch hier im Raum gebrannt hat, doch als ich in den Eimer greife, um nachzusehen, hat er sich schon aufgelöst. Ich schaue auf meine Fingerkuppen, auf denen rote Schwellungen schnell zurückgehen wie Wesen, die in ihren Bau zurückkriechen. Niemand hat etwas gemerkt. Das Tor in der Bücherwand ist restlos verschwunden und die Augen in der Maserung tun wieder so, als hätten sie sich niemals umgeschaut. Mein Körper fühlt sich an wie nach einem Fieber, das nicht abschwillt, sondern einfach stoppt. Mein Ohr macht wieder »Fupp« und ich höre von draußen ein paar Straßengeräusche, klar und hell. Eine Autotür wird geschlossen. Vögel zwitschern in den milden Sommerabend.

»Wir haben aber auch ein Glück mit dem Wetter heute, was?«, sagt Sebastian.

Dann putzen alle weiter.

Susanne hält ein Buch über die Hohlwelt-Theorie in die Höhe und lacht. »Was für ein Vogel!«, sagt Hans-Dieter und tunkt einen Lappen in den Eimer.

Wir wischen noch lange, bis alles sauber ist. Es ist eine einfache, aber mühselige Arbeit.

Hartmut und ich verlassen die Wohnung als Letzte.

Kurz, bevor wir hinausgehen, sehen wir uns in die Augen und Hartmut sagt so leise, als könnten uns die Wände des Treppenhauses belauschen: »Sie hat uns ein Zeichen gegeben, die Wohnung. Wir dürfen uns nicht noch weiter ausbreiten. Aber das Wischen waren wir ihr schuldig.« Dann schluckt er, fixiert nachdenklich einen Fleck an der Wand und geht die knarrende Treppe hinunter.

Es ist 23 Uhr.

SCHEISS STAAT

»Was möchten Sie noch gleich?«, fragt die Frau an der Empfangstheke des Bochumer Bürgerbüros, während sie einem kleinen Mann einen Infozettel in die Hand drückt.

»Ich möchte dem Staat Geld schenken. Weil er doch keins mehr hat. Für soziale Fürsorge und so.« Hartmut lächelt die Frau an und sie mustert ihn, als wolle sie die Beschaffenheit seiner Hemdknöpfe inspizieren. Zwar ist es uns gelungen, die Wohnung im ersten Stock in Ruhe zu lassen, aber dafür hat Hartmut sich wieder etwas in den Kopf gesetzt. Ich habe es nicht herausgekriegt, also gehe ich wenigstens mit. Die Frau schreibt etwas auf einen Zettel und drückt ihn Hartmut in die Hand. »Gehen Sie mal in den zweiten Stock, dritter Gang rechts, Zimmer 312. Vielleicht können die Ihnen weiterhelfen.« Dann wendet sie sich wieder einem anderen Kunden zu. Hartmut faltet den Zettel zusammen, und wir betreten das Hauptgebäude. Unten sitzen Menschen unter den Zifferblättern, welche die Zahlen der Wartemarken verkünden. Eine junge Mutter stillt ihr Kind, ein Student trägt eine Wollmütze mit Troddeln, obwohl wir Sommer haben. Eine alte Frau tippt auf die Kästchen eines Kreuzworträtsels und fragt ihren Mann nach einem französischen Adelsgeschlecht mit acht Buchstaben. »Weiß ich nicht«, sagt er. »Du hast noch nie was gewusst«, sagt sie.

Im zweiten Stock ist der Flur bereits dunkler als im Erdgeschoss. Ich habe das Gefühl, die Architekten haben bei den Fenstern gespart. Auf einem Fensterbrett streckt eine Pflanze verzweifelt ihre langen Finger nach uns aus, die Knöchel sind schon braun und runzelig, gelbe Flecken unterbrechen das Gewebe wie ein Geschwür. Wir klopfen an Zimmer 312 und werden hereingerufen. Eine aufgekratzte Bluse mit einer dünnen Frau darin huscht an uns vorbei. Wir sehen fliegende Hände und hören, dass wir uns schon mal setzen sollen. An der Wand hängt ein Kalender mit Sinnsprüchen. Darüber streckt ein Blauwal seine feuchte Flosse in den Sonnenuntergang. Die Frau kommt wieder und setzt sich hinter den Schreibtisch. Ihr Blick bringt mich dazu, kurz nachzusehen, ob unter dem Schreibtisch ein Geiselnehmer mit geladener Pistole liegt, weil sie so panisch wirkt, als müsste sie uns geheime Botschaften zublinzeln. Doch der Boden ist leer.

»So, Sie haben Probleme mit einer Schenkungsurkunde?«

»Womit?«, fragt Hartmut.

Ich versuche zu entziffern, was unter der Walflosse steht. Eine Amsel fliegt draußen gegen das Fenster und fällt betäubt auf den Sims.

»Eine Schenkung. Mir wurde vom Empfang gesagt, sie schicken jemand in einer Schenkungssache rauf.« Die Frau wippt beim Sprechen mit der Ferse auf und ab und dreht sachte ihren Stuhl nach links und rechts. Der Stuhl quietscht, und ihre blonden Locken wippen mit. Ich sehe mich im Raum um, ob der Geiselnehmer sich irgendwo anders verstecken könnte.

»Nein«, lacht Hartmut. »Wir sind diejenigen, die schenken wollen. Wir wollen Geld spenden.«

»Ach so«, sagt die Frau. »Na, wegen Spenden müssen Sie sich aber direkt an die Büros der Parteien wenden, da haben wir hier nichts mit zu tun.«

»Nein, keine Parteispenden. Staatsspenden. Für soziale Projekte und so.« Die Frau fährt sich in einer Sekunde mit der Hand über Nase, linkes Ohr, Hals, Kinn, Schläfe, rechtes Ohr und Haaransatz und sieht uns danach an, als sollten wir jetzt mal was mit dieser Geste anfangen. Eine dicke Fliege summt. Hartmut sagt: »Wissen Sie eigentlich, wie es da draußen aussieht? Philologen kleben sich jeden Tag Blasenpflaster von Verletzungen auf dem Bau. Exzellente Journalisten trinken schon morgens Schnaps, weil sie 500 Zeichen darüber schreiben müssen, dass ein Baum den Fahrradweg zum Uemminger See versperrt. Das Zeilengeld dafür reicht gerade mal für ein Weißbrot von Aldi. Archäologinnen gehen zur Armentafel. Wir hatten schon Ärzte, die in Zigarettenautomaten nach Wechselgeld suchen.« Die Frau sieht Hartmut an, als machte er nur Laute. Dann schreibt sie einen Zettel und drückt ihn Hartmut in die Hand. »Da gehen Sie mal zu meinem Kollegen rüber. Vierter Stock, zweiter Flur. Ich kündige Sie an.« Sie nimmt den Hörer ab.

»Guten Tag, Weber«, sagt der Mann im vierten Stock und gibt uns die Hand. Aus einem kleinen Radio perlt Mariah Carey. In der Kanne der Kaffeemaschine schwitzt ein warm gehaltener Rest Wasser aus, das sich innen am Plastikdeckel sammelt und mit Kunststoffgeschmack versetzt in die schwarze Brühe zurücktropft.

»Sie wollen also Geld beantragen? Für ein soziales Projekt?«

»Wie? Projekt? Nein, wir wollen dem Staat Geld schenken«, sagt Hartmut. Der Mann gießt sich aus der Giftkanne Kaffee nach: »Für ein soziales Projekt?«

»Ja, was weiß ich wofür, jedenfalls nicht für Herrn Ackermann!«

Der Beamte kichert, nimmt einen Schluck, verzieht das Gesicht, zurrt ein Blatt Papier aus einer Ablage und knipst einen Kuli an.

»Name?«

»Hartmut.«

»Und Ihrer?«

»Ich?«

»Ich ...«, schreibt der Mann geistesabwesend, hält inne, sieht mich tadelnd an, schürzt die Lippen und nimmt ein neues Blatt.

»Wie soll Ihr Projekt überhaupt aussehen?«

Hartmut atmet schwer aus: »Nochmal, wir wollen keinen Projektzuschuss, wir wollen einfach nur Geld spenden. Hier! Aus unserer gemeinsamen Kasse. Für den Staat. Weil doch die Kassen leer sind. Es werden Notunterkünfte geschlossen. Jugendhäuser. Die wohnen schon alle bei uns. Manche stechen Spargel. Die meisten haben Diplom.«

»Sie haben eine gemeinsame Kasse?«, fragt der Mann. Wir sehen ihn nur still an und überlegen, was man jetzt antwortet. »Mhm«, sagt er und schreibt etwas auf einen Zettel. »Gehen Sie mal zu diesem Büro hier. Sechster Stock, dritter Flur. Ich sag Bescheid, dass Sie kommen.«

Wir laufen die Treppe hoch und beginnen langsam zu schwitzen. Der Sommer heizt das alte Gebäude auf, und Klimaanlagen gibt es nur in der Privatwirtschaft. »Mann, Mann, Mann«, sagt Hartmut, wie er es immer sagt, wenn er langsam zu viel kriegt. »Mann, Mann, Mann …«

Der Beamte im sechsten Stock trägt einen Ohrstecker und hat ein außergewöhnlich aufgeräumtes Büro. Es gibt eine Couch in der rechten Ecke, die Pflanzen sind gesund, und auf seinem Schreibtisch steht eine frische Tasse Tee. Wir setzen uns, und er sieht uns an. Hartmut. Mich. Dann wieder Hartmut. Dann lächelt er dankbar. Hier können wir spenden. Ich spüre es.

»So, und Sie beide wollen also offiziell in den Stand der Lebenspartnerschaft treten?«, fragt der Mann plötzlich, und ich sehe, wie eine von Hartmuts Koteletten sich feindlich nach vorne biegt.

»Hat mir mein Kollege am Telefon gesagt«, verteidigt sich der Mann. »Immerhin haben Sie schon eine gemeinsame Kasse.«

»Ja, Herrschaftszeiten!«, ruft Hartmut und springt auf. »Wir wollen Geld spenden! Einfach nur Geld spenden!«

»Wem?«

»Dem Staat, Herrgott!«

»Wofür?«

»Für Waffengeschäfte mit Nicaragua!«

Der Mann sieht uns beleidigt an. »Man kann dem Staat nicht einfach so Geld spenden«, sagt er. »Dafür gibt es gar keinen Vorgang. Und außerdem sind Sie da bei mir falsch.« Er verschränkt die Arme vor der Brust wie ein Junge, dem man den Ball weggenommen hat. Wir verlassen das Büro, während der Mann schweigend so sitzen bleibt. Auf dem Weg vom sechsten in den ersten Stock reißt Hartmut jede dritte Tür auf und fragt, ob man hier irgendwo eine Barspende an den Staat loswerden könnte. Die letzten zwei Stockwerke begleitet uns der Sicherheitsdienst.

Wenig später bezahlen wir ein Sixpack Schloss-Pils bei Plus und gehen die Kortumstraße hinunter in Richtung Bermudadreieck. Wir stoßen an, die Plastikflaschen machen »Plupp« und wir lassen das kühle Gesöff in unsere Kehlen laufen. Hartmut rülpst leise und schüttelt den Kopf: »›Dafür gibt es keinen Vorgang.‹ Keinen Vorgang. Das muss man sich mal auf der Zunge zergehen lassen. Das sage ich demnächst auch, wenn mir einer auf der Straße Geld schenken will. Sorry, kann ich nicht annehmen, da gibt es in meiner Buchhaltung keinen Vorgang für.« Da, wo der Südring die Viktoriastraße trifft, wird eine große Bühne aufgebaut. Die ersten Fressbuden schließen Wasser und Strom an. Am Wochenende startet Bochum Total, das große Rockfestival mitten in der Stadt. Ein Rudel winziger Teenager sitzt auf dem Asphalt, als ginge die Gaudi schon in einer Stunde los. Sie tragen schwarze Strumpfhosen, hohe Stiefel, Nietenarmbänder und Kajalstift. Irgendwann werden sie Abi machen, anfangen, Soziologie zu studieren und dann bei uns vor der Tür stehen, um sich dequalifizieren zu lassen. Ein Tetrapak Rotwein steht zwischen ihnen. Noch sitzen sie aus freien Stücken mit Fusel auf der Straße.

»Ist es schon wieder so weit?«, fragt Hartmut, steckt die leere Flasche in seine Hosentasche und öffnet das nächste Pils.

Wir gehen zur Bühne hinüber, sehen uns eine Zeit lang den Aufbau an und trinken stoisch weiter. Auf Höhe der alten Marienkirche muss Hartmut pinkeln und stellt sich im Schatten des sakralen Gemäuers an einen Sperrzaun. Kaum hat er seine Nudel entblößt, stehen zwei Polizisten neben uns. Einer davon ist eine Frau. Kirsten. »So, so, den Herrn kennen wir doch«, sagt sie und schüttelt den Kopf. Hartmut zieht hastig den Reißverschluss zu und sieht sie an. »Das Stadtfest beginnt zwar erst morgen, aber die Knöllchen für öffentliches Pinkeln lohnen sich heute schon«, sagt Kirsten und ihr Kollege schreibt eifrig was auf seinen Block. Sie drückt seine Hand herunter und schüttelt den Kopf. »Lass nur, das ist mein Nachbar.«

Hartmuts Augen leuchten kurz auf. Eine sommerliche Brise beschleunigt an der Kirchenwand und zieht durch seine Kotelettenbüsche. »Nein, warte«, sagt er. »Schreib das ruhig auf, ich bezahl bar.«

»Nun sei nicht päpstlicher als der Papst«, sagt Kirsten. »Wir sammeln am Wochenende schon noch genug für das Staatssäckel ein.«

»Das ist es ja eben!«, sagt Hartmut. »Das ist meine Chance!« Er sieht Kirstens Kollegen an: »Was macht das?«

»Vierzig Euro.«

»Wow, das lohnt sich ja richtig«, freut er sich und gibt dem Mann die Scheine in die Hand. »Ich hoffe, der Staat legt es gut an. Die Kassen sind leer!«, sagt er. »Geben Sie mir eine Quittung?«

Als wir auf der Markstraße aus dem Bus steigen und zum Haus rübergehen wollen, zieht Hartmut erneut seinen Schwanz aus der Hose und benässt einen Altkleidercontainer, der direkt am Straßenrand steht. Er deutet mit dem Kopf zur Straßenseite gegenüber, und ich sehe, wie zwei Polizisten zu uns herüberkommen und den Kopf schütteln. »Keinen Anstand mehr«, sagt der Ältere, und sein junger Kollege stellt den Schein aus. Hartmut bezahlt, lässt sich einen Beleg ausstellen und schlendert mit mir zum Haus. »Habe ich dem Staat heute doch noch achtzig Euro gespendet«, sagt er. »Da kann er sich nicht mehr rauswinden. Ich habe es schwarz auf weiß. Mich trickst man nicht so leicht aus. Mich nicht.«

Am Wochenende gehen wir zu Bochum Total. Wir alle. Hartmut, Susanne, Caterina, Sebastian, dem das nur gut tun kann, und Martin. Martin hat extra die Kanten seines Bürstenschnitt-Iros geschliffen und trägt ein Muskelshirt der Ryker's, auf dem »Brother Against Brother« steht. Ich habe eine Armeehose angezogen und das alte T-Shirt der Toten Hosen gefunden, das mit dem Bundesadler als Skelett. In meinen Seitentaschen hängen Bierflaschen wie Revolver. Wir sitzen in der U35, und Hartmut klopft auf eine Zeitung. »Hier steht es! ›Notunterkunft Bochum scheinbar doch nicht vor dem Aus. Stadt will die Finanzkürzungen an einigen Stellen überdenken.‹«

»Und das alles wegen deinen 80 Euro Pinkelstrafe«, sagt Susanne und streichelt ihm lachend den Nacken.

»Klar!«, sagt er.

»Der Mann ist bescheuert!«, sagt Martin, meint es als Kompliment und rülpst so laut, dass seine Lippen wie bei Homer Simpson eine kleine Welle bilden. Caterina sieht mich an, als könnte sie nicht glauben, dass ich jeden Tag mit dem Mann arbeite. Ich zwinkere ihr zu wie jemand, der versichert, dass sein Pitbull ein ganz Lieber ist. Ein paar Bürger sehen zu uns herüber. Man fühlt sich nicht mehr wie ein Bürger, wenn man zu Bochum Total fährt, eher wie ein Vergnügungssoldat gegenüber Zivilisten. Am anderen Ende der U-Bahn sitzt eine weitere Einheit, ein paar Kids mit T-Shirts von System of a Down und Rage Against The Machine. Sie lächeln uns zu.

»Und was ist hiermit?«, fragt Sebastian, klappt die Rückseite der Zeitung um und zitiert: »Die Frage ist doch, ob wir uns den Luxus einer sozialen Rundumversorgung überhaupt noch leisten können. Wir reden hier auf der Basis von Geldern, die wir nicht haben.« Er lässt die Zeitung wieder los und sieht in die Runde. »Prost!«, sagt Martin und hebt seine Flasche, bevor Hartmut etwas antworten kann.

Heute Abend spielen Angry Souls, die Band unseres Kumpels Hanno, auf dem Festival. Letztes Jahr haben wir sie noch in einem besetzten Haus gesehen, aus dem Hartmuts damalige Freundin Bettina flüchtete, als halbnackte Männer sich in Dreck und Splittern wälzten und Jörgen aus dem notdürftig abgetrennten Klokabuff heraus allen Anwesenden die Länge seiner Kackwurst mitteilte. Hannos Band hat langsam Erfolg. Sie werden gebucht, haben ihre erste EP auf dem Markt, und außerdem kennt Hannos Vater den Veranstalter. Nachher spielen sie auf der kleinen Bühne hinten am Bermudadreieck vor dem Mandragora, wo immer die Punks sitzen und mitgebrachtes Bier trinken. Es ist die Rock 'n' Roll-Bühne, an den Seiten hängen Stoffbahnen mit Flammen und den Logos von Eastpak und Southern Comfort. Die Straße ist bereits voller Menschen, fettige Bratwurstschalen werden unter Hunderten von Füßen zerrieben, blaue Müllsäcke haben Beulen von Schnapsfläschchen, die sich zwischen das Papier mischen. Noch ist es erst Mittag, und der Tag wird lang. Martin verteilt neues Bier und wir trinken, während wir durch die Straßen schlendern und das Gelände erkunden. Auch das muss man können als Vergnügungssoldat.

Gegen 15 Uhr spielt auf der Bühne am Südring die erste Band, bei der Stimmung aufkommt. Ich bin auf Wein umgestiegen und trinke mit Caterina aus einer Flasche Trockenem. Susanne und Hartmut befummeln sich schamlos, Martin streicht über seinen Bizeps, und Sebastian sitzt neben mir auf dem Bordstein und beobachtet, wie die kleinen Leiber vor der Bühne auf- und abhüpfen. Ein Skater springt von der Bühne auf die ausgestreckten Hände der Menge zu, aber eine Windböe fährt in seine viel zu weite Hose und er wird davongewirbelt. Susanne reißt sich von Hartmut los, ihr Blick wirkt so, als würde es heute unter freiem Himmel noch tabuloser werden. Sie hebt den Finger, sagt »schön hier bleiben« und geht in die Burger-King-Filiale, um eine Toilette aufzusuchen. Die Band spielt ihren nächsten Song. An dieser Bühne hängt Werbung von Vans, Titus Skateboards und Red Bull. Hartmut grinst breit, trinkt einen Schluck, lehnt sich auf den Bordstein zurück und beobachtet den Verkäufer einer Obdachlosenzeitung, wie er am Rande des Moshpits den kleinen Jungs auf die Schulter tippt und sie vor ihm zurückweichen, als könnten ihm die Zähne aus dem Mund schießen und sie aufspießen. Hartmut grinst nicht mehr. Der Mann verkauft nichts, legt seine Zeitungen beiseite und setzt sich auf den Bordstein neben einer Würstchenbude. Die Tür des weißen Kastens geht auf und jemand gibt ihm eine Wurst heraus, die zu schwarz geworden ist. »Ich mach da jetzt mal mit!«, sagt Sebastian plötzlich, steht auf und sieht Martin und mich lobheischend an. Mein Hirn lenkt meinen Kopf schwerfällig nach oben und ich merke, wie der Weißwein wirkt. Es fühlt sich ein bisschen wie bei den schlechten Rennspielen an, deren Steuerung zu schwammig programmiert wurde. »Leck mich am Arsch, unser Beethoven will in den

Moshpit!«, sagt Martin. Dann läuft Sebastian auch schon in die tobende Menge.

Eine Stunde später verlasse ich mit ihm das Zelt der Sanitäter und tröste ihn. Der Zahnarzt könne nächste Woche eine spezielle Blende anfertigen, dann sehe man nichts mehr von dem abgebrochenen Zahn. Außerdem sei noch kein Meister vom Himmel gefallen, auch nicht beim Pogo. Die anderen stehen draußen vor einem Dönerladen an der Bühne Südring/Ecke Brüderstraße und essen Falafel, nur aus Martins Brotstück fallen fettige Fleischfetzen. Er nickt Sebastian zu und hebt seinen Arm, was so viel heißen soll wie: Im Moshpit müssen die Ellenbogen raus. In der Tür des Dönerladens steht Alfred, unser Koch. Er hatte für zwei Wochen bei McDonald's am Bahnhof angeheuert. Nach 13 Tagen hatte er sich bereits 67 Ballerfilme aus der Videothek unterm Parkhaus geliehen, um seine Erfahrungen zu kompensieren. Am 14. wurde er geschasst. Jetzt trägt er eine Schürze, auf der ein bärtiger Osmane lächelnd am Dönerspieß steht. Er trinkt Bier aus der Dose und lächelt gequält.

Auf der Bühne spielt gerade eine Hip-Hop-Band, die laut Faltblatt des Veranstalters »beißende Gesellschaftskritik in böse Reime fasst«. Am Aufbau dieser Bühne flattern Logos von Adidas, Coca-Cola und Juice. Der Wind verweht einige Zeilen, es ist zu viel Hall auf den Stimmen. Ich höre etwas von »Widerstand in diesem Land« und dass man »schwul und behindert« sei, wenn man dabei nicht mitmache. Ein alter Mann in Lederjacke gräbt mit langen Fingern in einem Mülleimer herum. Ein Punk gibt ihm ein Bier und einen Euro, klopft ihm auf die Schulter und sagt: »Scheiß Mucke, wa?«

Gegen Abend ist es endlich so weit. Hannos Band betritt die Bühne am Mandragora, und einige kleine Mädchen, die alle wie die Comicfigur Emily aussehen und sich Fetzen von Leopardenfell und Sticker der »Turbojugend« auf die engen Jeansjacken genäht haben, lehnen an der Brust ihrer riesigen Rock 'n' Roll-Freunde mit Tolle und warten auf die Party. Am Rande der Emily-Armee stehen die Punks, die sonst hier am Brunnen wohnen und rufen durch ihre Zahnlücken »Na denn zeigt mal, was ihr könnt!« zur Bühne. Hanno blinzelt uns kurz zu, stöpselt seine Gitarre an und tut so, als sei er eine coole Sau und hätte nicht das Wasser in der Hose. Dann geht es los. Sie spielen nicht gut, aber sie spielen geil. Nach fünf Minuten ist der ganze Vorplatz in Bewegung. Punks, Emilys und Emily-Freunde walken sich gegenseitig durch, der Skater, der vorhin wegflog, wird vom Wind wieder herangeweht und landet in der Menge. Selbst Sebastian versucht nochmal sein Glück. »Zur Not macht der Zahnarzt eben zwei Blenden«, sagt er. Er hat einen leicht roten Kopf vom Bier. Er arbeitet auf dem Bau. Er pogt. Wir haben ganze Arbeit geleistet. Hannos Band schrubbt und schwitzt, Spucke fliegt von der Bühne, und Akkorde verkeilen sich ineinander wie beim Massensex. Martin springt in die Menge, fährt seine Ellenbogen aus und mäht mit drei Tanzschritten ein ganzes Bataillon auf den Boden. Als Hannos Band Social Distortion covert, packt Martin den Skater an seiner Beutelhose und wirbelt ihn wie ein Hammerwerfer quer über den Platz. Ich sehe, wie Sebastian mir freudig aus der wogenden Menge zuwinkt, dann bekommt er Martins Ellenbogen ins Gesicht und hält sich die Hände vor den Mund. Caterina schüttelt den Kopf und sagt »Männerspiele«, Hartmut schaut abgelenkt zum Ende der Menge hinüber, wo die Kortumstraße beginnt und die Menschen mit verschränkten Ellbogen zum Schlachtfeld herüberschauen. »Was ist?«, frage ich. »Jetzt werd ich bekloppt«, sagt Hartmut. »Da steht der Bürgermeister.« Ich schaue in die Richtung, in die er starrt. In der Tat. Der Bürgermeister. Mit einem frischen Glas Bier in der Hand wippt er zu Social Distortion. Hanno singt: »Have you ever been ashamed about society trying to drag you down?« Hartmut sagt: »Das geht doch nicht! Dem hat doch kein Bürgermeister beizuwohnen!«

»Schatz, lass doch«, sagt Susanne. »Du sagst doch sonst auch immer, Punkrock sei heutzutage schon längst Sozialdemokratie.«

»Ja«, sagt Hartmut, »Punkrock schon. Aber der Bürgermeister nicht mehr!«

»Jawoll!!!«, sage ich und schwenke die Flasche, sodass es spritzt. Caterina macht erstaunte Augen. Sie verträgt den Wein besser als ich. Hartmut stolpert fast, als er von dem Mauervorsprung steigen will, auf dem wir das Konzert beobachten, stößt sich das Knie und lallt: »Da geh ich jetzt hin!« Dabei rührt er mit dem Finger in der Luft herum wie in einem über ihm aufgestülpten Pudding. Dann hält er auf den Bürgermeister zu. Susanne weiß nicht, ob sie lachen oder aufpassen soll, auch ihre Augen sind vom Bier schon etwas klein geworden. Dann bedeutet sie uns, dass wir Hartmut lieber nachgehen sollten. Im Auge der Menge tobt Martin wie ein Hubschrauber und wirbelt Menschen wie Pakete durch die Gegend. Er schwemmt uns eine Welle Emilys und kleinere Punks entgegen, die Hartmut geschickt nimmt und die wir nicht mehr überwinden können. Als Martin die Leiber ausgehen, zupft er Radieschen und macht Schattenboxen. Nach ein paar Ruderbewegungen ist

Hartmut dem Leiberstrom entkommen und verwickelt den Bürgermeister in eine Diskussion.

Als wir die beiden erreichen und die letzten winzigen Emilys wie Kletten von unseren Kleidern abstreifen, ist Hartmut schon fertig und stapft wütend in Richtung des Grünstreifens der Viktoriastraße, die auf der anderen Seite den Platz flankiert. »Der Bürgermeister sagt, wir sollen uns entspannen und feiern! Ich soll nicht so sozialromantisch sein, es gibt nun mal kein Geld. Dem werde ich zeigen, wie sozialromantisch ich bin! Ich bin aber so was von romantisch!« Dann stellt er sich auf den Grünstreifen und pinkelt an einen kleinen Baum, der nicht wegkann, weil er in ein Holzgestell eingespannt ist. Ich hickse, lache und tue es ihm gleich. »Ach, Leute ...«, sagen die Frauen und seufzen. Dann kommen die Bullen. »Ja, kommen Sie ruhig!«, winkt Hartmut ihnen mit der freien Hand zu und sie übersehen die Provokation und stellen uns nur eine Rechnung fürs öffentliche Pinkeln aus. Hartmut und ich nehmen die Quittung entgegen. »Es gibt kein Geld mehr, sagt der Bürgermeister«, brüllt Hartmut den Beamten ins Ohr, als Hannos Band »And Justice For All« von Metallica anstimmt. »Ach, wissen Sie was, ich mach's nochmal!« Dann friemelt er vor den Augen der Polizei wieder seine Hose auf. Susanne wendet sich ab und tut so, als würde sie die Abfahrzeiten der 308 lesen. Caterina überlegt, ob sie sich im Mann vertan hat. Ein Polizist findet die soziale Pinkelei gar nicht lustig und versucht, Hartmut irgendwie an einem erneuten Aktivieren der Blase zu hindern, es gibt eine kleine Rempelei, Susanne kommt herbeigelaufen und sagt, dass sie und Caterina unsere Betreuerinnen und dass wir gleich weg seien. Die Punks lösen sich von Hannos Konzert, weil Metallica nicht ihr Ding ist und sie ohnehin instinktiv auf sich hektisch bewegenden Staatsschutz reagieren. Hartmut sieht sie kommen und ruft ihnen zu, was er hier gerade tut, er wedelt mit den Knöllchen und brüllt: »Die schicken wir alle zur Bundesregierung und verlangen, dass sie damit Gutes tut! Gegen das blöde Geschwätz von den leeren Kassen!« Susanne jammert »Oh nein, oh nein«, und die Punks verstehen mit leichter Verzögerung Hartmuts Konzept. Dann verteilen sie sich auf dem Ring, hinter der Bühne und auf der anderen Straßenseite, öffnen ihre Hosen und rufen »Pinkeln für den Wohlfahrtsstaat!!!« Die Polizei fordert Verstärkung an und horcht an ihren Funkgeräten auf Anweisungen, stellt aber weiter nur Knöllchen aus, anstatt den Platz zu räumen. Die Kassen sind leer. Hannos Band blendet aus den zackigen Metallica-Akkorden gekonnt in bratzigen Lärm über und spielt jetzt Nirvana. Die Polizei flattert über den Ring und versucht, alle Pinkler zu erwischen. Es hagelt Strafzettel, und die Punks johlen, sammeln sich wie Tauben in Gruppen, stieben wieder auseinander und brüllen: »Füllt die Kassen für die Armen!«

Neben der Wand zum Parkhaus hält eine Mutter ihr kleines Kind über einen Busch, es sitzt in ihren Armen und drückt mit verkniffenen Augen ein Häufchen ins Geäst. Ich frage mich, ob es ihm hier nicht zu laut ist. Eine Beamtin geht zu der Frau und sagt, sie könne bei ihr keine Ausnahme machen. Ein Punk beobachtet die Szene, hört die Strafsumme, läuft zu seinen Kollegen und schreit: »Kacken bringt viel mehr ein!!! 150 Euro pro Schiss!!!« Der Häuptling der Irokesen wartet einen Augenblick, zieht seine Hose runter und ruft: »Scheißen für den Sozialstaat! Füllt die Kassen! Öffnet alle Schläuche!!!« Hannos Band wird immer lauter, lässt jetzt Nirvana in Sonic Youth überfließen und vergisst völlig, dass sie das eigentlich gar nicht spielen kann, die Emilys und ihre Rock 'n' Roll-Freunde wissen kaum mehr, wie ihnen geschieht, Martin hält mit seiner Pogo-Arbeit inne und japst. Ein Zahn hängt in seinem Handballen. Hartmut springt auf die Bühne und hält eine Brandrede über die leeren Kassen und die Ausreden des Staates und nach kurzer Zeit beginnen alle, ihre Hintern blank zu ziehen und wild drauflos zu machen. Hunde bellen und freuen sich, dass ihre Herrchen endlich ihre Kultur verstanden haben und Kinder werden in die Luft gehalten, um sich zu entfalten. Ein Betrunkener fällt beim Versuch, sich hinzuhocken, in die Jauche seines Nachbarn und spritzt ihn damit voll. Der Mann lacht wie ein Gnu und wirft ein paar Bröckchen zurück, die Band spielt ein paar Akkorde von »Anarchy in the UK« an und bricht dann wieder in Feedback-Lärm aus. Kackstückchen fliegen in Biergläser und Wurstschalen, bleiben in der Deko hängen und verteilen sich an den Flammenfahnen der Rock 'n' Roll-Bühne, während die Band zur Hochform aufläuft, bräunlichen Schweiß im Gesicht.

Der Bürgermeister wird entsetzt unter Polizeischutz abgeführt, Susanne, Caterina und ein paar der Emilys flüchten in die U-Bahn, und Sebastian steht gebannt in der Menge und wiederholt immer wieder nur: »Heiliger Dionysos!« Am Ende des Rings taucht eine Hundertschaft der Polizei auf. Die Band mischt ein polemisches Riff von Biohazard unter den Feedback-Lärm. Dann zieht der Himmel zu. Bevor die Hundertschaft der Polizei das Chaos erreichen kann, bricht ein unfassbarer Platzregen los und wird innerhalb von Sekunden so dicht, dass man seine Hand kaum vor Augen sehen kann. Als der Himmel wieder aufzieht, sind die Häuserwände und

Straßen blank, die Hosen hochgezogen und die Menschen pitschnass, aber sauber. Die Band verklingt, und die Polizei weiß nicht, was sie tun soll. Hunde und Menschen sehen sich an, als wäre nichts gewesen. Sporadisch werden ein, zwei Punks festgenommen. Die Band richtet Haare und Kabel und spielt weiter, als wäre nichts geschehen. Diesmal ohne Feedback.

Als ich am nächsten Morgen aufwache, habe ich davon geträumt, dass Hannos Konzert gestern in einer großen Scheißeschlacht endete, die zum Füllen der Staatskasse für soziale Zwecke diente. Ich taste neben mich und Caterina ist nicht da. Der Wecker zeigt schon Vormittag. Ich schüttele den Kopf, habe einen grauenhaften Kater, stehe auf und öffne die selbstgebaute Tür meines Zimmers, um in die Küche zu gehen, mir eine Brühe zu machen und jemanden zu finden, dem ich von diesem ekelhaften Traum erzählen kann, da er mir sonst wieder den ganzen Tag im Kopf herumschwirrt. Ich komme bis ins Wohnzimmer, wo Hartmut, Sebastian und Caterina gemeinsam gebannt vor dem Fernseher sitzen. Hartmut deutet auf den Bildschirm. »Eine neue Art zivilen Ungehorsams tut sich im ganzen Land auf«, sagt ein Nachrichtensprecher, und wir sehen Bilder von einer Demonstration in Berlin und Menschen, die in Büschen hocken oder am Wegesrand stehen. »Was einst bei der Loveparade bloße Notdurft war, ist jetzt politische Botschaft. Die Menschen sammeln die Strafquittungen und schicken sie an den Kanzler mit der Forderung, das Geld für soziale Zwecke einzusetzen.« In meinem Kopf fällt die Erinnerung an gestern aus einer Furche in den Blutkreislauf. Mit einem Rascheln steht Susanne in der Tür, im Bademantel, Ausdrucke in der Hand. »Hier, aus dem Internet. Sie geben es überall als Aktionsidee durch. Indymedia, Gewerkschaftsseiten, sogar im Forum der Tageszeitung.« Sie wirft Hartmut die Zettel hin, der aufsieht wie einer, der aus Versehen einen Krieg angezettelt hat. Stolz und irritiert.

Die Methode verbreitet sich. Das Volk kackt sich aus. Mehrere Internetseiten haben Counter eingerichtet, auf denen gezählt wird, wie viele Strafgelder schon in die Staatskassen geflossen sind. Die Menschen schicken ihre Belege an Redaktionen, die Bildzeitung druckt regelmäßig die aktuelle Summe ab, die Fernsehanstalten bringen nur noch Scheiße. »Schon eine halbe Million erschissen!« steht auf den Titelblättern. Untertitel: »Was machen Sie mit dem Geld, Herr Kanzler?« Die Straßen der Montagsdemonstrationen sehen hinterher aus, als sei ein Spielmannszug mit Pferden entlang gelaufen, Deutschland stinkt zum Himmel. Die Arbeitslosenzahlen sinken, da mehr Polizisten eingestellt werden müssen und zahlreiche Industrien Gewinne verzeichnen, vor allem die Lebensmittelkonzerne.

Auf der anderen Seite schließen die ersten Botschaften, vor allem die arabischen Länder brechen die diplomatischen Beziehungen ab. Sie sagen, mit so einem dreckigen Volk wollten sie nichts mehr zu tun haben. Die Herald Tribune spottet über das »Shithole Germany«. Die Feuilletons stellen die Frage nach dem Urheber dieser Sitte, aber niemand kann es mehr rekonstruieren, es ist wie eine Amnesie, und Hartmut macht keine Anstalten, daran etwas zu ändern. »Ich will nicht, dass mein Freund als der größte Scheißer in der Geschichte Deutschlands berühmt wird«, sagt Susanne und Hartmut versteckt sich im

Haus und geht nicht mal mehr zur Pommesbude hinüber. Er sitzt auf seinem Bett wie ein Soldat hinter einer schützenden Mauer, der darauf wartet, dass der Beschuss aufhört und liest Bücher mit Titeln wie *Warum es besser ist, nicht gut zu sein.* Den PC hat er seit Tagen nicht mehr angemacht, trotz all der Mails von Klienten, die täglich eintrudeln müssten.

Als Amerika ankündigt, mit der inkontinenten Bundesrepublik auch im Falle einer deutschen Bereitschaft nie mehr gemeinsam in einen Krieg ziehen zu wollen, spricht der Kanzler ein Machtwort und macht Schluss mit dem Spuk. Die Regierung greift zum äußersten Mittel: Sie legalisiert öffentliches Austreten in großer wie in kleiner Form, bei Mann, Frau, Kind und Hund. Das eingenommene Geld gibt sie dafür aus, ein paar Entwicklungsländern neue Luftverschmutzungsrechte gemäß des Kyoto-Protokolls abzukaufen, da die massiven Methangasausstöße der letzten Wochen die erlaubten Kontingente des Landes bereits weit überschritten hätten.

Am Rande einiger Schützenfeste wird noch nachgekackt.

Dann ebbt die Welle ab.

Bei Sabine Christiansen bekräftigt der Kanzler die Notwendigkeit der Reformen.

Der amerikanische Präsident gibt ihm wieder die Hand.

In der arabischen Botschaft rattert langsam ein Rollo nach oben.

ABSCHLUSSPARTY

Caterina und ich sitzen unter der kleinen Laube auf dem sanften Hügel, den die Landschaftsgestalter in den Garten gebaut haben. Die Laube hat verschnörkelte Muster aus Stahl, um die sich Rosen ranken. Ich liebe den Moment, wenn ihre Lippen sich langsam öffnen und sie sich meine Zunge holt oder ich ihr damit zuvorkomme. Ich streichele sie überall. Mein Herz klopft. Es raschelt in einem Busch. »Ach kommt«, sagt Hartmut, der ein wenig zerzaust mit Susanne aus dem Rhododendron steigt, »der große Kuss unter der Rosenlaube, das ist doch nicht mehr authentisch, das kann man doch als Karte mit Sinnspruch verkaufen.«

Wir drehen uns zu den beiden herum: »Dann lieber animalisch wie die Natur selbst, was?«, sage ich. Caterina lacht. Hartmut klopft sich Blätter vom T-Shirt. Hartmut hat zwei Landschaftsplanerinnen angeheuert, nachdem Grün gesagt hat, dass das Amt den Garten so nicht durchgehen lassen kann. Sie haben ein Dutzend Helfer mitgebracht und von Planung und Konzeption bis zur Vollendung nur eine Woche gebraucht. Es ist heute alles bezahlbar. Sie haben ja sonst nichts zu tun.

Die Sonne flutet von allen Seiten herein, als hätte sie jetzt endlich Spaß daran, und die Nachbarn aus den angrenzenden Gebieten, die wir hinter den 350 m^2 Gestrüpp niemals zu sehen bekommen haben, stehen immer noch bis zu fünf Stunden am Tag vor dem Park, der sich dort plötzlich aufgetan hat, und wären sogar bereit, Eintritt zu zahlen. Man darf es Park nennen, die sanfte, grüne Hügellandschaft, durch die sich ein paar kleine Wege ziehen und die mich ein wenig an den Garten von Mister Miyagi aus »Karate Kid« erinnert. Der Teich wurde entgiftet, vergrößert und sachte bepflanzt, auf einem Felsen in der Mitte sitzt eine Schildkröte. Alfred kommt über einen der Wege aus einzelnen, runden Steinen und sagt, dass er noch ein Verlängerungskabel für die Warmhalteplatten braucht. Er hat ein großes Büfett im Hof aufgebaut. Nicht das Übliche, nicht bloß Chili con Carne in militärgroßen Töpfen. Alfred hat wieder Niveau. Alfred hat auch beim Dönerladen gekündigt und baut gerade eine kleine Firma auf. Außergewöhnliche Büfetts zu bezahlbaren Preisen. Slow Food für jedermann. Auf seinem Flugblatt steht: »Tod dem Mettbrötchen.« Hans-Dieter und Martin stapeln Bierkästen und Weinkartons. Brückenbauer Wilhelm trägt ein T-Shirt vom 1.FC Köln und ist allen Ernstes in der Wartungsmannschaft des Rhein-Energie-Stadions untergekommen. Jochen hat ein DJ-Pult aufgebaut und die Kabel aus der Scheune bis in den Hof verlegt. Oben unterm Dach sehe ich Frank und Pia, wie sie halb nackt durch die Wohnung rennen und sich fertig machen. Es ist Party. Martin ist mit den Getränken fertig und brüllt, ich Zuchthengst solle gefälligst rüberkommen und ihm mit der Sackkarre helfen. Dann ziehen wir den Tresor aus der Scheune.

Ein paar Stunden später sind der Hof zwischen Garten und Haus und unser kleiner Park voller Menschen. Sie liegen auf den grünen Hügeln oder tanzen zwischen den Garagen. Yannick steht gegenüber der Schildkröte am Rand des Teiches. Die Schildkröte, die wir Irmtraud getauft haben, sieht ihn gutmütig an und bewegt leise ihren Kopf. Yannicks Öhrchen kippen nach vorne und hinten wie die Sensoren von Außerirdischen. Er weiß überhaupt nicht, was er von Irmtraud halten soll. Alle sind gekommen. All die Germanisten, Sprachwissenschaftler, Romanisten, Philosophen, Soziologen, Frühgeschichtler und Byzantinisten, die wir zu bezahlten Angestellten gemacht haben, die am Wasserspender über die letzte Folge von *Wer wird Millionär* reden. All die Ingenieure, die Susanne zu Zwei- und Vierradmechanikern macht, all die theoretischen Mathematiker und sogar der Skandinavist aus Berlin, den wir bei Ikea untergebracht hatten.

Für die meisten ist es schon wieder vorbei. Sie bekamen ihre Jobs, sie machten ihre Jobs, sie kündigten ihre Jobs. Hans hat ein eigenes Nachhilfeinstitut für lebendige Mathematik gegründet, und die Leute strömen ihm zu, was mir sehr recht ist, da er mit seinen Schülern dann nicht mehr ständig um meine Badewanne steht. Ein paar der Ingenieure haben eine Werkstatt aufgemacht, in der den Kunden das Auto nicht bloß repariert wird, sondern in denen sie den Leuten beibringen, wie ihre Kisten funktionieren. Sie haben schon die dritte Filiale gegründet. Ein Pit Stop musste dafür schließen. Die Sprachwissenschaftler beraten nicht mehr Callcenter, sondern haben ein Buch geschrieben: *This is not my call – Wie Sie sich gegen Telefonmarketing wehren.* Der Verleger denkt, es wird ein Hit. Bernd schreibt wieder kleinschrittige Aufsätze, die niemand versteht und die in Fachzeitschriften erscheinen, die Zeitschriften heißen, obwohl sie meistens wie Bücher in dunkle Einbände mit Ziffern an der Seite gebunden in den Universitäten stehen. Sein Geld verdient er weiterhin bei der Lokalzeitung, lacht sich über seine Artikel einen Ast und schreibt heimlich in dem kleinen Büro über Baudrillard und Adorno. DJ Jochen grinst hinter seinem Pult und legt Gentleman auf. Caterina und ich liegen barfuß auf einem Hügel und spielen mit den Zehen im Gras, während wir uns knutschen und aneinander drücken, sodass sich alles wie ein warmes Kribbeln und Glitzern anfühlt. Martin liegt im Gras und macht Tricks mit seinen Brustmuskeln. Er winkt in Richtung der Zufahrt und stupst uns Knutschende an. Stolle kommt dort in den Hinterhof spaziert, die ganze Belegschaft im Schlepptau. »Du Nasenbär, du Sack, du Paketsau, du!!!«

Caterina sieht auf. Sie hat meine anderen Kollegen noch nie gesehen. Ich überlege, ob ich die ganze Belegschaft eingeladen habe. »Na, du Schwerenöter, das ist also euer Haus, ja?« Stolle sieht am Haus hoch, dann zum Garten. »Nicht übel, nicht übel, besonders euer Park da hinten. Muss man hier Kurtaxe bezahlen?« Er lacht so laut, dass die Laube zittert. Caterina steht es durch, als würde sie ein T-Rex anbrüllen. »So, und das ist deine Süße? Freut mich sehr, ich bin der Mann, der ihn den ganzen Tag am Fließband quält. Beschwerden wegen schlechter Laune also an mich.« Er hält Caterina die Hand hin. »Aber immer bedenken, Kleines, ich bin auch der Mann, der dafür sorgt, dass der Kerl so geile Muskeln hat!« Das T-Rex-Lachen dröhnt noch einmal über die Köpfe. Der Rest der Belegschaft ist derweil ans Büfett und in den restlichen Garten geflossen. »Warum steht denn bei euch ein Tresor im Garten?«, brüllt

Stolle nochmal, dann richten sich die Grashalme wieder auf und er holt sich ein Bier.

In der kleinen Laube, in der Caterina und ich vorhin geknutscht haben, sitzen jetzt Jochen und Mario. Und knutschen.

»Na, mal wieder auf der Durchreise?«, fragt Hartmut.

»Nicht wirklich«, sagt Mario, drückt Jochen an sich und strahlt.

»Die Schulter wieder heil?«, frage ich.

»So heil, ich könnte Pakete schleppen«, lacht er und küsst Jochen auf die Nase.

»Und wann geht's weiter, Nomade?«

»Gar nicht mehr. Ich werde sesshaft. Adé Praktika. Adé Merchandise. Adé Neun Live.«

Hartmut und ich heben die Brauen wie beim Synchronschwimmen.

Jochen sieht uns an und erklärt: »Wir bringen meine Texte zum Trashfilm als Buch heraus. Mario macht das Design. Nächste Woche treffen wir sogar Michael Dudikoff zum Interview.«

»So hab ich auch noch mein Promi-Feeling«, lacht Mario. »C-Promis sind sowieso motivierter.«

»Die wissen es noch zu schätzen«, sagt Jochen.

Hartmut steht der Mund offen. Manches kann auch ihn noch erstaunen. Mario sagt, dass er gestern Abend aus Versehen die Zahnbürste verwechselt hat. Dann legt er den Arm um Jochen und strahlt das erste Mal von innen und nicht, als würde er angeleuchtet.

Wenig später haben sich alle auf den Hügeln und Anhöhen unseres Gartenparks versammelt und sehen zu Hartmut, dem nur noch eine weiße Robe und eine Schriftrolle fehlen. Yannick mustert immer noch Irmtraud auf ihrem Felsen, dann spannt er seinen Körper an, springt hinüber, rutscht auf dem glitschigen Stein ab und landet im Teich. Er springt wieder auf den Rasen und schüttelt sich, seine Haare stehen ihm strubbelig ab, es tropft von den Barthärchen. Man kann es nicht wirklich sehen, aber man spürt, dass Irmtraud mit ihren Knopfaugen Tränen lacht.

Hartmut räuspert sich, und die Menge verstummt langsam.

»Wie die meisten von euch wissen, sind wir hier und heute nicht zusammengekommen, um den Anfang, sondern um das Ende von etwas zu feiern.«

Die Menge raunt ein wenig. In der Ferne setzen ganz leise Streicher an.

»Unser Institut hat vielen von euch einen Job verschafft.« Einige murmeln und sehen weg, weil sie ihre Stelle schon wieder gekündigt haben und nicht sicher sind, ob das undankbar war.

»Unser Institut hat die Wirklichkeit in die Uni getragen und unser Institut hätte vielleicht auch reich werden können, wenn wir nicht so grottenschlechte Ökonomen wären.«

Einige kichern. Yannick trottet zu Caterina und mir, schüttelt notdürftig das Köpfchen und ist immer noch pitschnass. Er klettert in unsere Schöße, die Vorderpfoten auf meinen Beinen und den Popo bei Caterina, und trocknet sich mit einem Schnurren an unseren T-Shirts ab. Die Streicher sind jetzt deutlicher zu hören.

»Aber nun«, sagt Hartmut. »Scheiß auf die Wirklichkeit. Die

Wirklichkeit, die uns dieses Institut gelehrt hat, ist die, dass wir nicht vergessen können, wer wir sind ...« Hartmuts Stimme hebt an, und das Orchester blendet jetzt dramatisch auf.

» ... dass wir nicht vergessen *wollen*, wer wir sind.« Die Streicher sind jetzt auf dem Höhepunkt, und Hartmuts Stimme klingt wie Malcom X. »Und deshalb, meine Lieben, erklären wir hiermit feierlich das Ende des Institutes für Dequalifikation.« Das Orchester öffnet sich, einzelne Geigen schlagen Pirouetten in die Luft wie Feuerwerkskreisel. Hartmut wird noch einmal lauter: »Und zur Unterstreichung dieses Willens geben wir euch hiermit endlich eure Bücher zurück!« Hartmut dreht sich zu dem Tresor, in dem die Klienten damals ihre Sachen einschließen mussten, und zieht an der Tür. Die verstreuten Geigen sammeln sich wieder für ein finales Crescendo. Dann verstummen sie abrupt. Hartmut rüttelt. Die Tür geht nicht auf.

Er zerrt.

Er zieht.

Er sieht Susanne an.

»Das ist doch der richtige Code, oder?«

Susanne prüft die Zahlen.

Susanne nickt.

Alle sind still.

Der Wind zieht durch die Kiefern.

Der Teich plätschert.

Irmtraud reckt ihren Hals.

»Tja«, sagt Hartmut. »Wir haben die Bildung weggeschlossen.«

Alle schweigen betroffen.

Yannick scharrt mit den Krallen an meiner Hose und sieht

mich an, als wollte er fragen, ob das in diesem Moment pietätlos ist.

»Sagt mal, wo ist eigentlich Sebastian?«, fragt Martin in die Stille. In dem Moment ertönt ein bestialisches Getöse von der Straße, und auf ein knarrendes, verzerrtes Quietschen großer Reifen folgt ein Geräusch, als würde man einen Steinbruch zusammen mit einer Glasfabrik und einem Sägewerk in einen riesigen Mixer geben, der vor dem Anlaufen der Quirls erst einmal die Substanz der drei Zutaten wie Knochen zum Knacken bringt. Die Menge springt auf, Byzantinisten und Soziologen schreien, Hartmuts Blick verheißt nichts Gutes, und wir rennen mit den Partygästen nach vorne zur Straße. In der Wand zu Susannes Zimmer steckt der orange LKW einer Baufirma. Es sieht aus, als wäre die Mauer in Form des Lasters herausgebrochen, das Cockpit steht im Haus, der Rest auf der Straße. Nach ein paar Sekunden geht die Haustür auf, und Sebastian kommt von innen in seiner Baustellenkluft aus dem Haus, wankt ein Stück auf die Straße und hält sich die Hände neben die Ohren. »Ach du Scheiße!«, sagt er, als hätte er erst jetzt kapiert, was er angerichtet hat, obwohl er gerade im Haus aus dem Cockpit gestiegen und durch die Wohnung wieder rausgekommen ist. Sein Chef und zwei kleine Malocher folgen ihm nach, einer von ihnen hat immer noch sein Bier in der Hand. »Sagte ich doch, dass die Bremsen defekt sind«, sagt er und lallt dabei ein wenig, »aber nein, Inspektion ist ja zu teuer.« Sebastian plumpst mit dem Steiß zuerst auf die Straße, und Susanne sagt leise: »Wenigstens war es nicht die Scheune.« Caterina sieht sie an wie eine Schwägerin, die man gern hat. Ich nehme ihre Hand und streichele sie fassungslos. Das Mauerwerk knackt leise nach, aber alles bleibt stehen.

Alles schweigt.

»Watt enne driss!«, sagt Wilhelm.

»Und das?«, fragt Hartmut und zeigt auf den Bildschirm seines Computers.

»Zu städtisch«, sagt Susanne. »Wir brauchen auf jeden Fall wieder eine Scheune.« Wir, das sind die Frauen, und die Frauen haben recht. Eine Scheune muss her. Und ländlicher könnte es ruhig werden. Warum nicht?

Sebastian steht in der Tür und sieht uns an, einen riesigen Rucksack auf der Schulter, so einen, wie Mario ihn früher hatte. Wir drehen uns zu ihm um, und mir wird ein wenig flau im Magen. Caterina streichelt mir sachte den Arm.

»Du brichst auf?«, fragt Hartmut, und man hört, dass auch ihm nicht ganz wohl dabei ist. Sebastian nickt. Aus der Seitentasche seines Rucksacks ragt ein Buch von Aischylos im Original. In der anderen stecken ein Discman und eine Hülle von Schönberg. »Der Philologe aus dem Kellergeschoss macht sich auf den Weg«, sagt er.

Ich gehe zu ihm und fasse ihn an den Armen. »Du hast es dir wirklich überlegt?«, frage ich.

Er nickt.

»Du musst nicht aufhören, Malocher zu sein, bloß, weil du mit besoffenem Kopp die Hausfront eingefahren hast.« Wir lachen beide. Es ist ein merkwürdiges Leben.

»Wirklich nicht«, sage ich.

»Ich weiß«, sagt er.

»Wovon wirst du jetzt leben?«, fragt Caterina und legt ihre Arme um meinen Bauch.

»Ich habe durchgezählt. Ich habe 189 Bekannte in ganz

Deutschland. Macht nicht mal zwei Abende bei jedem.« Er lacht.

»Krankenversicherung oder Fitnessstudio?«, fragt Susanne.

»Krankenversicherung. Aber ich werde sie nicht brauchen. Philologie ist gesund. Bibliotheken haben gute Cafeterien. Außerdem haben die anderen es auch geschafft.«

»Du Sack!«, sage ich.

»Du Paketsau!«, sagt er.

Wir umarmen uns. Ich habe Wasser in den Augen.

»Also denn«, sagt er. »Achtet im Buchladen auf die Wissenschaftsabteilung. Eines Tages wird dort was von mir kommen.«

»Wenn alle Stricke reißen, schreibst du ein sozialkritisches Buch über deine Zeit als Malocher. Das zieht heute immer«, sagt Hartmut.

Dann verabschiedet er sich auch, dann die Frauen, dann ist Sebastian weg. Mein Sebastian.

»So, genug Häuser gesucht für heute«, sagt Hartmut und fährt den Computer herunter. »Es ist fast 20.15 Uhr. Kinozeit.«

»Ich hole das Popcorn«, sagt Caterina.

»Und ich das Bier«, sagt Susanne.

Wir sind wieder unter uns. Das Institut für Dequalifikation ist geschlossen und Hartmut macht wieder seine ganz normale Lebensberatung per E-Mail.

Die Frauen sind mit dem Popcorn und dem Bier zurück, und Hartmut und ich richten das Kino in Susannes Zimmer ein. Ich mache den Beamer an, den wir mit dem Sat-receiver verbunden haben, und richte das Bild auf der weißen Raufasertapete aus. Hartmut öffnet die Türen des LKW-Cockpits und lässt sich von Susanne und Caterina die Getränke und das

Popcorn hineingeben. Die Statiker haben gesagt, dass das Haus noch ein paar Monate hält, solange der Laster nur in der Wand stehen bleibt. Ich bin mit dem Beamer fertig und schalte das Empfangsgerät ein. »We love entertain you«, steht auf der Wand. Ich krabbele zu Hartmut, Susanne und Caterina in das Cockpit des LKWs, das wir mit Decken ausgelegt haben und kuschele mich an meine Freundin. »Autokino!«, sagt sie und macht wieder ihre süßen, grünen Augen. Als der Vorspann kommt, küsse ich sie.

Der Vorspann ist lang.

Sehr lang.

Danke Hollywood.

DANK

Mein Dank geht an

mein Erdbeercrêpe, deren Anteil an diesem Buch dem Anteil Susannes an den baulichen Maßnahmen entspricht,

und

meine Familie, die mir die Liebe zum Schreiben und zum Vollbad eingetrichtert hat.

Inhalt

Oliver Uschmann
Wandelgermanen
Hartmut und ich stehen im Wald
Roman
384 Seiten. Broschur

Darf man eine Bochumer Männer-WG aufs Land verlegen? Kann man die Liebe einer Frau durch ein unrenoviertes Bad verlieren? Sind Luftatmer bessere Menschen? Dürfen Dorfgemeinschaften ihre Füße baden? Sollen junge Menschen sich im Wald ertüchtigen? Hartmut und ich wollen es wissen – und begeben sich in den Kampf von Mann und Natur. Der unglaubliche Roman einer unglaublichen Landpartie. Zum Brüllen komisch, zum Erschauern wahr.

»Ich finde, das kann ruhig so gesagt werden: ›Wandelgermanen‹ ist ein sehr gutes Buch – witzig, klug und im besten Sinne anarchistisch.«
Jess Jochimsen

»Ich dachte immer, ich wäre der letzte deutsche Wandelgermane. Da habe ich mich aber so was von getäuscht. Oliver Uschmann lesen, staunen und ablachen.«
Manuel Andrack

www.wandelgermanen.de

Scherz Verlag

fi 4-11051 / 2